U0356998

文学批评理论基础

『名师大讲堂』

於可训  著

图书在版编目(CIP)数据

文学批评理论基础/於可训著.—北京:北京大学出版社,2014.1

(名师大讲堂)

ISBN 978-7-301-23617-8

Ⅰ.①文… Ⅱ.①於… Ⅲ.①文学评论-文学理论 Ⅳ.①I06

中国版本图书馆 CIP 数据核字(2013)第 307723 号

书　　名:文学批评理论基础

著作责任者:於可训　著

责 任 编 辑:艾　英

标 准 书 号:ISBN 978-7-301-23617-8/I·2695

出 版 发 行:北京大学出版社

地　　址:北京市海淀区成府路 205 号　100871

网　　址:http://www.pup.cn　新浪官方微博:@北京大学出版社

电 子 信 箱:pkuwsz@126.com

电　　话:邮购部 62752015　发行部 62750672　出版部 62754962

编辑部 62756467

印 刷 者:北京大学印刷厂

经 销 者:新华书店

650 毫米×980 毫米　16 开本　15 印张　216 千字

2014 年 1 月第 1 版　2014 年 1 月第 1 次印刷

定　　价:35.00 元

目 录

开头的话

我现在开讲的这门课程，名称叫文学批评理论基础。之所以叫这个名称，是因为此前开设的许多文学批评课程、出版的许多文学批评理论专著或教材，大多着眼于全面系统地论述与文学批评有关的理论问题，面面俱到，巨细无遗，初学者难以抓住要点，理清头绪，学习起来比较吃力。鉴于这种情况，本课只取其最基本的理论问题，即文学批评是什么、文学批评干什么、文学批评是由谁来干的，也就是文学批评的性质和功能、文学批评的对象和类型、文学批评家或文学批评的主体等。对这三个方面的理论问题，加以集中的讲授和讨论，而把与文学批评有关的中外文学批评史问题，文学批评的观念与方法、原则与标准、派别与模式，以及文学批评的写作与文体，甚至还有文学批评的心理活动和思维特征等等方面的问题，都交由专课、专书去解决，或融入本课的上述论题。这样，或许能给同学们的学习带来一些方便。总之，删繁就简，提要钩玄，抓住根本，突出重点，是我开设本课的一点改革的尝试。是否能够见效，当然要看最后的结果。

根据上述想法，我把本课要讲授的内容，分为三个板块，一共十讲。第一个板块，讲文学批评是什么，即它的性质和功能，四讲；第二个板块，讲文学批评干什么，即它的工作对象和类型，也是四讲；第三个板块，讲文学批评由谁来干，即文学批评家，只有两讲。现在从第一个板块开始，讲文学批评的性质和功能问题。

第一讲　文学批评的学科属性

从这一讲开始，本课的头四讲，是一个大的单元，主要讲文学批评的性质和功能，这个问题属文学批评的本体论范畴，是研究文学批评首先需要解决的问题。

文学批评的性质和功能问题，包括文学批评"是什么"和文学批评"能做什么"或"有什么用"两个互为因果的相关方面。按照韦勒克、沃伦对文学的本质与作用的阐述："诗的功用由其本身的性质而定：每一件物体，或每一类物体，都只有根据它是什么，或主要是什么，才能最有效和最合理地加以应用"，"同样也可以这么说：物体的本质是由它的功能而定的：它作什么，它就是什么"。[1] 对文学批评的性质和功能的思考，同样可以遵循这一基本的逻辑思路。尤其是当文学批评这一通用术语，在真正严格的科学意义上，过去没有、将来也很难有一个统一的和普遍适用的定义的时候，更需要通过对上述两个方面的相关概念（或范畴）的考察，确定其性质和功能。为此，本单元这四讲不是用定义的方法，而是分别从文学批评在学科内外的各种关系入手，去辨析这

---

① 〔美〕韦勒克、沃伦：《文学理论》，三联书店 1984 年版，第 18 页。

个问题。这种关系,有文学批评在文艺学学科内部,与文学理论和文学史的关系,有文学批评在实践中,与文学接受和文学创作的关系,以及文学批评的科学性追求等等。为阐述问题的方便,我先讲文学批评在学科内部与文学理论和文学史的关系,再讲它对科学性的追求,最后分讲它与文学接受和文学创作的关系。现在讲第一讲,文学批评的学科属性。

我们知道,文艺学有三大分支学科,这三大分支学科是文学理论、文学史和文学批评。由于三者都以文学创作实践为研究对象,因而相对于文学创作实践来说,都属于一种理论形态。但这三种理论形态,与文学创作的关系,又有远近之别。一般说来,文学理论与文学创作的关系较远,文学批评和文学史与文学创作的关系较近。在这三者的关系中,又存在着一些复杂情况。由于文学理论建构,需要文学批评和文学史提供"思想资料",文学批评和文学史研究,又都需要应用文学理论知识,因此,相对于纯粹理论形态的文学理论来说,文学批评和文学史,就带有某种"实践"性或"实践"特征。但这种"实践"性或"实践"特征,与文学创作实践又有所不同。文学创作实践,是以社会生活为对象的实践;文学批评和文学史,却是以文学创造活动的结果或这种创造活动的历史为对象的实践。前一种实践,是作家以文学的方式"改造"生活的实践;后一种实践,是批评家和文学史家对作家的这种实践经验进行理论概括和总结的实践。经过了后一种实践,文学创造的实践经验才能上升为文学理论。这样,文学创作——文学批评和文学史——文学理论,就构成了从客观对象经由实践活动到达理论知识的基本环节。也因为如此,研究文艺学这三大分支学科的关系,就不能不以文学创作实践为参照。韦勒克、沃伦在他们合著的《文学理论》一书中说:"在文学'本体'的研究范围内,对文学理论、文学批评和文学史三者加以区别,显然是最重要的",最好是将文学理论看成是"对文学的原理,文学的范畴和判断标准等类问题的研究",而将"研究具体的文学艺术作品"看成是文学批评和文学史。与此同时,他们对同是"研究具体的文学艺术作品”的文学批评和文学史,又作了区分,说文学批评是对文学作品“作个别的研究”,而文学史则是对文学作品“作编年的系列研究”。[1] 这种区分亦即是上述文艺学的三大分支所构成的理论格局。但是,在同一本书中,他们又说,上述三个方面“完全是包容的”:“文学理论如果不植根于具体文学作品的研究是不可能的。文学准则、范畴和技巧都不能‘凭空’产生。可是,反过来说,没有一套课题、一系列概念、一些可资参考的论点和一些抽象的概括,文学批评和文学史的编写也是无法进行的。”他们把三者之间的这种复杂关系最终归结为“理论与实践互相渗透,互相作用”的关系。[2] 在这里,所谓“理论”,亦即是“文学的原理与判断标准”,而“实践”,显然是指文学批评和文学史研究的实践活动。我们在这一讲将要讨论的,正是文学批评在这种复杂的关系中显示出来的,作为文艺学的分支学科的独特的学科属性。

基于这种复杂关系,我要讲的第一个问题是,文学批评作为一种实践活动,对构建文学理论的作用和意义。

就人类认识活动的先后次序来说,总是先有实践后有理论,文学批评实践和文学理论,在文学史上发生和发展的先后次序,也是如此。尽管人们在从事最早的文学批评活动以前,在头脑中就存有某些关于文学的印象和知识,但这往往是在最早的文学创造活动和文学阅读活动中获得的直接经验,而不是经过抽象概括的理论知识。如中国古籍中记载的“举重劝力”之歌,劳动者在歌唱的过程中,对节奏和音韵就有了初步的印象。又如中国古代的“采诗观风”制度,采诗献诗的人们在搜集、整理民间歌谣的过程中,也得到了关于诗歌的知识。当这些直接经验在新的阅读实践中,不断得到反复印证和逐步加深的时候,人们才开始对这些经验现象,进行一些初步的理论概括,形成最早的一些概念和范畴。借助这些概念和范畴,早期的文学批评,才开始摆脱完全凭借

---

① 〔美〕韦勒克、沃伦:《文学理论》,三联书店1984年版,第31页。

② 同上书,第32页。

直观印象的状态,逐步具备了一些自觉的理智活动的思维特征。这种比较自觉的理智活动,反过来又使得文学批评在实践中,对于经验的概括力和概括的深广程度大为加强,从而不但使已经出现的概念和范畴日趋完善,而且也促成新的概念、范畴的形成和出现,并在这些概念和概念、范畴和范畴之间,逐步建立起一些内在联系,以便将批评在实践中所作的这些初步的、片断的概括,提升到一个比较系统完备的理论高度。

这在文学史上,往往需要经历一个漫长的发展过程,而且在这个过程中,还需要借助相关学科的"中介"和帮助。我国古代文学理论在刘勰的《文心雕龙》出现之前,就基本上只存在关于某些概念和范畴的片断表述,而且大都散布于先秦两汉诸子百家的学术著作之中,或者说是他们在各自的学术研究活动中,观照和评论文学艺术现象所获取的经验总结。这些相关学科的学术研究活动,实际上就成了将批评的经验提升到普遍性的理论高度的"中介"环节。例如"诗言志"这个被朱自清称为我国诗歌理论的"开山的纲领"的普遍性范畴,最早就是出自诸如《左传》《尚书》这样的历史学和政治学典籍,后来才被人们广泛应用于文学批评实践,并在新的理论概括中逐步得到完善和发展的。当这种理论概括积累到一定程度,尤其是当文学批评得到了独立"自觉"的发展,出现了对于更为丰富的概念和范畴的迫切需要的时候,一种独立完备的理论形态就可能应运而生,成为对前此各代的批评经验集大成式的概括和总结。正是在这个意义上,刘勰的《文心雕龙》既可以看作是自先秦以降迄于魏晋南北朝的文学批评经验的系统总结,又可以看作是我国文学史上第一部"体大思精"的文学理论著作。就它所涉及的一些基本的概念和范畴看,既与前人和同代人的文学批评实践和理论表述有着某种渊源关系,又在溯源探流、融汇百川的过程中取精用宏、熔裁冶铸,进行独具个性的理论创造和建构。

而且,这些概念和范畴一旦被作者纳入一个整体的理论框架,就不只是获得了新的解释和共名,还因此而显示了作为一个系统的构成要素的新的质量和功能。例如“风骨”这个概念,在魏晋六朝时本是广泛应用于诗文书画和人物品评中的一个流行术语,是那个时代的时代风尚和艺术趣味的具体体现。根据今人的观察,以“风骨”论诗文书画在刘勰以前和当时的批评实践中,已经积累了丰富的感性经验,但由于这些经验性的表述大都散见于时人言论和各类典籍的片断记载之中,因而并无确定的指称和内涵。刘勰在构建《文心雕龙》的“风格论”时,将“风骨”这一流行术语引进文学“风格”范畴,在对前人的经验进行清理和总结的基础上,赋予“风骨”以统一的解释和规范,使“风骨”由一个一般地谈论人物风度气质和诗文书画风格的普通批评用语,成为在多样化的风格之上树立的一个“更高的风格标准”,成为《文心雕龙》“风格论”体系的主体和核心。这个主体和核心,不但是刘勰评判作家作品风格的尺度,也是后代评判诗文和推动诗文革新的标准。批评的经验材料经由理论建构成为普遍性范畴,这是文学批评作为一种实践活动,对建构文学理论的一种基本的作用方式,也是它特有的一种性质和功能。

我国现当代文学理论建构,同样也是如此。在中国文学从古典向现代发生转型的清末民初,即我们通称的近代,文学批评也处在转型之中。这期间的文学批评,一方面因袭旧的批评模式和概念术语,在延续正统诗文的生命,另一方面,同时面对正在发生变化的新创作,尤其是这期间发生的诗文革新运动,也作出相应的改变和调整,以适应新创作的发展和读者的阅读需求。这种改变和调整,主要是从西方引进一些观念和方法,包括一些概念、术语,用于解释新创作,也从新的角度研究和评价旧文学。但因为这期间的文学变动和社会变动都过于频繁激烈,因而这些新的批评经验并未见之于新的文学理论建设。到了五四文学革命和新文化运动之后,虽然新文学批评的观念和方法,包括一些概念术语,依旧主要是从西方引进,但批评的注意力却逐渐集中于新文学所关注的一些主要的艺术问题和社会人生问题,这些新的批评经验也因此而逐渐成为一种比较普遍认同的文学判断标准和理论范畴。如科学、民主、个性、自由、社会、人生、写实、浪漫、情感、表现、灵感、创造等等，这些新的评价标准和理论范畴，不是出自中国传统的文学批评和文学理论，而是这期间文学批评实践经验的结晶。虽然这期间乃至其后出版的一些文学基本理论著作，主要是套用或借鉴西方范式，但却融进了新文学批评的这些见解和经验，是新文学批评为现代文学理论建构做出的初步贡献。[①] 到了左翼文学兴起之后，由于比较系统地从苏联译介了一些核心的文学理论观点，尤其是社会主义现实主义及其相关理论，如反映论、典型论等，新文学批评的观念和方法都得到了极大的改变，自觉地运用新的现实主义的理论观念和方法从事文学批评，成了此后一个相当长的时期内新文学批评的一种普遍风气。在这种风气的主导下，这期间的文学批评在评论现实主义作家的新创作，尤其是左翼作家和根据地/解放区作家的创作中，积累了丰富的经验，为新中国成立后新的文学理论建构提供了宝贵的“思想资料”，打下了坚实的思想基础。虽然新中国成立后最初的文学理论建构仍不免于照搬苏联模式，袭用苏式文学理论的概念和范畴，但这期间文学批评所积累的经验材料，却使这种苏式的文学理论打上了中国烙印，同时对这种苏式的文学理论概念和范畴也是一个重要的丰富和补充。鲍列夫在谈到批评与美学的相互关系时说：“批评为美学生产着‘知识半成品’”，“而美学的宗旨则是要把批评和文艺学（艺术学）所积累的知识加以系统化”，“将它们提高到规律和范畴的高度”。[②] 批评与美学的这种关系，同样也适

---

① 据聂运伟在《中国式文学概论的最早范式——〈奏定大学堂章程〉文学研究法课程讲授要义评析》一文中提供的材料，从1920年至1946年，大约出版文学理论教材类图书四十多种，其中较有影响的有：刘永济的《文学论》（1922）、马宗霍的《文学概论》（1925）、潘梓年的《文学概论》（1925）、沈天葆的《文学概论》（1926）、马仲殊的《文学概论》（1930）、老舍的《文学概论讲义》（1930—1934）、曹百川的《文学概论》（1931）、赵景深的《文学概论》（1932）、陈穆如的《文学理论》（1934）、谭正璧的《文学概论讲话》（1934）、陈君冶的《新文学概论讲话》（1935）、张长弓的《文学新论》（1946）等。文载《湖北大学学报》2007年第5期，可以参看。

② 〔苏〕鲍列夫：《美学》，中国文联出版公司1986年版，第513—514页。

用于批评与文学理论之间的上述联系。

文学批评对文学理论的意义和作用,除了上面讲到的直接的建构作用外,还有一种作用,就是对文学理论在实践中的应用进行检验。如同科学理论需要接受科学实践和生产实践的检验一样,文学理论也需要接受文学批评实践的检验,在批评实践中不断得到丰富和发展。某些理论因为能够解释和说明丰富复杂的文学现象而被广泛应用于批评实践,某些理论则因为违背文学活动的规律而为批评实践所摒弃。例如,现实主义文学理论在传入中国以后,由于与五四以来的新创作相适应,因而长期以来被批评奉为解释和评价文学作品的经典利器。但上世纪 30 年代从苏联传入的"拉普"派的"唯物辩证法的创作方法",却因为用唯物辩证法的一般法则代替现实主义创作的独特艺术方法,有悖于艺术思维规律,很快就受到包括苏联在内的众多作家和批评家的抵制。"文革"期间所奉行的"三突出"理论,同样也因为违背艺术规律而在新时期的文学批评中受到唾弃和批判。

而且,批评也根据发展变化着的文学现实不断对理论提出修正和补充,仅就现实主义理论而言,自"批判现实主义"之后,在世界范围内,诸如"社会主义现实主义"、"革命的现实主义"、"开放的现实主义"和"无边的现实主义"等等新的理论命题的提出,无疑都是批评在总结现实主义的新的创作经验的过程中,对现实主义的文学理论做出的新贡献。在谈到现实主义理论的"开放和扩大"问题时,罗杰·加洛蒂说:"从斯丹达尔和巴尔扎克、库尔贝和列宾、托尔斯泰和马丁·杜·加尔、高尔基和马雅可夫斯基的作品里,可以得出一种伟大的现实主义的标准。但如果卡夫卡、圣琼·佩斯或者毕加索的作品不符合这些标准,我们怎么办呢?应该把他们排斥于现实主义亦即艺术之外吗?还是相反,应该开放和扩大现实主义的定义,根据这些当代特有的作品,赋予现实主义以新的尺度,从而使我们能够把这一切新的贡献同过去的遗产融为一体?我们毫不犹豫地走了第二条路。"[1]可见,加洛蒂用"无边的现实主义"这个新的理论命题对传统现实主义理论作出修正和补充,是从对新创作的批评中所得到的经验和启示。

这种情况也发生在一些具体的评价标准和理论概念的运用方面。例如,在上世纪五六十年代我国的当代文学批评中,频繁使用的诸如"上层建筑""意识形态""为政治服务""创作方法""现实主义"(含"社会主义现实主义""革命的现实主义")、"浪漫主义"(含"革命的浪漫主义")、"两结合""反映论""形象性""形象思维""真实性""典型性""世界观""革命性""阶级性""党性""人民性""倾向性""通俗化""大众化",以及"重大题材""时代潮流""生活本质""历史规律""正面人物""反面人物"等评价标准和理论概念,在 90 年代以来的文学批评中就较少出现。从上世纪 70 年代末到 80 年代逐渐代之而起的,则是诸如"主体性""表现性""现代派""生命感""潜意识""现代性""日常化""个性""自我""本能""象征""隐喻""荒诞""变形""魔幻""梦境""反讽",以及诸如"复调结构""话语狂欢""叙事时间""叙事空间""叙事人称""叙事角度""叙述方式"等评价标准和理论概念。发生这种改变的原因,倒不完全是此前的评价标准和理论概念本身有什么问题——虽然有的也确实存在很大的历史局限和理论局限——而是因为从上世纪 70 年代末到 80 年代以来的文学创作在逐渐发生变化。这种变化进入 90 年代后日益扩大和加深,致使以往文学批评习用的许多评价标准和理论概念,已经部分地或完全地失去其效用和功能,这样,就迫使面对新创作的文学批评,不能不吸收、采用一些新的评价标准和理论概念,去对这些新创作进行阐释和评价,这些评价标准和理论概念也就成了新的文学理论构建的新概念和新范畴。我们只要拿上世纪 60 年代出版的两部有代表性的文学理论教材——以群主编的《文学的基本原理》和蔡仪主编的《文学概论》,与上世纪 90 年代出版的文

---

① 〔法〕罗杰·加洛蒂:《论无边的现实主义》,上海文艺出版社 1986 年版,第 167—168 页。

学理论教材——童庆炳主编的《文学理论教程》[1],作一番比较,就不难看出这一点。从这个意义上说,文学批评又往往是文学理论更新、变革的前锋和先导。这在20世纪以来的西方文学和进入80年代后的中国文学中表现尤为突出。

有人认为,20世纪西方文学进入了一个“批评的时代”,不仅因为批评活动十分活跃和日渐走向专业化,也因为丰富多样的批评实践为文学理论的发展提供了重要经验,使20世纪的文学理论也成为西方文论史上一道亮丽的景观。20世纪以前的西方文学理论,基本上是亚里士多德创立的古典主义体系占据统治地位,主张文学“摹仿”现实,强调文学的“教化”作用,奉行古代典范作品的艺术准则,是其核心内容。从18世纪开始,在新古典主义文学内部,就已经出现了批评对于这种理论传统的离心倾向,批评开始把“新古典主义理论体系方面掩盖着许多矛盾之处”“推到桌面上来”,“又把这样或那样的立场态度推向合乎逻辑或不合逻辑的极端”,于是“诸家学说逐步确立,它们跟前人理论只是勉强保持着形式上的联系”,“摹仿说”就是这样被批评“重新阐释”而失去了它的原来意义的。尤其是在18世纪中叶,“批评的重点转向读者观众的反响”,即由注重“教诲”读者,转向注重读者的情感反应,致使“新古典主义的各种立场和理论迅速分化,转向自然主义、情感主义和高度想象性的艺术”。[2] 加上接踵而来的19世纪浪漫主义文学批评强调“表现自我”,注重“内心”“激情”和“为艺术而艺术”等等新的文学观念的冲击,以“摹仿说”和“教化说”为中心的古典主义文学理论体系即宣告解体。正是在这一基础上,20世纪西方文学批评通过

---

① 以群主编的《文学的基本原理》和蔡仪主编的《文学概论》,都是上世纪60年代初由周扬组织领导编写的文学理论教材。《文学的基本原理》成书后,1963、1964年由上海文艺出版社分上、下两册出版。《文学概论》1963年形成“讨论稿”,1978年“修改、定稿”后,1979年由人民文学出版社出版。童庆炳主编的《文学理论教程》1992年由高等教育出版社出版。可以参看。

② 〔美〕韦勒克:《近代文学批评史》,上海译文出版社1987年版,第33—35页。

积极扬弃浪漫主义文学批评的理论成果，尤其是借用诸如哲学、心理学、美学和其他相关学科提供的新观念和新方法论的工具，在分析和阐释新的创作的过程中，进一步举起了“反叛”传统理论的旗帜。结果是，20世纪的文学批评最终结束了亚里士多德体系占据文学理论的中心和统治地位的漫长时代，同时也开创了20世纪的文学理论多元竞进的新的理论格局。

进入80年代以后，我国文学理论的更新和变化，同样也是以新的文学批评实践为前驱的。新时期的文学批评不但从一开始就突破了为极“左”政治服务的理论束缚和禁锢，对诸如“三突出”的创作原则之类条条框框进行了大胆的批评和反拨，而且在实践中还大量吸收和借鉴西方20世纪以来的文学理论和文学批评的最新成果，使批评的观念和方法都发生了显著的变化。正是由于文学批评的这些新变化，文学理论才感到愈来愈不能适应新的批评实践对于阐释和评价文学作品的理论需要，才开始萌生更新文学观念乃至变革整个旧的文学理论体系和框架的现实要求。当时种种关于新的文学理论构架的尝试，如从主体性的角度、“三论”（信息论、系统论、控制论）的角度、艺术生产的角度、接受美学的角度和比较文学的角度等构建文学理论的设想，就是由于新的批评实践的推动，并在批评已经取得的积极的经验和成果基础上发展起来的。

凡此种种，批评之所以能充当文学理论变革的前锋和先导，原因在于，文学理论一旦形成，就是一种独立于文学现实之外的抽象的存在，而文学批评却始终牢牢地把握着现实的脉搏，时刻反映现实的变动和要求，并且常常是以其独立的理论发现和创造，向既有的文学理论提出挑战，迫使既有的理论作出修正和调整，同时要求新的理论容纳新概念，拓展新范畴，以适应认识和评价新的文学现实的需要。批评总是以在实践中提出新问题的方式，迫使文学理论作出最后的回答，借此使文学理论得到更新和改造，推动文学理论向前发展和迈向新的目标。

以上我讲的是文学批评与文学理论的关系。我所取的角度,是文学批评作为阐释和评价文学的一种实践活动,对建构文学理论的作用和意义,从这个角度来看文学批评作为文艺学的一个分支学科的学科性质和功能。以下我讲文学批评与文学史的关系,换一个角度看看文学批评别一方面的学科属性和功能。

我在前面曾经说到,如果说在文学批评与文学理论之间确实存在着一种理论与实践的关系的话,那么,在文学批评与文艺学的另一个分支学科——文学史之间,就纯粹是两种不同的文学研究实践的关系了。在讲这种关系之前,我们先来看看有关学者对这两种不同的文学研究实践是怎么理解的。在本讲的开头部分,我曾引用韦勒克、沃伦的话,对文学批评和文学史作了重要区分,即前者是对文学作品"作个别的研究",后者是对文学作品"作编年的系列研究"。这种区别显然是相对的。按照克罗齐的说法,"'艺术的'或'文学的'批评家一个名称有各种意义:有时它指研究文学的学者,有时它指阐明过去艺术作品真相的历史家,更普遍的是指两种人合而为一。有时'批评家'作狭义用,专指当代文学作品的判断者与描写者,而'历史家'则专指讨论时代较远的作品者。这都是语文的习惯用法和经验分别,可以略而不论"[1]。他又说:"在现代文艺的研究中,争论的因素占主导地位,于是这种研究更乐意被称为'批评',而在对较久远的时期的文艺的研究中,叙述的口气占主导地位,因此这种研究更乐意被称为'历史'。实际上,真正彻底的批评是对已经发生的事情的平静的历史叙述。"[2]韦勒克、沃伦对文学批评和文学史的理解,显然与克罗齐有所不同,因而他们对文学批评和文学史的区分也有差别。前者是从这两种不同的文学研究实践的工作对象和工作任务出发的,后者则是从这两种不同的文学研究实践的主体状态和工作性质、工作方式出发的,但他们之间有一个共同

① 〔意〕克罗齐:《美学原理 美学纲要》,外国文学出版社1983年版,第142页。

② 同上书,第288—289页。

之处是,都在客观上表明了文学批评和文学史之间存在着一种紧密的内在联系。正是在这种联系中,显示了文学批评对于文学史的特殊的作用和意义。

这种作用和意义首先在于,文学史的形成,有赖于文学批评观念的进步和批评实践所提供的"思想资料"。韦勒克说:"发展,或则至少说时间上的运动和变化,是第一次使撰写文学史成为可能的中心观念。"[①]但这个观念的形成,在欧洲文学中,先是由于批评对新古典主义理论的冲击,导致了"现代历史意识的觉醒",即"把承认个性与意识到历史的变化发展结合起来",此后,批评在探究文学个性的形成的过程中,又涉及不同民族、不同类型的文学的差异和对比,以及不同时代的"时代精神"和"环境因素"。于是,文学的"民族特性这一观念"在批评实践中"慢慢形成"。"只有在具备了独立性、个别性、民族性的这种文学观念逐步确立并且为人接受之后,现代的发展概念才可能产生",撰写文学史才成为可能。而在此之前,"维吉尔和奥维德,贺拉斯,甚至还有荷马,差不多被当成同代人来讨论。时代之间的时间鸿沟很少为人意识到,尽管年代表上的客观史实是尽人皆知的"。这说明,没有批评观念的进步,就不会有文学史观念的萌芽,文学史观念是随着文学批评观念的进步逐渐孕育形成的。同时,"历史意识,个性和发展的意识必须跟古籍研究的精神结合起来,运用过去若干世纪中所积累的材料,用一种迫切和应用于自己时代的意识去浸透它们"[②],才能写成文学史。所谓"古籍研究",在文学领域,亦即对文学材料的搜集、甄别和考证,包括必要的整理和阐释工作,这无疑也包含有"批评"和评价的性质,甚至本身就是一种实证性和阐释性的批评活动。总之,欧洲虽然"直到十九世纪初叶……才谈得上有成功的文学史",但是,这"并不应当使我们忽视在十七和十八世纪期间为此所做的明确的准备工作。当

① 〔美〕韦勒克:《近代文学批评史》,上海译文出版社 1987 年版,第 35—37 页。
② 同上书,第 36—38 页。

时,积累了撰写文学史所需要的材料,在发展这一观念和批评的种种新概念方面,已经奠定了学术基础”。[①]

韦勒克的这些分析,同样也适用于中国文学中文学批评和文学史之间的历史联系。由于各民族文艺学学科发展的不平衡和学术思想、治学方法的差别,虽然直到19世纪末、20世纪初,中国才开始有文学史出现,但是,诸如韦勒克所说的“发展”等等有关文学史的观念,却是早在公元5—6世纪的魏晋南北朝时期的文学批评中就已经开始形成,并在刘勰、钟嵘等人的文学批评和理论著作中,产生了萌芽状态的文学史雏形。

刘勰不但从总体上提出了“文律运周,日新其业”的思想,即认为发展变化是文学运动的一条客观规律,而且还具体指出了文学发展变化的途径:一是在继承传统的基础上的革新创造,即认为“参伍因革”,是“通变之数”;二是随着时代的变化而变化,即所谓“文变染乎世情,兴废系乎时序”。同时,还十分强调自然环境对文学发展的作用,即所谓“山林皋壤,实文思之奥府”等等。这些思想虽然并不完全是刘勰所独创,但刘勰作为那个时代的文学批评思想的集大成者,无疑为文学史观念的形成奠定了极为重要的学术基础。而且,在《文心雕龙》的“文体论”部分,刘勰还把上述发展变化的思想具体化为“原始以表末”的编写原则,即对各体文章皆追溯起源,阐明流变,找出其间发展演变的内在联系,这就使得刘勰的文体批评近似于分体文学史研究,因而《文心雕龙》的“文体论”,完全可以看作是我国自上古至魏晋南北朝各体文学发展史的雏形。

同样,钟嵘的《诗品》论及历代诗人,也以“致流别”“显优劣”“论品第”为宗旨,即致力于探讨作家艺术上的渊源所自和所属风格流派,评论、比较作家艺术成就的优劣高下,也带有史的研究的性质,也包含有发展演变的观念。例如,他在“上品”《魏侍中王粲》中说:王粲诗“其

---

① 〔美〕韦勒克:《近代文学批评史》,上海译文出版社1987年版,第39页。

源出于李陵”,“在曹(植)刘(桢)间,别构一体”,“方陈思不足,比魏文(曹丕)有余”①,虽过于刻板拘泥,却让我们从“史”的发展和横向比较中,得以窥见王粲创作的历史位置和成就。从以上分析中,我们不难看出,当批评不满足于孤立地分析文学作品,而要寻找它在文学内部的渊源关系以及与社会历史的客观联系的时候,批评就进入了历史领域,从而为文学史的出现奠定了实践的基础。

如果说文学批评在对作家作品和文学事实做历史的或溯源探流的研究中,形成的发展演变之类的观念,是文学史研究的前提和条件,那么,文学批评对当时作家作品和文学事实的阐释与评价,则是文学史研究认识和评价该时代文学的起点和依据。如同任何历史研究都不是简单地记录历史事实一样,文学史研究也不是简单地记录已经发生过的文学事实和已经存在过的作家作品,而是同时还包含有研究者对研究对象的认识和评价。因为文学史家的研究对象,主要是过去年代的作家作品和文学事实,但文学史家却无法回到过去,根据该时代的社会环境和价值关系,对作家作品和文学事实作出合乎当时实际的阐释和评价。虽然文学史家不必完全重复过去年代的文学阐释和评价,但当时的文学阐释和评价,却是文学史家不能不顾及的一个基本事实。这就像法官断案一样,终审法官可以改变甚至推翻初审的判决,但却不能对初审的判决完全弃之不顾,相反,要在对初审判决斟酌甄别的基础上作出最终裁决。如果沿用这个比喻,文学批评家就是这个初审法官,因其置身于当时的社会生活和文化氛围之中,根据该时代的环境因素和价值关系,对该时代的作家作品和文学事实作出的阐释和评价,无疑更切合该时代的实际,因而对后来的文学史家和文学史研究会有重要的参考作用。例如刘勰评论“建安文学”的特点及其形成原因时说“观其时文,雅好慷慨,良由世积乱离,风衰俗怨,并志深而笔长,故梗概而多气也”②,

① 《诗品注》,人民文学出版社 1961 年版,第 22 页。

② 范文澜:《文心雕龙注》(下),人民文学出版社 1958 年版,第 673—674 页。

在论及刘宋之初的文学时说“宋初文咏,体有因革,庄、老告退,而山水方滋”[①]等等,皆因其去古未远或躬逢其时,而为后来的文学史家研究这一时代的文学史,提供了可资参考的重要依据。事实上,今人编撰的各种古代文学史,在论及“建安文学”和刘宋初年的文学时,基本上都采用了刘勰的这些评论。就是有些文学史家不同意前人的评论或作“翻案”文章,也离不开前人的评论,也得以前人的评论为前提。如今天的许多文学史家一反钟嵘对陶渊明的评价,把陶渊明的创作从钟嵘排定的“中品”,提升为那个时代有代表性的第一流作家,就是如此。熟悉中国古代文学的同学都知道,今天的古代文学史对历朝历代作家作品和文学事实的阐释与评价,多数都是在当时或前人的文学批评阐释和评价的基础上建立起来的。

在年代更近的文学史,如中国现当代文学史研究中,更是如此。由于在这些年代更近的文学史上,批评家和文学史家基本上是置身于一个同质同构的社会文化环境之中,受着同一时代潮流的影响,持大致相同或相近的社会价值观念和艺术评价标准,尤其是那些置身于主流意识形态、拥有话语权的批评家和文学史家,对作家作品和文学事实的阐释和评价,往往也大致相同或基本接近,因而文学批评影响于文学史研究,就显得更加直接、更具同一性。例如,相当长一个时期的中国现代文学史研究,对现代作家作品和文学事实的阐释和评价,就大都采自当时的批评家,尤其是主流的“革命的、进步的”批评家的结论。早期的当代文学史研究,尤其是对新中国成立后头“十七年文学”的研究,在相当长一个时期,则主要是根据代表主流意识形态的文学批评的判断展开的,从这期间开展的历次文学运动,到对具体作家作品、创作现象和文学思潮的褒贬评价,都悉数被文学史家整合进文学史研究,将这期间的当代文学史研究变成了当代文学批评的知识“成品库”。即使是对“文革”结束后新时期文学历史的研究,这期间文学批评的阐释和评

① 范文澜:《文心雕龙注》(上),人民文学出版社 1958 年版,第 67 页。

价也起着举足轻重甚至决定性的作用。例如我们所熟知的从“伤痕文学”“反思文学”“改革文学”,到“寻根文学”“现代派文学”“新写实文学”的命名,以及对具体作家作品的阐释、评价,都是新时期文学批评所提供的,因而,所谓新时期文学史研究,无疑是在新时期文学批评实践经验的基础上展开、完成的。综上所述,我们不难看出,无论是离我们较远的古代文学史研究,还是离我们较近的甚至置身于同一时代的现当代文学史研究,都离不开当时的文学批评所提供的判断和经验。可见,批评是以其对于当时文学的切近的感性经验、价值判断和阐释性成果,对文学史的研究提供历史的参照和借鉴的。

以上,我所讲的,是文学批评的成果对文学史研究所起的作用,但这并不等于说,文学史家只是被动地照抄照搬批评家的结论,恰恰相反,在文学史研究中,文学史家除了需要参考和借鉴当时文学批评的成果外,也有自己独特的识见和眼光。这种识见和眼光,也就是文学史研究的“当代性”。我们常常喜欢引用克罗齐的一句名言,说“一切历史都是当代史”,不管人们对这句话有多少解释甚至误解,其中无疑包含有一切研究历史的人都是置身于当代社会的意思,这就是文学史研究的“当代性”产生的根源。作为一个学科的文学史研究的发展,不是指文学的客观的历史进程在研究者视野中的延伸,而是指一代又一代的文学史家,用新的眼光观照同一历史对象所引起的变化。这种眼光亦即当代批评的眼光,或者说是具有“当代性”的文学批评的眼光。刘再复说:“古代文学的研究对象是历史,是历史文化,但是,古代文学研究的性质则属于当代文化的范畴,因为它是当代人用当代的文化眼光去对历史进行阐释”,“历史作为一个程序是从昨天向今天向明天流动,而研究历史则是从今天向昨天向前天流动,是让当代的文化精神往后伸延,往现代文学史乃至往古代文学史伸延。思绪不断地往后流去,并且不断地出现今天视野中的过去”①,说的就是这个意思。正因为有一

---

① 刘再复:《强化现代文学研究的学术个性》,《人民日报》1988 年 11 月 22 日。

代又一代的文学史家把批评当代文学的"文化眼光"运用于对过去时代的文学的历史研究,才有可能赢得对于历史对象的新的认识和评价,文学史学科也因此而在这种"当代化"的过程中,不断地获得新的发展和进步。从这个意义上说,文学史研究亦即一种形式的文学批评,这种文学批评的对象,不是或不完全是"当代文学作品",而是"时代较远的作品"。批评把加诸当代文学作品的观念和方法也加诸它的"历史对象",并把这种结果诉诸一种"历史叙述的才具",批评就成了一种具有"当代性"的文学史研究。而文学史研究的个性的形成,亦即取决于这种"当代性"的个别形式,而不是取决于统一的不可更易的"历史对象"。

以上,我从不同方面分析了文学批评对于文学理论和文学史的作用与意义。我讲这个问题,就文学批评与文学理论的关系而言,主要是从文学理论的发生和发展的角度立论的。事实上,文学理论一旦形成,作为一种独立的知识形态,也要对文学批评施加作用和影响。同样,我在上面讲过的文学批评对于文学史的作用,也主要是从文学史的发生和发展的角度立论的,是表现在文学史发生和发展的过程之中的。实际上,文学史作为一种关于文学的历史知识,一旦形成,对文学批评实践无疑也有着不可忽视的影响作用。如果说具有独立的主体意识的文学批评对文学对象的"改造"(创造性转换),是文学批评的实践性特征的一种表现的话,那么,对于文学理论和文学史知识的应用,则是批评的实践性特征的又一表现形式。就后一种意义说,文学批评又具有一种应用学科的学科性质和功能。以下,分开讲文学批评对文学理论和文学史知识的应用问题。

就文学批评对于文学理论的应用而言,别林斯基曾把批评称为"运动着的美学"。按照鲍列夫的解释:"这句话的含义是:只有在批评过程中调动审美范畴、对艺术篇章的研究依靠着'经过扬弃的'(Снятый)人类艺术经验——美学,批评分析活动才可能卓有成效。"相反,"只要一位批评家离开了美学的指导,他就只能作出一些最天真的、越来越不高明的、人云亦云的判断”。“无论一个不学无术的人直觉多么发达，趣味多么精细，多么善于表述自己对艺术的印象，他对于艺术成果的评论还是既不会推动艺术理论的发展，也不会推动艺术本身前进一步。”[①]关于这一点，在韦勒克和英国文学批评家利维斯之间，曾经发生过一场有趣的争论。利维斯认为批评家的目的和一个高明的读者的目的是一样的，即“感觉”“具体的完整的”文本经验，并用一种与文学的性质相适应的具体的、特殊的而不是抽象的、一般的语言，直接向读者传递这种经验。他反对文学批评借助理论概念，对具体经验进行抽象的讨论和概括。但韦勒克却说，当读者与批评家的意见基本一致时，利维斯的批评模式也许还不会有什么问题，如果读者的意见发生分歧，利维斯的模式就不能有效地对付不同意见。因为批评中的分歧，往往是关于文学的性质和批评的目的之类普遍性问题，只有通过理论讨论才能获得认识和解决。因此，韦勒克说，无论批评家，例如利维斯，怎样力求向读者直接传达他自己对原文的“整个反应”，他都不可避免地要借助于理论规范或标准，不可避免地要运用理论概念。[②] 在这个问题上，利维斯的看法类似于克罗齐的某些批评的取消论。克罗齐基于批评家的“鉴赏力”和艺术家的“天才”在大体上是“统一的”的观点，认为“当艺术家的天才和观赏者的鉴赏力已经表达出见解的时候，批评的见解还有什么用呢”[③]？这些看法无疑混淆了鉴赏的判断和批评的判断的根本区别，把基于个体经验的感性的、直观的判断，与凭借理论知识的理性的概念的判断混为一谈。批评虽然不能脱离具体个别的鉴赏经验，但这种鉴赏经验毕竟只能作为批评活动的起点和统一的认识过程的初级阶段发生作用，真正完全意义上的批评的分析和判断，恰恰是以这种鉴赏经验为对象，运用“普遍理性”对之作“纯粹理智

---

① 〔苏〕鲍列夫：《美学》，中国文联出版公司 1986 年版，第 512 页。

② 〔英〕安纳·杰弗森、截维·罗比等：《西方现代文学理论概述与比较》，湖南文艺出版社 1986 年版，第 8—9 页。

③ 〔意〕克罗齐：《美学原理 美学纲要》，外国文学出版社 1983 年版，第 274 页。

的认识性的观照”(黑格尔)。从这个意义上说,批评之所以需要借助理论知识,正是因为只有一定的理论知识才能将批评家对于文学的个体经验纳入普遍性范畴,从而使批评的判断不仅限于满足批评家个人的内在尺度,同时也在普遍性的意义上显示出它的价值来。例如作家严文井和理论家刘再复在评论韩少功的小说《爸爸爸》时,对其中的一个人物丙崽,都有过类似的心理经验,即都对丙崽表示心理认同,都说“我就是丙崽”。这是他们对这个人物的个体经验,但却不能代表他们对丙崽和整个作品的理性分析与判断。作为批评的分析和判断还必须像他们已经做过的那样,运用一套文学理论知识、概念和术语,将丙崽“抽象”为某种文化的符号,然后借助相关的文化学的理论知识和概念术语,才能将“我就是丙崽”这种个体心理认同上升到民族的文化传承或心理积淀的普遍性高度,丙崽和《爸爸爸》也因此而在批判性地反省民族文化的意义上,获得了普遍性的价值和意义。

严格说来,批评在作理性分析的过程中,不仅仅限于应用文艺学和美学的理论知识,同时也应用与分析对象相关和为批评的目的所必需的其他学科的理论知识,如哲学、宗教学、政治学、伦理学、历史学、文化学、心理学、教育学、逻辑学、修辞学乃至经济学和自然科学等学科的理论知识,但这些理论知识一般说来只有融进批评的文艺学的分析和美学的分析中,才是有效的和有意义的,否则,批评就可能因其文学性和美学特征的被“消解”而成为其他学科在文学领域的一种实证。而且,批评对于理论知识的应用,并非刻板地照搬照套,而是作为批评主体的主体素质和知识构成在发生作用。从这个意义上说,所谓“运动的美学”,一方面是被理论知识装备的批评主体的成熟的理性,对于批评对象的积极能动的理性观照,另一方面,也是装备批评主体的理论知识,在批评“运动”的具体行程中,不断获得丰富、发展和补充的过程。

文学批评对于文学史知识的应用,严格说来并不像文学批评应用文学理论知识那样,是基础学科和应用学科之间的一种关系。虽然文学史知识在文学批评中,也是作为批评主体的主体素质和知识构成在发生作用,但文学史知识在文学批评中,通常并不表现为思维的准则和手段,而是作为对于文学的一种间接的历史经验,参与批评的分析和判断。韦勒克、沃伦说“文学是一个与时代同时出现的秩序(simutaneous order)”①,克罗齐则说艺术与文学的历史是“一个历史的艺术作品,建筑在一个或一个以上的艺术作品基础上”②。这些说法虽然颇多含糊和不尽完善,但前者表达了文学与社会历史的联系,后者表达了文学自身的历史关系,对于文学批评的判断和评价都是十分重要的。批评只要涉及价值判断,就不能不在文学与社会历史的联系中考察文学对于现实的价值与效用,也不能不在文学自身的历史关系中考察文学对于艺术创造的作用和意义。前者通常被看作是一种广义的社会历史观点,后者则常常被理解为一种狭义的艺术传统。但在文学范围内,两者都是由于文学史的存在,才成为文学批评的自觉意识,和对文学批评发生实际的参照作用。例如我们要确认鲁迅的《狂人日记》的价值,就不能不联系五四时代反对封建主义的历史实际,这种方法不但是文学理论明白地告诉我们的,也是被文学史知识深刻地证明和“暗示”给我们的。同时,我们还必须参照前此各代的文学传统,尤其是白话小说的传统,和诸如果戈理的同名小说之类的别一民族的文学史的影响,才能真正确认鲁迅的《狂人日记》的现实价值和历史地位。这些离开了理解文学的社会历史观念和必要的文学史知识,都是不可思议的。艾略特说,“诗人,任何艺术的艺术家,谁也不能单独的具有他完全的意义。他的重要性以及我们对他的鉴赏就是鉴赏对他和以往诗人以及艺术家的关系。你不能把他单独的评价;你得把他放在前人之间来对照,来比较。我认为这是一个不仅是历史的批评原则,也是美学的批评原则”③,即是这个意思。

---

① 〔美〕韦勒克、沃伦:《文学理论》,三联书店 1984 年版,第 31 页。

② 〔意〕克罗齐:《美学原理 美学纲要》,外国文学出版社 1986 年版,第 142 页。

③ 〔英〕戴维·洛奇编:《二十世纪文学评论》(上),上海译文出版社 1987 年版,第 130 页。

此外,文学史知识在批评的具体行程中,也常常被用来对批评的对象作思考的联想和比附(类比)。例如我们说进入 20 世纪 80 年代的中国文学是一个“自觉”的时代,说某些作家笔下的人物是 20 世纪中国青年知识分子中的“多余的人”等等,即是比附魏晋南此朝时代的中国文学和对 19 世纪俄罗斯作家笔下的某些知识分子形象所作联想的结果。这种比附和联想虽然不是严格意义的批评的历史分析,但却是运用文学史知识分析文学的一种习见的方式,或作为批评的历史分析必要的过程和前提。由此看来,文学史作用于文学批评的,既有为文学的全部历史进程所昭示的历史观念,也有文学发展过程中具体而微的历史知识。唯其如此,置身于文学的观念和知识背景中的文学批评,才是具有“历史感”的,才能通过批评在文学的历史与现实之间,建立起作为一种知识系统所必需的整体联系。

第二讲　文学批评的科学性追求

上一讲，我们通过文学批评与文学理论和文学史的关系，讨论了文学批评的学科属性问题。这个问题虽然比较复杂，但有一点应该是确定无疑的，即作为讨论这个问题的一个前提，文学批评是文艺学的一个分支学科，与文学理论和文学史一样，都属于"文学'本体'的研究范围"。既然如此，文学批评如同文学理论和文学史一样，也存在一个所有的社会、人文学科必须面对的科学性问题，也有一个对所有的社会、人文学科来说都不可回避的科学性追求问题。只不过相对于其他社会、人文学科，包括文学理论和文学史而言，文学批评的科学性问题显得较为复杂，因而文学批评对科学性的追求也有不同的表现罢了。本讲要讨论的，就是文学批评的科学性追求这个复杂表现的问题。在讲这个问题之前，有个问题需要说明一下，就是人们常常把文学批评实践的科学性问题与文学批评学的科学性问题混为一谈，为方便后面的讲授，先说一点这两个问题的联系和区别。

文学批评的科学性问题，包含相辅相成的两个方面：一是指文学批评实践的科学性问题；一是指人们对文学批评实践的认识和思维整合的科学性问题，即文学批评学的科学性问题。在一般情况下，人们常常把上述两个方面割裂开来,认为应当建设一门"科学的"文学批评学,却对实践形态的文学批评的科学性持这样或那样的怀疑态度。文学批评实践的科学性,和文学批评学的科学性,当然不是一回事,但是,如果把文学批评实践作为文学批评学建设的起点和前提来考察,则这两种不同性质的科学性之间,又存在着不可分割的内在联系。从文学批评活动的起源和独立发展的角度来看,它最初是被包裹在哲学、政治学、伦理学、历史学、逻辑学和修辞学的母胎之内的,或者仅仅是作为注释《圣经》或儒教典籍之类的工具,在这种情况下,文学批评活动既没有脱离它的母胎,又没有得到独立的发展,科学的文学批评学建设自然无从说起。同样,如果文学接受活动仍然停留在"前批评"阶段,即如上古时代那样,主要靠接受者自身"参与创造"(史诗和神话传说的传播中,包含有这种"前批评"阶段的文学接受因素)来表达对文学作品的"接受"态度,或者仍然停留在个人对文学作品纯粹内在的体验阶段,如中国古代提倡对诗歌作品的咀嚼涵泳、玩索品味那样,科学的文学批评学建设同样也无从说起。从这个意义上说,文学批评实践的独立发展,一方面意味着它开始从其他学科的母胎中剥离出来,另一方面也表明它不再满足于一己的内在体验,而要对这种内心经验作种种的分析、说明、归纳、综合、推导、演绎,并借此表达对一定的文学对象的认识和评价。所有这一切,最终都不能不表现为与上述手段相一致的、借一定的概念和逻辑系统表达出来的知识形式。就文学批评的这些活动方式及其知识形态而言,其中就包含有某种科学性(即类似科学研究活动的性质)的萌芽在内。因此,所谓科学的文学批评学建设,首先必须以文学批评实践的这种独立发展和其中所蕴含的科学性因素作为前提和基础。

但是,这并不等于说,文学批评学的科学性完全取决于文学批评实践的科学性,恰恰相反,文学批评学一旦形成,作为一门学科的知识体系,它是否具有科学性,要取决于它的概念、范畴和命题在多大程度上能集中反映文学批评的实践经验,对文学批评实践是否具有普遍的价值和意义，是否能揭示文学批评实践的本质规律和发展趋向，并借助理论的普遍性力量对实践的推动作用，促进文学批评实践更加合乎规律地发展，走向更高程度的科学性。从这个意义上说，文学批评学作为研究文学批评的一项专门学问，就带有某种“元科学”和“元理论”的性质。它的目标不是去研究具体个别的作家作品、文学现象和文学思潮，而是各种形式的文学批评在研究这些作家作品、文学现象和文学思潮时所遵循的一般原则和规定。韦勒克、沃伦认为，在文学的“本体”研究范围内，不但应该对文学理论、文学批评和文学史三者加以区分，而且在文学理论中，应当包括必要的“文学批评的理论”。[1] 这个必要的“文学批评的理论”，用他们界定文学理论的话说，也就是对文学批评的“原理”、“范畴和判断标准等类问题的研究”。由此可见，文学批评实践的科学性和文学批评学的科学性虽然有着密不可分的内在联系，但二者所指的对象、范围又是不可同等看待的，更不可以文学批评学的科学性取代文学批评实践活动的科学性。因为本课主要不是研究文学批评的一些“元理论”问题，而是要引导同学们正确认识文学批评的实践活动，因而本讲所讲的文学批评的科学性，主要是指文学批评实践的科学性。所谓文学批评的科学性追求，同样也主要是指文学批评在实践活动中追求科学性的诸多表现。以下先讲文学批评追求科学性的方式和特点。

说到文学批评的科学性追求，人们自然会想到自然科学的科学性追求。文学批评的科学性不同于自然科学的科学性，是显而易见的，后面我们还要谈到这个问题。但文学批评追求科学性的方法和途径，与自然科学却有一些可以类比或大体相似之处。由于学科分工的不同，自然科学对自然事物或客观对象的科学性追求，不是整体地一次性地完成的，而是由各个不同学科、从不同侧面去分别完成的。不同学科，对同一自然事物和客观对象，研究的侧重点和期望达到的目标，各不相

① 〔美〕韦勒克、沃伦：《文学理论》，三联书店 1984 年版，第 31 页。

同,无法强求一律,也不能服从某一个整体。例如,同样是一块石头,物理学侧重研究它外在的形状和硬度,化学侧重研究它内在的元素和结构,地质学侧重研究它的地质年代和矿物含量等等,都是从一个侧面去认识其性质和特点,或揭示其本质和规律,换一句话说,也就是通过这样的方式,去追求各自所期望达到的科学性。而且,这个过程,在科学发展史上,又不是一蹴而就的,而是一个累积的渐进的过程,即由一代又一代人的经验和成果逐渐累积、不断推进而成的。某一些学科,在某一段时间,只能到达它们可能到达的一些科学性目标,另一些学科,在另一段时间,又可能到达它们可能到达的另一些科学性目标,这些不同学科在不同时间所追求的科学性,合起来,也许最终能揭示自然或宇宙的奥秘,达到对自然或宇宙整体的科学认识,但在到达这个终极目标之前,各学科的科学性追求,永远只是这个整体的科学认识的一个侧面。

文学批评对科学性的追求,大体也是如此。虽然在文学批评内部,并没有进一步的学科区分,但文学批评却有派别、潮流,和与之相关的方法、模式,乃至内在的心智活动之别。虽然这些因素对自然科学的科学性追求也会发生影响,但自然科学的科学性追求,无论受何种派别、潮流、方法、模式和主观心智活动的影响,最终都不能不通过科学实验的方式去完成,都要见之于一套严格的实验程序,接受实验结果的检验。文学批评不存在这个实验过程,也没有一套必需的实验程序,更无法用实验的结果去检验。它的科学性追求,往往取决于它所处的派别和潮流,它所持的文学观念和文学批评观念,它所使用的批评方法和模式,或者批评家的感受、思维等心智活动。看批评家所处的派别和潮流,所持的观念、方法、模式,或批评家的感受、思维等心智活动,对批评对象来说,是否是适宜的、有用的或是有效的,以及这种适应性和有效性的程度如何。在一个时期,一些派别或潮流的批评家,持一种文学观念和文学批评观念,运用一种文学批评方法和模式,对一种形态或一种类型的文学进行批评,可能是适宜的、有效的,可能达到他们所预期的科学性。在另一个时期,另一些派别或潮流的批评家,持另一种文学观念或文学批评观念,运用另一种文学批评方法和模式,对另一种形态、另一种类型的文学进行批评,也可能是适宜的、有效的,也可能达到他们所预期的科学性。如同自然科学不同学科追求各自的科学性一样,处于不同派别和潮流,受不同观念支配,运用不同方法、模式,针对不同对象的科学性追求,也是文学批评追求科学性的不同侧面。这些不同侧面,也就是后来的学者所称道的"片面性形式",文学批评就是通过这种"片面性形式",追求一个总体的科学性目标。以下,我们就对这些"片面性形式"做一点历史的和逻辑的梳理。

美国学者艾布拉姆斯曾经为整体的文学世界,描绘了一个以作品为中心的结构或图式。在这个结构或图式中,作品居于中心位置,与作品发生关系的其他方面,是创造作品的作者(艺术家)、接受作品的读者(听众)和作品据以产生的社会(世界)。我们在后面讲到作品批评时,还要提到这个结构或图式。在这里,我要讲的是,根据这个有关文学世界的结构或图式,艾布拉姆斯对受不同观念支配的文学批评的方向作了如下区分:一是从亚里士多德到新古典主义时期的文学批评,侧重点在作品与世界的关系,因为主要奉行亚里士多德的模仿理论,故被称为模仿说的批评方向;二是以锡德尼为代表的文艺复兴时期的文学批评,侧重点在作品与读者的关系,因为强调文学对读者的"教化"作用,故被称为实用说的批评方向;三是浪漫主义时期的文学批评,侧重点在作品与作者的关系,因为强调文学是作者心灵的表现,故被称为表现说的批评方向;四是20世纪20—50年代的文学批评,侧重点在文学作品本身,因为强调文学作品独立的客体地位,故被称为客体说的批评方向。[①]

孤立地看,这四种形态的文学批评,对于艾布拉姆斯设计的"由艺术家、作品、世界和听众组成的结构"来说,都是"片面的"和不够科学

---

① 〔美〕艾布拉姆斯:《批评理论的方向》,《二十世纪文学评论》(上),上海译文出版社1987年版,第1—42页。

的，但是，恰恰又是这些各具特性的文学批评，一方面作为一个整体在一个历史过程中，较为全面地反映了以作品为中心的文学世界的各种关系，另一方面，就个别而言，也以一种“片面性形式”，展示了人们对于文学世界的认识逐步走向全面深入的发展过程。而且，它们与它们的批评对象，一般说来，又是基本适应的，即基本上是根据某一时期的文学创作或某一类型的文学作品的主要特征，对其作出解释和说明，并据以展开判断和评价的，因而基本上反映了这一时期文学创作的主要面貌和起主导作用的思想潮流、艺术精神。例如模仿说的文学批评之于严守规则的新古典主义的文学创作，实用说的文学批评之于重视知识和道德内容的人文主义的文学创作，表现说的文学批评之于崇尚个性的浪漫主义的文学创作，客体说的文学批评之于“取消个人”、膜拜形式创新的现代主义的文学创作，等等。

如果套用这个认识模式，我们不难发现，我国从先秦到20世纪以来的文学批评，同样也存在着类似上述四个方面的追求，即以“诗言志”为代表的表现说的文学批评，以儒家“诗教”和“文以载道”为代表的实用说的文学批评，20世纪以后以现实主义理论为中心的模仿说的文学批评，和20个世纪80年代开始萌芽的借鉴西方形式主义文论的客体说的文学批评等。只不过东西方追求的行程有不同的起点和走向，而且由于中国特殊的社会历史环境和独特的文学发展道路的影响，较之西方，中国的文学批评在上述四个方面的追求没有那样明确的时间分野，一般也不表现为相互取代的形式罢了。从这个意义上说，无论中外，文学批评在它的历史发展过程中，都是从一个“片面”入手去理解和评价它的对象，并把这种理解和评价的结果诉诸一种理论或学说的形式，以便后来的人们沿着同一方向或相反相歧的方向去深化、开拓和丰富对文学对象的认识、理解和评价。

类似的对于科学性追求的“片面性形式”，也表现在批评主体对批评的心智活动和思维方法不同方面的偏向和倚重。在文学批评史上，由于最早的文学批评总是与从哲学、政治学、伦理学等意识形态角度观照和谈论文学紧密相连,因而文学批评在一个漫长的历史时期内,往往被人们看成是一种纯粹的理性判断活动。这种理性判断活动在哲学认识论领域确立感性活动与理性活动之间的辩证关系之前,主要是根据某些普遍的或流行的原则标准,对文学作品作理论的裁决和判断。这种原则标准或者是某种政治律条和道德规范,如柏拉图"为法律的守护人所批准的""神圣的诗"的标准[①],和中国儒家"温柔敦厚"的"诗教"原则等,或者是从某些经典的文学作品中总结的创作法典和艺术圭臬,如亚里士多德的悲剧"三一律"规则,及"合宜""合度""合体"[②](类似于中国古代的"中和"之美)的标准等。在西方文学批评中,亚里士多德留下的那些判断标准之所以从古希腊迄于19世纪,一直历久不衰,正是由于批评在这个漫长的历史阶段特别崇尚纯粹的理性判断的偏向造成的。这种偏向在19世纪虽然经由浪漫主义的文学批评的冲击而有所改变,但由于这一时期随着自然科学的新发现而勃兴的科学理性主义思潮的影响,文学批评在抛弃了古典主义的理性之后,却以科学的实证精神和对于社会历史问题的关注,再次强化了这种纯粹理性判断的倾向。这在19世纪俄国革命民主主义批评家别林斯基那里表现得尤为突出。别林斯基不但把批评按照语源学(希腊文)的意义定义为"判断",而且排斥判断中的个人因素,认为"根据个人的遐思怪想、直接感受或者个人的信念,是既不能肯定任何东西也不能否定任何东西","判断应该听命于理性,而不是听命于个别的人,人必须代表全人类的理性,而不是代表自己个人去进行判断"。[③] 对理性判断的推重,虽然在文学批评史上最早奠定了文学批评的主要特征,成为历史最为悠久的一种主要的批评活动方式,但是,也给人们造成了一种错觉,即认为只有对批评对象作纯粹的理性判断,才是科学的文学批评,并以

---

① 伍蠡甫主编:《西方文论选》(上),上海译文出版社1979年版,第48页。
② 〔美〕韦勒克:《近代文学批评史》,上海译文出版社1987年版,第20页。
③ 《别林斯基选集》第3卷,上海译文出版社1980年版,第573页。

此排斥和否认其他形式，尤其是带有强烈的个体感受性色彩的文学批评(通常称之为鉴赏的或审美的批评)的科学性。别林斯基说："'我喜欢，我不喜欢'等说法，只有当涉及菜肴、醇酒、骏马、猎犬之类东西的时候才可能有威信；在这种时候，这种说法甚至可能是有权威性的。可是，当涉及历史、科学、艺术、道德等现象的时候，仅仅根据自己的感受和意见任意妄为地，毫无根据地进行判断的所有一切的我，都会令人想起疯人院里的不幸病人。"[1]莫泊桑甚至说，批评家"那无所不知的理解力，应该把自我消除得相当干净，好让自己发现并赞扬甚至于他作为一个普通人所不喜爱的，而作为一个裁判者必须理解的作品"[2]。

这显然是无视文学批评在自己的历史发展过程中，除了崇尚纯粹理性判断的客观主义的偏向外，在批评家的心智活动中，另有一种侧重个体的主观感受性的特殊追求。被后人称为"第一个浪漫派批评家"的郎加纳斯，最早认为"一个敏锐而有修养的人"对文学作品的个人感受能够判断文学作品是否是真正"崇高"的榜样，而且肯定了不同的个人对真正"崇高"的作品的共同感受具有判断的准确性和权威性。[3] 新古典主义的代表人物波瓦洛直接沿用了郎加纳斯的说法，也认为"大多数人在长久时期里"对一部作品的赞赏，是作品价值的"颠扑不破的证据"。[4] 法国浪漫派作家雨果则对鉴赏艺术的人作了一番限定，认为新的批评将建立在"天才共赏的趣味"上面。[5] 这些说法，无疑都希望借助时间和多数的力量，以增强个体感受性批评判断的合理性和普遍有效性。在这个范围内，也有一些批评家突出强调郎加纳斯所说的个人的"敏锐"和"修养"，从批评的鉴赏力本身去发掘感受性判断所具有

---

① 《别林斯基选集》第3卷，上海译文出版社1980年版，第573—574页。

② 〔法〕莫泊桑：《"小说"》，《文艺理论译丛》1958年第3期，第166—167页。

③ 〔罗马〕郎加纳斯：《论崇高》，《西方文论选》(上)，上海译文出版社1979年版，第124页。

④ 〔法〕波瓦洛：《郎加纳斯〈论崇高〉读后感》，《西方文论选》(上)，上海译文出版社1979年版，第304—305页。

⑤ 转引自〔美〕佛朗·霍尔：《西方文学批评简史》，南京大学出版社1987年版，第103页。

的普遍性力量。狄德罗便认为“经验加研究”是鉴赏力两个主要的构成因素,认为快感是“和一个人的想象、敏感和知识成正比例而增长的”。[①] 康德把鉴赏力称作是“凭借完全无利害观念的快感和不快感对某一对象或其表现方法的一种判断力”[②]。歌德则认为鉴赏力是“靠观赏最好的作品培育成的”一种带有稳定性的趣味或修养[③]。凡此种种,尽管对鉴赏力的理解存在着种种差异,但把鉴赏力与知识、经验、快感、趣味、修养等个体因素联系起来都旨在表明,凭借批评家的个体因素作出的感受性判断,是批评家所特有的鉴赏力或判断力的表现。

在这个方向上,把纯粹个人的感受性和创造性推向极致的,是某些浪漫主义的批评家和印象主义、表现主义的文学批评。华兹华斯和法朗士几乎不约而同地排斥自我感受之外的其他人的判断。华兹华斯说:对诗的评价,“要真诚地根据他自己的感情来决定,而不必去考虑别人会作出什么判断”[④];法朗士则说:“关于莎士比亚,关于拉辛,我所讲的就是我自己”,批评是批评家的灵魂在“杰出作品中的探险”,至于那些“人人都叹赏的作品,正是那些没有人去加以检查的作品”,只会使人蒙受欺骗[⑤]。希勒格尔、圣·佩韦和克罗齐等人则异口同声地谈到“批评即创作”,“批评须有所发明”[⑥],批评是“审美的再造”,批评的“创造”同样需要有类似于艺术家的天才;克罗齐甚至把二者完全等同起来,认为批评家的鉴赏力和艺术创造的天才是同一个东西,差别只在大小之分。[⑦] 孤立地看,这些主张都流于偏激,但正是这一派批评以极端“片面的”形式,凸现了批评主体的地位和批评的创造功能,使批评

---

① 〔法〕狄德罗:《绘画论》,《西方文论选》(上),上海译文出版社 1979 年版,第 394—395 页。

② 〔德〕康德:《判断力批判》(上),商务印书馆 1964 年版,第 47 页。

③ 〔德〕歌德:《歌德谈话录》,人民文学出版社 1978 年版,第 32 页。

④ 转引自〔美〕佛朗·霍尔:《西方文学批评简史》,南京大学出版社 1987 年版,第 96 页。

⑤ 伍蠡甫主编:《西方文论选》(下),上海译文出版社 1979 年版,第 267—270 页。

⑥ 同上书,第 267 页。

⑦ 〔意〕克罗齐:《美学原理》,作家出版社 1958 年版,第 109—112 页。

主体由“隐形人”而走向前台，成为批评活动真正真实的“主角”，批评也因此而加重了创造性发现的成分。这不但对于批评的历史进步是有意义的，而且在批评的本体范围内也是一种合乎规律的追求，是不能以唯心主义或不科学简单地加以否定的。

此外，我们还可以从批评在它的历史发展过程中，对不同的思维方法的倚重，和偏向于发挥某种单一的批评功能，来辨析批评是以何种方式追求科学性的。同归纳和演绎在逻辑学领域的对抗（归纳主义和演绎主义之争）一样，在文学批评领域，对这两种基本的思维方法的应用，同样也存在着一个历史的分野。归纳除了在缺乏理论的古代，成为批评在众多个别的文学现象中总结创作经验、摸索文学规律的主要手段外，在19世纪以科学实证主义哲学为背景的社会历史批评和传统的心理批评中，更获得了广泛的经验的基础，受到了特别的推重。演绎在批评发展的历史过程中，除了帮助批评从文学的和非文学的理论前提出发规范文学现象外，在20世纪以来各种新的批评流派如结构主义、原型批评中，更发展成为一种独特的“模式化”的批评方法。与此相关的是，注重实证的批评讲究具体的经验归纳，推崇模式的批评则倾向于抽象的理论演绎。正如归纳和演绎在一般认识论领域既可以相互为用，又曾经作为各自独立的致知方法一样，在文学批评领域，这两种思维方法无论是相互为用还是各自独立，都是批评主体按照各自的理解追求批评的科学性所选择的思维途径和方法。

以上说的是文学批评对不同思维方法的倚重，至于说到各种不同形态的批评是如何以“片面性形式”发挥批评的功能，则传统批评在理解和阐释的基础上，大多注意对作家、作品的等级、品位和文学的价值功能作出判断和评价，而20世纪以来西方众多新的批评流派，尤其是形式主义和心理、原型批评，注重的只是客观分析和主观阐释，普遍倾向于放弃对文学的价值判断和评价。如西方有些人士所说：“传统的文学研究总是期望研究者向社会报告，哪些作品是好作品，哪些是次作品”，但随着文学研究的系统化，“评价已逐渐成为该学科的次要任务了”。[①]

以上，我们主要以西方文学批评为背景，讲了文学批评对不同心智活动和思维方法的偏向与倚重。事实上，在中国文学史上，不同时代、不同时期的文学批评，对上述不同心智活动和思维方法，也一样各有倚重。就批评家的心智活动而言，一般说来，中国古代文学批评，从总体上说，比较偏向于主观感受或感性经验。从魏晋南北朝时期完成文学与非文学的分离（“文”“笔”之分），文学文体从文章的混成体中独立出来之后，中国古代文学批评逐渐走上了重直觉、重体验、重感悟，偏重主观感受，在感性经验的基础上进行审美判断的道路。此前的文学批评虽受儒家思想影响，一度偏重于理性分析，如对《诗经》的解释，常常从儒家道德教化的理念出发，阐述其社会政治功用等，但由于先秦时代，古人对文学的理解，包括儒家在内，也含有强调主观心志和想象幻想的成分，影响到后来的文学批评，就成了后世的文学批评逐渐偏向感性经验的理论渊源和心理基础。尤其是受老庄哲学、佛教思想和魏晋时期品评人物的风气的影响，魏晋六朝时期，一种偏重主观感受性的文学批评就比较流行，如对作家作品的“风骨”“气韵”“滋味”之类的感受和评价等。这种偏重主观感受性的文学批评到了唐代，又发展演变成对后世影响深远的“意境”理论，“意境”理论要求批评家在阐释和评价文学作品，尤其是抒情类的诗歌作品时，要在充分体验文字形象的同时，发挥主观想象，通过文学作品所描写的“实境”，去想象“景外之景”“象外之象”，追求“言外之意”“韵外之致”，即文字之外的艺术境界。宋代又有“以禅喻诗”之说，讲究对文学作品的“熟参”“妙悟”，要求批评家像参禅悟道那样，去体验、感悟作品的诗情诗境。直到明清时期以“性灵”“神韵”“境界”评论诗文等，都是这种偏重主观感受或感性经

---

① 〔英〕安纳·杰弗逊、戴维·罗比等：《西方现代文学理论概述与比较》，湖南文艺出版社1986年版，第15页。

验的文学批评的一脉传承。可见这种偏重主观感受或感性经验的文学批评在中国古代文学批评中所处的地位。这个问题,我在后面讲到作品批评的类型时还会论及,这里所讲的,主要是批评家在进行文学批评活动时一种心智活动的特征。这种偏重主观感受或感性经验的文学批评,在思维方法上,往往注重对批评家所得的经验材料进行归纳和概括,使之成为对作家作品的一种综合的判断和评价,或形成一种批评的概念和范畴,中国古代文学理论和文学批评理论大多来自这种经验的资源。

与中国古代文学批评不同,现代中国文学批评由于一开始就受西方启蒙思想影响,理性主义不但作为一种文化精神,同时也作为一种方法论思想占据了主导地位,成为 20 世纪以来中国文学批评的主要潮流。虽然在 20 世纪三四十年代,刘西渭等"京派"作家和批评家的所谓"印象主义"批评,和"文革"结束后新时期文学批评某些类似的尝试,在接受法国印象主义批评影响的同时,也融合了中国文学批评的传统经验,但从总体上说,20 世纪以来的中国文学批评,却由古代文学批评偏重主观感受和感性经验,转而偏重理性分析和价值判断。这期间的文学批评,尤其是 30 年代的左翼文学批评和根据地/解放区以及新中国成立以后的当代文学批评,特别推崇以别林斯基为代表的 19 世纪俄国革命民主主义文学批评家的经验,奉苏联马克思主义文学批评的理论观念和方法模式为圭臬。这些域外的批评理论和批评经验,经过中国现代革命的文学批评家和新中国成立后当代文学批评的改造,尤其是毛泽东的文艺理论批评思想的影响,逐渐形成了一种"政治化"的社会历史批评模式。这种批评模式的特点,是以政治判断或思想评价为首要标准("政治标准第一"),以审美判断或艺术评价为次要标准("艺术标准第二")。而且这种标准的制定,不是根据某种普遍适用的精神法则和艺术规律,而是根据主流意识形态或当时的政治需要。虽然这种标准不一定是一些具体的理论条文(有时候也是),却是一定时期主流意识形态或方针政策的要求。批评家只能依照这种要求去阐释和评价文学作品,而不是凭借自己的主观感受和独立思考。这种模式的文学批评,因为多用演绎的方法,从一个自认正确的前提出发,到批评对象中寻找印证,而后又以是否合乎这个前提,对批评对象作出判断和评价,因而常常容易陷入"公式化"和"概念化"的怪圈。这期间的文学批评成为文学界进行思想斗争的武器,也与这种极端政治理念化的倾向有关。

以上,我们分别从不同方面对文学批评的多样化追求和各不相同的表现形态作了一番粗略的辨析。这种辨析,虽然也穿插有我个人的评价,但其主要目的却不在于评价上述诸种追求的成败得失和优劣利弊,而是旨在说明,文学批评不但迄今为止未能找到一种统一的、确定的或普遍适用的理解和活动方式,即按照人们习惯认定的那种可以用一种固定不变的标准和尺度来衡量的科学性,而且,在我看来,正是它自身的这种特殊性,决定了文学批评的科学性只能是一个历史的、动态的和相对的、有限制的,因而也必然是一个多元的、开放的概念。艾布拉姆斯说:"好的批评理论有它自己的正确性。其标准不在于它的各个命题是否可以得到科学的证实,而在于它对各别艺术作品特性的洞察其广度、准确性和连贯性如何,及其是否足够用以说明多种多样的艺术。这样的标准所认可的当然不仅是一种,而是许多种正确的理论,它们在涉及美学现象的范围内,在各别情况下,都是自相一致的,可以应用的,而且相对来说是足以说明问题的。"①正是在这个意义上,文学批评在上述方面的不同追求和侧重,才在各自的规范内具有不同程度的正确性和科学性。

应该承认,在这个问题上,长期以来,不但存在着一种否定文学批评的科学性,即认为文学批评没有必要也没有可能达到"科学性"的取消论,而且在肯定文学批评对科学性的追求的人们中间,也存在着对科

---

① 〔美〕艾布拉姆斯:《批评理论的方向》,《二十世纪文学评论》(上),上海译文出版社 1987 年版,第 4 页。

学性理解的偏颇和混乱。在通常情况下,取消论的主要依据是将文学批评完全等同于文学创造。在这方面,克罗齐早期对文学批评的某些看法具有一定的代表性。根据他的说法,"鉴赏力"与"天才"是统一的,因而批评家和艺术家在本质上是相同的,既然如此,"如果在鉴赏力与天才、艺术的创造与再创造之中,设立一个根本的区别,则传达与判断就都变成不可思议了",理由是:"我们如何能对陌生的东西下判断呢?用某种活动造成的东西,如何能用另一种活动去判断呢?"[①]但事实上,不仅上述区别是存在的,而且文学的创造活动和批评活动之间的转换是完全可能的,对于独立的鉴赏和批评活动本身来说,也是十分必要的。别林斯基几乎是针锋相对地指出:艺术是"直接的认识","批评是哲学的认识"[②],批评的任务,是"从艺术的言语,译成哲学的言语;从形象的言语,译成论理学的言语"[③]。这种区别和转译的目的就在于,批评家作为文学的"研究者","必须将他的文学经验转化成理智的(intellectual)形式,并且只有将它同化成首尾一贯的合理的体系,它才能成为一种知识"[④],才能够证明他的批评是有效的,并让人们以接受批评活动的方式,而不是以接受创作活动的方式去接受他的批评成果。像克罗齐所说的那样,批评的判断只是把艺术作品"在自己心中再造出来",那无异于是说,批评是一种纯粹个人的内心体验活动,它既然无须诉诸一种普遍的知识形式,也就无须追求作为一种知识形态所要求的系统性和科学性了。所有将审美鉴赏中的经验的、直觉的因素强调到极端并以此排斥理论的、概念的活动的批评理论,都在不同程度上犯了类似的取消论的错误。这与那种在感性的经验描述中渗透着深刻的理性精神的审美的或鉴赏式的批评是完全不同的。在感性的经验描述中渗透着深刻的理性精神的批评,虽然在迄今为止的批评论著

---

① 〔意〕克罗齐:《美学原理 美学纲要》,外国文学出版社 1983 年版,第 132 页。

② 《别林斯基选集》第 3 卷,上海译文出版社 1980 年版,第 575 页。

③ 《鲁迅译文集》,人民文学 1958 年版,第 592 页。

④ 〔美〕韦勒克、沃伦:《文学理论》,三联书店 1984 年第 1 版,第 1 页。

中还未能找到足够成功的范例，但从理论上说，它完全有可能在未来的实践中获得相当程度的科学性。

在肯定文学批评对科学性的追求的人们中间，也存在着对科学性理解的偏颇和混乱。这种偏颇和混乱，主要是来自一种陈旧的科学观念。这种观念机械地套用近代自然科学关于科学性的一般理解，把文学批评追求的科学性同自然科学追求的科学性完全混为一谈。按照韦勒克、沃伦的说法，其主要表现“一种是仿效一般科学的客观性、无我性和确定性”，“另一种是因袭自然科学的方法、探究文学作品的前身和起源”，“也有人把某些科学上通用的定量方法，如统计学、图表、坐标图等，引进文学研究的领域”，“还有人用生物学的概念探讨文学的进化问题”等等。[①] 旧的、传统的阐述学、实证主义批评和某些带有科学主义、技术主义倾向的批评模式，都在不同程度上追求这种客观无我、准确无误和求诸验证的科学性。这种看法无疑是用一种绝对化的和固定不变的眼光看待人类的认识活动及其发展，同时也抹杀了自然科学和人文科学在处理不同的认识对象时所运用的思维方法和技术手段的差异性。事实证明，不但自然科学本身的发展存在着一个依照一定的顺序，由处理比较简单的、经常出现的特征，到处理愈来愈复杂多变的自然现象的过程，在这个过程中，自然科学各个部门在日益完善各自的科学性方面也不是绝对平衡的，因此，自然科学的科学性本身就不是一个千古不变的僵硬的教条，而是一个在不同的发展阶段上有着不同内涵的变动不居的概念，甚至在不同的学派那里，对科学性的理解也会出现根本的差异和不同的质的规定。例如以近代科学为背景的科学哲学对科学性的理解就包含了更多的经验的、实证的成分，强调某种客观存在的规则或定律的“可证实性”，而现代科学所带来的革命性变化，却使人们对科学性的理解愈来愈倾向于容纳某些相对性和不确定性因素，认为通过理性对猜想和假说的“证伪”，即可达到某种科学性。

---

① 〔美〕韦勒克、沃伦：《文学理论》，三联书店 1984 年版，第 2 页。

尤其是当科学发展的路线从研究自然现象到研究人类社会,并逐步确立人文科学和社会科学的学科地位的时候,对科学性的理解显然又存在着自然科学和人文、社会科学的分野。移用自然科学的观念和方法于文学批评和文学研究,正是文学批评和文学研究开始追求自身的科学性,但从总体上说,作为人文科学的文艺学尚未得到独立、完善的发展的结果。实践证明,自然科学方法的移用虽然在一定的意义上作为一种文学研究手段,对加强文学批评的科学性确实具有某种特殊功用,但正如韦勒克、沃伦所说,“大部分提倡以科学的方法研究文学的人,不是承认失败、宣布存疑待定来了结,就是以科学方法将会有成功之日的幻想来慰藉自己”[①]。可见,自然科学的致知方法并不能代替文学批评运用文艺学的方法对自身科学性的独立追求。“在批评中,任何想要达到在某些严密的科学中可望达到的那种基本一致的希望,是注定要落空的。”[②]

同绝对主观主义把文学批评等同于文学创作会消解文学批评的科学性一样,绝对客观主义把文学批评同科学研究画上等号,对文学批评所追求的科学性来说,也是一种不切实际的幻想。正因为如此,人们往往十分注重从文学批评与文学创造和科学研究之间的区别和联系的角度,去辨析文学批评的科学性,并在摒弃各种极端的偏向之后,希图在科学与文学、主观与客观,以及与此相关的认识活动和评价活动的结合部或交叉地带,对文学批评的科学性进行各自的界定。例如苏联有些学者就认为文学批评“既不是关于艺术的科学的一个领域,也不是艺术本身的一种形式,而是第三种东西”[③];或认为文学批评是“边界性的”,具有“双重的本质”:“有些属性——如表达思想的形式、隶属于艺术过程的一部分——使批评近于文学;另有些属性——如思维方式,对

① 〔美〕韦勒克、沃伦:《文学理论》,三联书店1984年版,第3页。

② 〔美〕艾布拉姆斯:《批评理论的方向》,《二十世纪文学评论》(上),上海译文出版社1987年版,第4页。

③ 〔苏〕卡冈:《美学和系统方法》,中国文联出版公司1985年版,第142页。

方法论的依重、有自己的范畴——又使它近于科学”①。所谓“第三种东西”“双重的本质”和“边界性”,这些语义含混的说法不过旨在表明,文学批评既有别于文学创造,具有科学研究活动的性质,又不同于一般意义上的科学研究活动,它需要通过某种特殊的致知方式追求自身的科学性。在这一点上,韦勒克、沃伦虽然同样认为将包括文学批评在内的文学研究“称为科学不太确切”,但却肯定它是一种有别于文学创造的“知识或学问”,是通过“理智性的方法”“不断发展的知识、识见和判断的体系”。② 这种看法比较接近关于科学的通行定义,即科学“具体说来,是一个将人类积累的和接受的知识(不论是发现的一般真理,还是掌握的一般规律)进行系统化和条理化的领域”。托马斯·门罗正是根据这一定义的标准,认为美学,包括“作为一种美学研究的艺术批评”,“已经具备了相当高的科学性,而且其科学性还将不断提高”。③

以上,我们讨论了文学批评对科学性的多样化追求和不同形态的文学批评的科学性,以及否认、误解文学批评的科学性,对文学批评的科学性的种种界定等等问题,从这些讨论中,我们不难看出,文学批评的科学性,要接受文学批评作为一种系统的知识形式的规定,即它必须通过一定的思维活动的整合加工,将对于文学的感觉、经验“系统化”“条理化”为一种普遍的知识形式,才有可能。对文学的纯粹内在的体验、直觉和非理性,不可能构成实际的批评活动,因而是无所谓科学性的。同时,在具体的批评行程中,文学批评的科学性又不是一个笼统的、抽象的概念,而是通过具体个别的形式表现出来的。这些具体个别的形式,即是批评为完成一定的目的和任务所选择的方法和手段,以及批评所选择的这些方法和手段据以成立的观念和理论背景,这些方法和手段的运用对作品、作者、读者和世界(社会)的意义等等。因此,对

① 〔苏〕鲍列夫:《美学》,中国文联出版公司 1986 年版,第 509 页。

② 〔美〕韦勒克、沃伦:《文学理论》,三联书店 1984 年版,第 6 页。

③ 〔美〕托马斯·门罗:《走向科学的美学》,中国文联出版公司 1985 年版,第 132 页。

批评的科学性的判断，总是与下列问题紧密地联系在一起的，即：批评对对象的描述、解释和判断的有效性和深刻性，包括批评依照一定的理解，正确地揭示对象和在创造性的价值转换（由艺术的形式转换成理论的形式）中对对象的独特发现；批评家的心智活动的合规律性与合目的性，包括批评家所选定的方法、模式符合思维的一般规律，和这种合规律的方法、模式对于实现具体的批评目的来说，是合用的和适宜的；批评作为一种独立的精神文化活动和文学研究活动，对与它构成一定效用关系的环境诸因素的价值和意义，包括对作者、读者的影响力，对文学理论、文学史的建构作用，和批评活动的成果作为一种独立的精神文化产品，对整个社会文化系统的意义等等。任何具体个别的批评的科学性，都可能从上述批评的对象、主体和环境三个角度，或在由它们构成的统一的参照系中受到检验。检验的方法可以来自对于文学的经验的印证，也可能凭借批评的"理智性"活动本身的力量，还可以辅以某些自然科学的方法和手段，但前提必须是在该种批评所选定的对象、方法、目的、任务、理论观念和价值取向的范围内讨论其科学性。离开了这个前提，用属于一种批评方法或模式的科学性规范，去规范另一种方法或模式的批评的科学性（如用对于社会历史批评的科学性的要求，去要求结构主义批评的科学性），或用一种"综合"的科学性尺度，去要求某一具体个别的批评的科学性，都不可能对批评的科学性作出真正客观的评价和判断。

毫无疑问，关于文学批评的科学性的理解，应该合乎科学的一般规范，同时又应该具备文艺学的学科特征，尤其要顾及文学批评活动的特殊性质和文学批评对于科学性的特殊追求。唯其如此，我们才不会像韦勒克、沃伦批评的那样，"对真理抱着十分狭隘的观念"，把批评已经有过的多样化追求统统摈斥于"知识领域"之外，而是把它们看作批评追求自身科学性的历史过程中的一个环节和链条，并且认定在未来方向上，批评将仍然以这种多元竞进或互相取代、交替递嬗的方式，继续对更高程度的科学性的追求。这不但符合人类探索真理的思维路线，也符合批评发展的实际状况。虽然目前我们不能说某一种批评就已经是“科学的”文学批评，但正如托马斯·门罗所说，当人们的目的是想通过批评获得“一般化知识”时，就不能不考虑，“怎样才能使批评变得更加科学”①。

① 〔美〕托马斯·门罗：《走向科学的美学》，中国文联出版公司1985年版，第17页。

第三讲　文学批评与文学接受

以上两讲，我们分别从文学批评作为一种实践活动对构建文学理论的作用和意义，以及文学批评在实践中对科学性的多样化追求的角度，分析了文学批评的性质和功能在文艺学学科内部及在自身的多样化追求过程中的表现。以下，我们换一个角度，从文学批评外部，即文学批评与文学接受和文学创作的关系角度，看看它其他方面的性质和功能。先讲文学批评与文学接受的关系。

文学作品是写给人读的，读作品的人就叫读者。但读者是一个很复杂的群体，一个一个地加以区别，做不到，也没有必要。但有两种不同的读者，却应该加以区别，也是可以区别的。这就是一般意义上的普通读者，和特殊意义上的专业读者，即文学批评家。这两种不同性质的读者，虽然都是文学的接受者，但其意义和功用却有不同。这种不同主要表现在，文学要对普通读者发生作用，固然有赖于普通读者自己对文学作品的阅读和接受，但专业的读者即文学批评家的文学批评活动，却起着重要的中介和桥梁作用。本讲要讲的，就是作为专业读者的文学批评家的文学批评活动，与普通读者的文学阅读和文学接受活动的关系问题。

在普通读者的文学阅读和文学接受与文学批评家的文学批评之间，如论先后，当然是先有普通读者的文学阅读和文学接受，后有专业的文学读者即文学批评家的文学批评。而且，从常识的角度看，专业的文学批评家的文学批评，又是从普通读者的文学阅读和文学接受活动中分离、独立出来的。既然如此，在讲这个问题之前，我们就不能不弄清楚，专业的文学批评是怎样从普通读者的文学阅读和文学接受活动中分离、独立出来的。这个问题，也就是我在下面要讲的文学批评与文学接受的同一性和这种同一性的分化问题。要弄清楚这个问题，先得从文学创作与文学接受的关系讲起。

文学创作与文学接受是统一的文学活动过程的两极，这是一个显而易见的事实。打个比方，就像物质产品的生产与消费是统一的物质生产过程的两极一样。马克思在论及物质产品的生产和消费时说："生产表现为起点，消费表现为终点"，消费是生产的"最后目的的结束行为"。[①] 文学创作与文学接受的关系也是如此。在这个统一的文学活动过程中，文学创作作为文学产品的"生产"者，无疑是这个过程的"起点"，而文学接受作为文学产品的"消费"者，则是它的"终点"和"最后目的的结束行为"。但文学产品的"消费"与物质产品的消费不同，它的"消费"者，不但有一般意义上的普通读者，还有专业的文学批评家，二者都处在文学"消费"的一极。从这个意义上说，文学批评与文学接受具有同一性。

这种同一性的原始状态，是文学批评所要求的解释、评价等基本功能，就包含在一般的文学接受活动之中。当古代歌谣、神话、史诗、民间传说作为"口头文学"在群众中传播的时候，"群众"既是文学的接受者，同时又是文学传播的媒体，在辗转传播和加工再造的过程中，也参与对文学的解释和评价。在这种情况下，文学批评与文学接受既然是一个"混沌"的整体，"批评家"和"读者"也就无须由不同的社会角色

---

① 《马克思恩格斯选集》第2卷，人民出版社1972年版，第91—92页。

来担任。这是文学批评与文学接受的同一性的又一个含义。

只是当社会和文学领域内部分工进一步细密化，尤其是“当艺术生产作为一种生产出现”的时候，不但文学创作逐渐成为少数“脑力劳动者”的事业，而且对文学的解释和评价也开始由“最早的文人学者”，“即那些对文体感兴趣、熟悉历史并有审美判断能力的人”[①]来担任，如古代希腊哲学家和中国先秦诸子等。中国古籍记载有关孔子“删诗”的说法和对《诗经》的评价，就可以作为这方面的一个例证。孔子删诗，虽然只是个传说，但既有这个传说，总不会全无来由，至少说明，人们希望有像孔子这样的智者，来解释和评价像《诗经》这样的文学作品。这种情况的出现，给一体化的文学接受领域带来了一个重要的分化：一部分人以他的学识和权威解释和评价文学，另一部分人则需要接受对文学的这种权威性的解释和评价，并在这种解释和评价的规范指导下，成为文学“教化”的对象。前者虽然仍不失为文学的接受者，但显然更多地充当了文学传播的中介或桥梁的角色，后者则基本上失去了原始的传播“口头文学”的中介和桥梁身份，成为纯粹意义上的文学接受者。“最早的文人学者”对文学的解释和评价与普通读者单纯的文学接受活动的分化，是文学批评和文学接受的一体化解体或同一性分化的最初形式。

不能说这种解体或分化就已经构成了近代意义上的文学批评和文学接受的格局，也不能说这就是近代意义上的文学批评家和普通读者的关系。因为所谓“最早的文人学者”，就文学接受的意义上说，充其量不过是普通读者公众中的“智者”，他们虽然具有解释和评价文学的条件和能力，但这种解释和评价，一般来说，是为了传播社会人文知识甚至自然知识，或为了某种政治功利的、道德教化的目的，并不是或不完全是为了文学的传播和接受本身。而且他们对文学的解释和评价，往往夹杂在其他学科知识之中或附着其下，并无独立自觉的意识和方

---

① 〔匈〕阿诺德·豪泽尔：《艺术社会学》，学林出版社 1987 年版，第 147 页。

法论思想,因而并非完全意义上的文学批评。但是,这种解体或分化,却从根本上改变了文学活动,尤其是文学接受活动的格局。同时也意味着经过一个历史过程的演变,在文学创作与文学接受、文学的作者与读者之间,将要楔入被称为"批评"和"批评家"的第三种因素。

匈牙利文化社会学家阿诺德·豪泽尔在论及"读者公众"的形成时说,仅有艺术家和"某个特定的读者,听众或观众"的关系,还不能使艺术"超脱私人的范围","进入社会领域","只有当第三者介入的时候",才会"产生具有艺术成果的辩证关系"。他认为,"两人与三人之间存在着结构和内在关系的本质区别。第三者可以成为加固关系的纽带,也可以在两人之间设置障碍",当"两人的距离时而拉开,时而缩小","这种关系才会活跃起来",因此"不管怎样,受众要对艺术作品作出客观的、批判的评价,必须以第三者的存在为前提"。[①] 这种说法,有点像中国人所说的既"入乎其内",又"出乎其外",只是这个"入"和"出",不是全由读者完成的,而是在"第三者"即批评家的作用下共同完成的。批评家用自己对作品的阐释,带领读者入乎作品之内,是"缩小"了读者与文学的"距离";在这个基础上,又引导读者在一个更广大的社会文化视域中,对作品作出判断和评价,是"拉开"了读者与文学的"距离"。作为"第三者"的批评家,就是在这个过程中,通过这种方式,帮助读者对文学作品"作出客观的、批判的评价",同时也使文学"超脱私人的范围","进入社会领域",成为全民共有、全民共享的精神文化产品。离开了这个"第三者"——批评家的工作,文学直接面对"某个特定的读者",是无法做到这一点的。由此看来,如果把作者、读者和批评家都看作一个单一的整体,这种关系正切合因为"批评"的楔入而改变的文学活动格局的实际状况。

由此可见,"最早的文人学者"对文学的解释和评价,为文学批评的独立发展和走向专业化铺平了道路。虽然在各民族文学中,文学批

---

① 〔匈〕阿诺德·豪泽尔:《艺术社会学》,学林出版社 1987 年版,第 145—146 页。

评的独立发展有先有后，但几乎都是在一个专制时代即将结束前后逐步走上专业化道路的。这其中一个很重要的原因，是挣脱了种种束缚和禁锢的批评对文学的独立评判，成了一个解放的时代读者公众的普遍需要。例如欧洲从文艺复兴到启蒙运动时期的文学批评，和我国从晚清"文学改良"运动到五四"文学革命"时期的文学批评都是如此。加之近代新闻、出版业的发展，报纸和期刊等传播媒介的兴起，进一步促成了批评的专业化，以及批评家与读者公众之间的密切联系。在这一基础上，近代意义上的文学批评与文学接受的关系才开始逐步建立起来，文学批评也因此脱离了仅仅为了传授知识和宣传教义而解释、评价文学，或把理解和鉴赏文学仅仅作为自我修养或切磋学问的手段等等非文学化和"目无读者"的状态，在对读者公众施加影响的过程中，使它作为文学产品的传播中介的功能逐步发展和完善起来。

以上，我讲了文学批评从普通读者的文学接受活动中剥离出来，成为一种独立自主的文学接受活动的过程。当这个过程结束之后，文学批评作为一种独立自主的文学接受活动，反过来，又要对普通读者的文学接受发生作用，并在这个过程中，显示其特有的性质和功能。以下就讲文学批评对读者公众的这种作用。

文学批评对读者公众的文学接受的基本作用，是组织和指导文学阅读。

首先，是帮助读者公众认识文学、了解作家，建立文学接受活动的历史和秩序。任何文学接受活动，都不是在一个知识的真空中发生的，都有与该接受活动有关的，此前的文学接受和文学批评所构造的文学知识、所积累的阅读印象或"思想资料"等因素在发生作用。尤其是对过去时代的作家作品的认识和了解，此前的文学接受和文学批评所做的工作，所积累的知识、印象和"思想资料"，对后来者文学接受的趣味选择、审美期待、心理定势和价值判断，更有着举足轻重的影响作用。

严格说来，当一个时代的文学接受环境"与世推移"时过境迁之后，后代的读者要了解该时代文学的价值和意义，就不能不接受当时及其后的一系列批评活动所认定的结论。后代的读者可以改变被批评认定的这种“成见”和看法,以自己独到的解释和评价参与文学作品的意义和价值的“累积”,但却不能不以历代批评活动提供的这种“成见”和看法作为文学接受活动的条件和前提,换一句话说,也就是以此前的文学批评所构造的文学接受的历史为条件和前提。这种情况,有些类似于历史学家对历史人物和历史事件的认识和评价,后人可以改变甚至推翻这个认识和评价,但却不能不以这个认识和评价为构造新的认识和评价的条件与前提。在这一点上,文学批评具有某种类似于历史学的功能和权威性。根据这一点,阿诺德·豪泽尔甚至认为:“最成功的艺术批评”“是在制造崇拜偶像”,“像但丁、莎士比亚、米开朗琪罗、伦勃朗、哥德和托尔斯泰这样一些艺术大师,他们的伟大是在有关他们的神话中反映出来的,经过世代相传,其形象就变得完美起来了。这种神话一般(是)在他们过世后经过了很长时期才形成的,而有时就(是)在我们这一代人的眼前开始流行的。昨天仍然被叫做普鲁斯特或卡夫卡的人,今天就可能成了他们作品中含有的神奇力量的化身”。① 法朗士则不无感慨地说:“凡是刚出生时就被低估的艺术作品,后来就难得有机会可以取悦于人;反之,凡是一经问世就被颂扬的作品,可以长久保持它们的声誉,甚至它们已经成为不可解之后,也还是会受尊敬的。”② 他称批评造成的这种现象是出自人类“摹仿”的天性和“偏见”。这些说法既表明了一种客观存在的事实,又都有各自流于偏颇的一面。事实上,批评对作家、作品所作的这种区别评价,既是批评作为当时的读者公众基于某种价值尺度对纷纭复杂的文学现象作出选择的结果,又是批评以其创造的价值前提帮助后来的读者公众在文学接受活动中选择文学的一种特殊方式。从某种意义上说,这个过程也就是我们常说的文学的经典化过程。只不过常态下的文学的经典化过程,不是人为

① 〔匈〕阿诺德·豪泽尔:《艺术社会学》,学林出版社 1987 年版,第 167 页。
② 伍蠡甫主编:《西方文论选》(下),上海译文出版社 1979 年版,第 271 页。

地“制造神话”，而是由文学批评从这些经典作家作品身上所发掘、发现的“神奇力量”造成的。经由历代批评这种反复持续的选择和淘汰，文学在读者公众的接受视野中，才不会是一堆由各个不同时代的众多作品拼凑起来的杂乱无章、良莠不分的资料堆积，而是依照某种理解或理念构筑的一种历史或秩序，其中，某些优秀的作家、作品以各自的连续性构成各不相同的文学传统，更多的作家、作品则成为支撑这些传统大厦的梁柱和基础。整个文学的历史或秩序又以这样或那样的方式，与现实的历史和秩序保持着或隐或显的纠结和联系。读者公众的文学接受实际上是在批评构造的这种文学的历史和秩序中发生的，不独接受过去时代的作品是如此，接受当前的作品也不例外。

例如，任何一个能够欣赏李白诗歌的人，在进入文学阅读时，都大致知道作为诗人的李白及其诗歌在历史上的相对位置，有关李白的生平及文学活动的某些知识和传闻，李白诗作的某些突出特征和基本风貌，以及与李白同时或先后出现的其他诗人诗作和别种形式的文学创作的基本状况等等。对某个特定的读者公众来说，对上述情况的了解可能是零碎的、片面的，甚至连他自己也可能从未自觉地意识到过，但事实是，历代有关李白及其诗歌的批评通过上述途径，已经将读者公众对李诗的文学接受有效地纳入到一个井然有序的文学结构之内。深入的阅读和理解，要么进一步确认批评对李白及其诗歌已有的价值认定，要么以其独到的发现和评价重新确认李白及其诗歌的价值结构，而不可能是在一个超越历史的、绝对无价值判断的文学时空中，以纯粹“第一读者”的身份，对李白的诗歌作纯粹无前提的“第一次阅读”。

同样，当读者公众面对的文学接受对象是当代作家王蒙，对他的作品的阅读和理解也离不开批评为当代中国文学安排的种种秩序和批评以种种形式的褒贬为王蒙在当代中国文学中设立的相对位置，以及批评对王蒙的创作与其他当代中国作家的创作的区别评价和批评对当代中国文学接受外来影响的比较研究，尤其是与王蒙关系极大的上世纪50年代中期“干预生活”的创作潮流和70年代末、80年代初一批“归来者”作家的创作活动所构成的历史与秩序等。

甚至对文学“新人”新的文学创作的接受,也只是因为已经存在着一个由文学批评构造的文学世界和价值体系的参照,“新人”和新创作才会在读者公众心目中显示出“新”的意义,这个“先在的”文学世界和价值体系,事实上也已经预示了这些“新人”和新创作将要在其中占有的位置和可能获得的理解和评价。以上世纪80年代为例,当时,中国文学正处于急剧变革之中,新人新作层出不穷,令人目不暇接。但读者对这些新人新作的接受、对他(它)们的印象和评价,实际上都是相对于此前的文学批评所构造的文学历史和文学评价的。例如,在读者的印象中,“伤痕文学”是“抒真情、说真话”的,但这是相对于“文革”文学的帮腔帮调及其前一个时期的文学中存在的假、大、空现象的;某些读者喜欢“朦胧诗”的“含蓄、蕴藉”之美,但这是相对于此前的诗歌直白浅显的倾向的;一般读者认为“寻根文学”有比较丰富的文化内涵,“现代派”实验有很强的“先锋”“前卫”意识,但这是相对于此前的文学只重政治倾向、独尊现实主义和缺少革新变化的状况的;包括对“新写实文学”的接受,一方面是以此前的现实主义文学的历史为前提,另一方面又是直接针对“寻根”和“现代派”实验中的过激倾向的。如此等等,如果不将这些新人新作置于文学批评所构造的上述历史秩序和评价体系之内,既不可能显示其意义和价值,读者也无法作出各自的判断和评价。

当然,读者对这些新人新作的接受,如同上面说到的,对一个古代作家和任何一个当代作家及其作品的接受一样,可能还要涉及更久远的文学历史和更深广的文学秩序,这种历史和秩序事实上已经不仅仅是读者的某些具体的文学接受活动的条件和前提,而是读者参与文学接受的“前理解”或“前结构”的重要构成因素。从现代阐释学的观点看,任何形式的文学接受活动都不能不以文学接受者的“前理解”为前提,都是在文学接受者“前理解”的参与下完成的。所谓“前理解”,是指一种“先天的”“先验的”或“先在的”认知结构,它规定和制约着接受主体的接受活动。按照海德格尔的理解:“每一解释者都生存于特定的历史文化范围内,不是解释者占有他的历史文化传统,而是历史文化传统占有了解释者,并限定了解释者进行解释的范围与目标;同样,也正是历史文化传统使将要被理解与解释的东西获得了可理解性,使解释者本人的解释活动获得了自身的意义。”[①]海德格尔在这里所说的“解释者”,放到文学接受活动中来说,就是文学接受者,即读者,也包括批评家;他所说的历史文化传统,就相当于我在上面所说的,由文学批评所构造的文学接受活动的历史与秩序。从这个意义上说,文学批评是以影响文学接受者的“前理解”的方式,把读者公众的文学接受活动纳入到一个与文学相关的历史和秩序之内的。

以上,我说了文学批评组织和指导文学阅读的第一个方面的表现,它的第二个方面的表现,是对读者公众的文学接受活动进行理性的规范和约束。毫无疑问,读者公众的文学阅读,应该是一种纯粹个人的自由的文化娱乐和精神享受活动,读者喜欢什么不喜欢什么,因而选择什么样的阅读对象,拒斥什么样的阅读对象,以及他从阅读对象中得到了什么和以什么样的方式表达他从阅读对象中得到的感受,完全取决于他个人内在的趣味、能力结构和这种结构消化、吸收阅读对象的范围和程度。从尊重读者公众个人的自由阅读来说,“趣味无争辩”,这句西哲古训是合理的、恰当的,“这个人觉得丑,另一个人可能觉得美。每个人应该默认他自己的感觉,也应该不要求支配旁人的感觉”[②]。但是,正如读者公众作为社会的人在其他方面的活动一样,文学阅读活动也是以个别的方式实现的社会性行为,也要受一个时代的理性活动的规范和制约,文学批评作为文学的传播和接受的中介与桥梁,就起着这种使读者的文学接受活动接受一定时代的理性规范和制约的作用。这

① 王先霈、王又平主编:《文学批评术语词典》,上海文艺出版社1999年版,第431页。

② 北京大学哲学系美学教研室编:《西方美学家论美和美感》,商务印书馆1980年版,第108页。

种作用主要是通过文学批评对这一时代的文学的理论阐发,把读者公众在文学接受活动中有限的、分散的、即时性的理性思考,导入一个时代各种成系统的思想范畴之内,使读者公众的文学接受活动从总体上服从这一时代的理性要求,成为这一时代的观念文化和意识形态的重要构成因素。

在近代意义上具有独立自觉的主体意识和人格精神的读者公众出现之前,文学批评的这种作用往往是通过"教诲"的形式实现的。例如中国古代官方的或带有官方色彩的文学批评,即是通过对文学作品的意义作政治的或道德的阐释,把读者公众对文学的理解和接受纳入儒家的政治理想和道德规范之内,并借以推行文学的"教化"作用。因此,中国古代的文学接受活动就不可避免地带有较强的政治功利色彩,成为儒家伦理文化修身养性、移风易俗、治国齐家的总体内容的一个重要组成部分。在这种情况下,批评家往往充当了占统治地位阶级的思想方面的代表,因而他们通过解释文学对读者公众施加的"教诲",总是具有这样或那样的权威力量。又因为"统治阶级的思想在每一时代都是占统治地位的思想"[①],因而在现实中受这个时代"占统治地位的思想"支配的读者公众,在文学接受活动中也易于接受这种思想的影响,以至于使文学接受活动成为这种统一的社会思想推行其统治的有效的实践方式。

近代意义上具有独立自觉的主体意识和人格精神的读者公众的出现,打破了批评长期以来用"统治阶级的思想"解释文学和让读者公众接受这种解释的"教诲"的倾向,开始以他们从一个文化复兴的时代获取的科学、人文精神和"自己的建立在才华和世俗文化基础上的复杂思想体系",独立地观照文学、思考文学,使文学接受活动成为真正意义上的个人的自由阅读。而诞生于这个时代的具有同样自觉的主体意识和独立人格的批评家,则成了这些新时代的读者公众的思考伙伴,和

① 《马克思恩格斯选集》第1卷,人民出版社1972年版,第52页。

他们中最有头脑、最具批判精神的哲学和社会思想方面的代表。批评不再依靠“占统治地位的思想”的权威力量“教诲”读者公众,而是依靠自身对于时代的感应和对于文学充满理性精神和逻辑力量的深刻阐发,启发、引导读者公众一同思考。欧洲在文艺复兴、启蒙运动中诞生的近代批评和我国五四以后的新批评,都具有这样的特征。人文主义、科学理性、自由民主、阶级斗争、社会革命等,在一个时代占主导地位的哲学和政治思想,作为该时代的时代意识和普遍精神,是批评阐发、评价该时代的文学的思想利器,而该时代的读者公众正是被批评持有的这些火把引领着,通过文学接受活动,接受这些新思想的启蒙和武装,以至于因此而自觉地投身于实际运动的。例如五四时期的文学批评,通过对鲁迅、郭沫若、冰心、郁达夫等作家作品的阐释和评价,集中了那一时代的反封建要求,阐发了那一时代所崇尚的科学、民主精神,作为那一时代的思考着的理性,影响那一时代读者公众对文学的接受和理解,使那一时代的文学接受活动成为整个五四新文化运动的一个重要组成部分。此后,在现代中国文学史上,不同时期的文学批评都是根据该时期占主导地位的社会思想潮流或时代精神,包括与之相关或性质相近的其他思想意识和理论观念,来阐发该时期作家作品、创作现象和文学潮流的意义,对其社会功能或审美价值作出判断和评价。这些占主导地位的社会思潮或时代精神,因为是阐释该时期文学的理论依据和评价该时期文学的价值尺度,因而常常作为该时期文学批评的判断标准。大而言之,如30年代左翼文学批评所持革命的、进步的标准,40年代根据地/解放区的文学批评所持民族的、民主的标准,乃至新中国成立后五六十年代的文学批评所持阶级斗争、路线斗争的标准等,这些批评标准虽然有些也存在历史的局限甚至政治上和理论上的严重偏颇,如上述五六十年代文学批评的阶级斗争、路线斗争的标准等,但从功能上说,同样也反映了文学批评对读者的文学接受活动所起的规范制约作用。

在社会历史批评中,文学批评这种理性的规范和制约的功用受到了特殊的提倡和重视，批评的“意识”不但被认为是现实的产物，而且批评也要通过自身的活动对现实发生作用，即通过认识和评价作品帮助读者公众认识和评价现实生活。其他形式的批评虽然未必有这么明确的理论观点，但20世纪以来，影响西方文学批评的诸如生命哲学、弗洛伊德主义、存在主义、结构主义和现象学哲学等，无疑也都是作为一个时代的思考着的理性（哲学或一般社会思想），通过文学批评，影响这一时代的文学接受活动，并将其纳入各自的观念系统和方法论轨道的。他们因此而影响一个时代的精神文化活动和意识形态，也是一个有目共睹的事实。即使是在前面讲到的偏重主观感受和感性经验的文学批评中，同样也不乏这种理性精神在对批评家的感受和经验发生内在的影响或支配作用。只不过这种理性精神不一定是该时期占主导地位的社会思潮或时代精神，而是某种美学原则和艺术精神罢了。如前面讲到的“印象主义”批评家刘西渭，他的文学批评活动中所反映出来的“京派文学”讲究“纯正”“和谐”“节制”等审美趣味和价值尺度等。

文学批评组织和指导文学阅读的第三个方面的表现，是作为解释和评价文学的专业活动，对读者公众的文学接受的引导作用。这种作用主要是以读者公众的“导游”和“教师”的身份，帮助读者公众进行阅读选择和充当具体的阅读指导。意大利美学家克罗齐有一个观点，说“批评是教人阅读的艺术”。虽然他认为这一定义是批评使自己“小于艺术”，但也不能不承认，“教人阅读”的批评，“不仅是离我们非常久远的艺术需要”的，“就是刚过去不久（称为现代）的艺术也需要这种帮助”，这是因为，“偏见、习惯和忘性筑成阻碍人们通往艺术作品的篱笆：这就要求解释者和评论者用熟练的双手把篱笆拆除”。[①] 在讨论这个“拆除”篱笆、消除阅读障碍的问题之前，先说一点与之有关的文学批评帮助读者进行阅读选择的问题。

---

① 〔意〕克罗齐：《美学原理 美学纲要》，外国文学出版社1983年版，第276页。

就常识而言，读者的阅读选择是自主的，也是自为的，但在这种自主、自为的选择中，有时候也需要文学批评的帮助。这种帮助首先是来自于文学批评的“宣传”“广告”作用。一般说来，严格意义上的文学批评是忌讳和排斥广告、宣传的，但有一种批评样式，即在文学批评史上最早独立的一种文学批评样式，如剧评、书评，和今天类似的“新书预告”“新作评介”等，在客观上都具有这样的功能。这当然只是批评帮助读者进行阅读选择的一种外在表现。文学批评在这方面更主要的作用，是引导读者公众通过文学消费的选择，正确地认识、把握和实现自己的趣味需求。从一般意义上说，文学接受的动机虽然是根源于读者公众内在的趣味需求，但这并不等于说读者公众就能明白无误地了解自己的趣味模式和需求结构。事实上，在大多数情况下，读者公众对文学的需求是模糊的、朦胧的，是在心理失调或精神饥渴的情况下寻求平衡和补偿的自然趋向。至于这种需求通过哪些对象才能够得到满足，哪些对象能够引起足够的兴趣，哪些对象不能引起兴趣甚至败坏胃口，读者公众都不甚了了，并无确定的目标和指向。文学批评却能够以专业的眼光，通过分析一定的读者公众的生存背景、文化传统、活动环境、生活状况、教育水准和风俗习惯等等历史的和现实的诸多因素，大致确认某一社会阶级、阶层，某一文化（或亚文化）社区、群体，某一年龄层次或不同性别的读者公众比较稳定的趣味模式和需求结构，然后根据这种分析和判断，进一步认定：哪些接受对象与某一特定读者群的趣味需求是适应的，可能进入该读者群的“期待视野”，为该读者群的“期待视野”所融合；哪些接受对象可能与另一读者群是适应的，可能为另一读者群的“期待视野”所融合。例如有人曾将进入上世纪 80 年代的中国文学，区别为“以经世致用改良社会为崇高使命的‘教化型’的社会文学”“以娱乐性趣味为审美追求的‘宣泄型’的‘现代通俗文学’”、“以文学自身为目的的‘实验探索型’的‘纯文学’”三种类型，并对这三种文学与一定时期、一定读者群的趣味需求的关系和适应性进行了具体分析[1]，无疑对这期间读者的阅读选择有重要参考作用。今天，也有人具体分析过“纯文学”与通俗文学、网络文学与纸面文学，和各种类型化的文学、不同种类的少儿文学等可能适应的读者群，甚至主张建立一门“文学读者学”，专门研究读者的趣味结构和需求模式。虽然这些研究工作并不一定全是批评家所为，但文学批评对不同性质、不同类型的文学所作的阐释和评价，却为研究读者的阅读选择提供了必需的经验材料和现实依据。这当然不是说每一个读者每一次具体的文学阅读都要对应这样的分析，而是说批评在帮助读者公众选择文学消费对象时，具有这样潜在的分析功能。如果换一个角度，也可以说，接受这些分析和指导，自觉地选择阅读对象，与缺少这种自觉意识，盲目被动地接受阅读对象，毕竟有性质和效果上的差别。有些批评理论，如接受美学和读者反应批评，正是在这个意义上，为强化读者文学接受和阅读选择的自觉性与能动性提供了理论上的支援。凡此种种，批评正是以其对于文学的专业眼光和对于读者公众的消费需求及消费心理的深切了解，充当着文学接受活动的“导游”角色的。

谈完了这个问题，再谈文学批评是如何“教人阅读”的。文学批评“教人阅读”的功用，主要表现在以下两个方面：一个方面是帮助读者消除阅读障碍；另一个方面是帮助读者深化阅读效果。先说消除阅读障碍，在这方面，文学批评可能做的工作，首先是消除语言表达方面的障碍。文学作为一种语言艺术，其基本的语言资料虽然最初是来源于人们的口头语言，但经过加工改造，进入文学文本，成为文学语言，就与人们日常口头的语言表达有很大的差别。这种差别，在有些时代、有些民族的文化历史上，又表现为书面语言与口头语言的区别，如中国古代的文言与白话的区别、欧洲中世纪作为文学通用语言的拉丁文与各民族的方言口语的区别等。这样，在读者的文学阅读中就难免因为这些区别而发生障碍。即使是在读者已经熟悉和习惯的语言构造和表达方

---

① 许子东：《新时期的三种文学》，《文学评论》1987 年第 2 期。

式中，因为文体和风格的特殊性，这种阅读障碍依然可能存在。在对于过去时代的文学作品和具有某种创新倾向的作品的阅读中，这种障碍无疑会表现得更为突出。而且作品的时代愈久远，创新的倾向愈极端，这种阅读的障碍就可能愈严重，批评消除阅读障碍的作用也就显得愈加重要。只有拆除历史和时代覆盖于文学作品的语言构造之上的外在屏蔽，才能使处于历史和现实的不同语文背景上的读者公众与阅读对象达成真正的文学接受的"问答"和"对话"。虽然这种消除障碍的工作，不仅仅是批评家的工作，有时候常常是由文学研究的专门家来完成，但批评家首先必须像专家学者那样跨越语言的障碍，才能给读者以引导和帮助。

在读者的文学阅读和文学接受中，语言表达方面的障碍，不仅仅是上述书面和口头、历史和时代所造成的语文方面或语言形态方面的差别，同时还有表达方式和表现技巧方面的问题。这个问题，也就是我们常说的文学作品的文体构造问题，以及艺术表现的方法与技巧问题。因为无论是文学作品的文体构造，还是艺术表现的方法与技巧，终归都是对语言的组织和运用。正是因为为着某种艺术表达的目的对语言的组织和运用，才造就了文学作品的文体和结构，才有文学表现的方法和技巧产生。离开了语言的组织和运用，所谓文体、结构、方法、技巧，不过是一些空洞的概念。正因为如此，所以文学作品的文体构造和艺术表现的方法技巧，这些广义的文学形式问题，归根结底，仍然是一个语言问题，是一个对语言的组织和运用的问题。这个问题在内容与形式二分论者那里，是一个工具性的问题，方法技巧是创造内容的手段，文体构造是包裹内容的外壳。批评家的作用，就如同一个熟练的工匠，用他的专业知识和技能，拆解了作家的手段，打开了形式的外壳，就能帮助读者消除阅读障碍，进入作品内部（内容），读懂读通作品。一般说来，在古典时代和现实主义文学中，文学批评大多是在这个意义上发挥其"教人阅读"的功能。如古代文学批评对文学作品所作的注释和评点，现代文学批评对文学作品所作的语言修辞和形式技巧的分析等。

尤其是对那些音韵复杂、语义隐晦的古代作品和个性突出、风格独特的现代作品,批评的这种消除障碍的工作显得尤为重要。因为同学们学习古典文学和现代文学时接触较多,就不举例分析了。

与二元论者的语言形式观不同,内容与形式的一元论者视文学作品的形式为“完成了的内容”或“已取得的内容”,甚至认为“形式就是内容”,施克洛夫斯基就说“形式就是使语言表达成为艺术品的东西”[①]。这个“成为艺术品的东西”,也就是俄国形式主义文论家所说的那个使文学成为文学的东西,即“文学性”。而他们所说的这个“文学性”,又是通过所谓“陌生化”的手段实现的。还是这个施克洛夫斯基说:“艺术的目的是要使人感觉到事物,而不仅是知道事物。艺术的手法就是使对象陌生化,使形式变得困难,增加感觉的难度和时间长度。因为感觉过程本身就是审美目的,必须设法延长。”[②]在后面的作品批评一讲,我还要谈到这个问题,这里只讲它造成的阅读困难。这种“陌生化”的过程及其结果,在强化审美感受的同时,无疑也会给读者造成许多阅读的障碍和困难。在古典时代和现实主义文学中,存在这种情况,在一些具有极端创新或前卫倾向的文学中,更是如此。如西方20世纪的现代派文学、中国当代新时期的先锋实验文学等,都存在这样的问题。在这种情况下,只有当文学批评提供某种理解和解释或有关文学新形式、新方法、新技巧的规则,作为深入阅读和理解文学作品的向导和路标,拆除了这些作品所设置的“陌生化”栅栏,才能使读者在经验某种“陌生化”的惊奇感之后,能够进一步探幽入微、登堂入室,而不至于被文学作品所创造的“陌生化”形式拒之门外,望而却步。“艺术倾向的变化越是激烈,形式语言的花样越是新奇,这些中介人的作用就越重要。作为外行的公众只有首先学会新的艺术语言,才能理解作品。”[③]

---

① 王先霈、王又平主编:《文学批评术语词典》,上海文艺出版社1999年版,第177页。

② 同上书,第262页。

③ 〔匈〕阿诺德·豪泽尔:《艺术社会学》,学林出版社1987年版,第134页。

例如，在20世纪80年代的先锋实验文学浪潮中，马原是以叙述方式的新奇著称的小说家，他的许多作品在当时很难为长期习惯于阅读现实主义作品的读者所接受，批评家吴亮将马原这种新奇的叙述方式称为“叙述的圈套”，他在结合马原的作品具体分析这种“圈套”式叙述的诸多特征和表现时说：“马原确实更关心他故事的形式，更关心他如何处理这个故事，而不是想通过这个故事让人们得到故事以外的某种抽象观念。马原的故事形态是含有自我炫耀特征的，他常常情不自禁地在开场里非常洒脱无拘地大谈自己的动机和在开始叙述时碰到的困难以及对付的办法。有时他还会中途停下小说中的时间，临时插入一些题外话，以提醒人们不要在他的故事里陷得太深，别忘了是马原在讲故事。”“这么一种非常罕见的故事形态自然是层次缠绕的。它不仅要叙述故事的情节，而且还要叙述此刻正在进行的叙述，让人意识到你现在读的不单是一个故事，而是一个正在被叙述的故事，而且叙述过程本身也不断地被另一种叙述议论着、反省着、评价着，这两种叙述又整合为一体。……对此我的直觉概括是，马原的小说主要意义不是叙述了一个(或几个片断的)故事，而是叙述了一个(或几个片断的)故事。”[①] 马原这种新奇的叙述方式，有人又依据西方叙事学的理念称之为“元叙述”，将用这种叙述方式写成的小说称为“元小说”。如此等等，通过批评提供的这些解读方式和规则，读者才能较为顺利地读懂和接受马原的作品。不独面对极端创新和有某种前卫倾向的作品如此，对任何文学作品，批评都要为读者做这种设置路标和充当向导的工作。

文学批评“教人阅读”的另一个方面的功用，是帮助读者深化阅读效果。上面已经讲到，一般读者的文学接受动机是根源于其内在的趣味需求，对文学作品的接受多限于阅读过程中的印象和感觉，要对文学作品有进一步深入的理解，真正使文学起到荀子所说的“入人也深”“化人也速”的作用，还需要批评的提升和引导。在谈到普通读者的文

---

① 吴亮：《马原的叙述圈套》，《当代作家评论》1987年第3期。

学阅读时,莫泊桑说,“普通读者只想在一本书里设法满足他们精神上的自然爱好,要求作家满足他主要的趣味”,让他得到“安慰”“娱乐”令他“忧愁”“感动”“欢笑”“恐惧”等等[①],即只限于从文学阅读中获取直接的经验和快感。某些艺术社会学家也认为,一般读者“品尝着人们为他提供的东西,决定自己的好恶”,“或者阅读,或者不读”,而“不需要向人讲清道理”。但“行家(批评家)的作用是‘跑到幕后’去窥探文学创作的社会历史背景,设法理解创作意图,分析创作手法”。[②] 而且,“鉴赏家、专事研究艺术史和艺术理论的专门家对艺术是一种看法,幼稚的受者又是另一种看法”,“幼稚的受者总是把作品看成为现实的一部分,看成为自己生活经验的延伸。具有批判眼光的观察家(即行家)总是把艺术看作纯粹的虚构,看作有意识的自我欺骗的一种形式,看作创作才华和模仿、改造和重新解释事物的能力的一种产物,看作每个艺术家都具有的精神力量的表现”。[③] 从逻辑上讲,上面所说的消除语言表达方面的障碍,只能说是完成了帮助读者读懂、读通作品的目的,进一步的目的,还要让读者能够深入理论和体会作品的意义与价值,深化从阅读中获得的审美感受,进而把这种审美感受提升到理性认识的高度,使文学接受真正成为在感性经验中渗透着深刻的理性精神的审美再造活动。要达成这样的目的,在消除语言表达方面的障碍的同时,批评还得为读者提供有关文学作品的创作背景、创作过程和与作品相关的其他方面的理论知识作为参照材料。因为一定的文学既然是一定的社会现实和作家心灵的产物,反映了一定时代的思想意识,则对文学作品的感受、理解和评价也就应该“回到”作品赖以产生的社会历史背景中去,以作家的生平经历、心灵活动和该时代的社会意识为参照。虽然形式主义批评排斥这种“外部研究”,但没有这种“外部”背景材料的参

---

① 〔法〕莫泊桑:《“小说”》,《文艺理论译丛》1958年第3期,第167页。

② 〔法〕罗贝尔、埃斯卡皮:《文学社会学》,浙江人民出版社1987年版,第86—87页。

③ 〔匈〕阿诺德·豪泽尔:《艺术社会学》,学林出版社1987年版,第155页。

照,读者从文学阅读中充其量只能了解作品写了些什么、是怎么写的,而不可能从文学对于社会的关系和主体的创造活动以及一个时代的社会意识中,对作品以一定的方式表达出来的东西作出应有的理解和评价。

例如,读者阅读鲁迅的小说,如果把《狂人日记》仅仅看是一个"狂人"的胡言乱语,把《阿Q正传》和《孔乙己》仅仅看作是一个农民和知识分子的遭遇,把《风波》《故乡》《祝福》仅仅看作是对乡村生活的回忆,仅仅像莫泊桑所说的那样,对"狂人"的胡言乱语表示"惊骇",对阿Q和孔乙己的遭遇表示"同情",对乡村社会的变迁和农民的命运表示"感伤"或"叹息",那他一定所得甚浅,也辜负了作者的写作初衷。只有当批评家把这些作品的创作与鲁迅所处时代的启蒙主义思想潮流、鲁迅彻底的反封建立场和对国民性问题的深入研究,以及鲁迅个人的生平经历、某些作品的创作缘起、材料来源,鲁迅的创作态度、创作方法与艺术追求等诸多相关的背景性因素结合起来,才能显示出作品的深意,也才能引导读者对作品所表达的思想启蒙、文化批判和灵魂解剖等方面的寓意作深入的体会和理解,读者也因此能得到更多的思想启迪和艺术收获。一般说来,对现实主义文学作品的批评会更重视这些背景性因素,有时候还要兼顾文学形象的"本事"或原型,目的也是为了加深对文学作品的理解和认识。这实际上也是中国古代文学批评和现代社会历史批评所提倡的"知人论世"的方法,即孟子所说的:"颂其诗,读其书,不知其人可乎?是以论其世也。"①

即使是对现代主义文学作品的批评,也离不开这种背景性材料作参照。因为中国当代(主要是新时期)的现代主义文学实验,大多受西方现代派影响,带有很重的观念成分和形式意识,所以当代批评在解释和评价这些作品的过程中,除了照例要为读者提供必不可少的创作背景、创作过程和主体意识等方面的背景材料之外,还要特别注意这些作

① 《孟子·万章下》。

品接受西方影响的来源,以及与之相关的思想背景和艺术观念之类的背景材料。如我们常见的说某某作家受西方某某作家或某某文学派别的影响,某某作家受西方某某哲学思潮或文化思想的影响等。如同某些现实主义文学作品必须放到相关的现实背景中才能得到合理的解释和评价一样,某些先锋实验作品也只有放到相关的观念背景中才能得到合理的解释和评价。例如前面讲到的批评家吴亮就认为马原的“叙述的圈套”是带有“观念性”的,要真正理解这个“叙述的圈套”,仅仅有一种叙事学和形式技巧上的分析还不够,还必须引入一些相关学科的理论知识和观念背景作参照。他把影响这个“叙述的圈套”或这个“叙述的圈套”所体现出来的思想观念和艺术观念,概括为“叙述崇拜、神秘关注、无目的、现象无意识、非因果观、不可知性、泛神论与泛通神论”[①]八个方面,将这八个方面的理论知识融入他对马原的“叙述的圈套”的分析。通过这种分析,读者对马原的小说在艺术上的创新才能有更深入的认识和了解。

以上,我们论及的是文学批评影响文学接受的诸种功能。事实上,正如我在前面讲到的,由于文学批评无论是就其在一个统一的文学活动中所处的位置,还是就其进行活动的性质而言,都属于文学接受范畴,是作为一种特殊的文学接受活动的形式出现的,因而同样要受到文学接受活动的作用和影响。这种作用和影响就具体的文学批评行为本身来说,它的“前阶段”必然包含文学接受的全部要素,即批评家首先必须作为一个文学接受者的身份感受和理解文学,在取得足够的感性经验和对于文学作品的意义的充分理解之后,才有可能利用他的专业知识和技术手段,进行文学批评的实际操作,他的批评才在“文学研究”的意义上是有效的,才可能由批评作品扩展到其他的活动范围。由此可见,文学接受的全部要素都要对文学批评发生作用,并作为一个统一的批评过程的有机部分,影响批评的整体和结果。正因为在文学

① 吴亮:《马原的叙述圈套》,《当代作家评论》1987 年第 3 期。

批评中隐含着文学接受,在批评家身上隐含着文学接受者,因而,批评并非在所有情况下都是作为一种"异己"的社会力量对文学接受实行调节和控制,恰恰相反,在更多情况下,批评充当了文学接受者的意志、愿望和利益的代表。无论是通过批评表达一种社会观点,还是借以传达对于文学的看法和要求,批评往往力图站在它那个时代的文学可能拥有的读者公众或自认为是站在那个时代的读者公众的立场说话。批评只要不是非文学的政治裁决或道德的、宗教的裁判,就一定是在一个特定的读者群的文学阅读氛围中发生的专业化的文学接受行为,这一读者群的兴趣、爱好、习惯、时尚甚至对于文学之外的问题的观点和看法,都会对批评的行为发生影响,甚至是作为批评的一种标准和尺度,起着举足轻重的影响作用。17 世纪法国新古典主义批评的标准是宫廷读者趣味的产物,20 世纪某些形式主义批评观念又何尝不是代表某些学院派读者的看法,19 世纪俄国革命民主主义和后来的马克思主义的社会历史批评甚至把文学读者的立场和人民的立场统一起来,使批评既代表"读者"又代表"人民",加入既争取文学民主又争取政治民主的历史进程的行列。同样,就批评家个体而言,也并非总是充当读者公众的法官和导师,他不但要作为一个普通读者,取得对于文学的最初的感性经验,而且在整个批评活动中,还需要反复以一个普通读者的身份,从文学中获得新的经验的补充,批评的每一次深化,几乎都与这种新经验的补充密不可分,同时,批评家还要参考自身以外更大范围的读者经验,以检验作为批评活动基础的个体经验的深刻性和普遍性程度。此外,批评家在进行价值判断时,文学在读者公众中的社会效应和心理效应也是一个重要的检验尺度。虽然最终不能以读者反应和是否引起"轰动"论优劣,但价值关系既然是一种效用关系,就不能不考察文学在读者公众中引起的诸多效果。无论从哪方面说,读者公众的文学接受活动都是文学批评的经验的源头,它既为文学批评提供各种性质的经验材料,又通过各种形式的经验活动使文学批评接受它的影响和制约。

第四讲　文学批评与文学创作

在文学批评与文学接受一讲，我曾经谈到，文学批评从根本上说属于文学接受范畴，是一种特殊性质的文学接受活动，是文学创造活动（生产）“最后目的的结束行为”。现在我们就来看看，文学批评是如何“结束”或完成文学创造活动的这个“最后目的”的。这是我在这一讲首先要讲的问题。这个问题，也是了解文学批评与文学创作的关系的一个理论前提。

文学创造活动的“最后目的”，无疑是为了作用于社会人群。但这个目的，却需要通过读者的文学阅读或文学接受过程来实现。我在上一讲以物质产品的生产与消费为例谈了这个问题。在这一讲，仍沿用此例，谈谈文学产品的“消费”问题，看看文学批评是如何经过一种特殊的“消费”过程，实现文学创造活动的“最后目的”的。先说一点与这个问题有关的，即对文学“产品”或文学“作品”的界定问题。

马克思在谈到物质产品的消费时说：“产品不同于单纯的自然对象，它在消费中才证实自己是产品，才成为产品。”“一件衣服由于穿的行为才现实地成为衣服，一间房屋无人居住，事实上就不成其为现实的房屋”，“一条铁路，如果没有通车、不被磨损、不被消费，它只是可能性的铁路,不是现实的铁路"。[①] 文学产品的"消费",同样也存在这个是否"被使用"的问题。一个作家把作品写好后,放在抽屉里或电脑里,秘不示人,或企图藏之名山,传之后世,不让今天的人阅读,自然算不得当代文学作品,充其量是个人的私密文字,如同日记之类,算不上具有社会性的精神文化产品。它们都有成为文学作品的"可能性",但却不是"现实的"文学作品。这当然是就着马克思的意思说的,在文学领域,实际上也有自己类似的区分。前面提到的阿诺德·豪泽尔也说过:"从社会学的角度看,无人阅读的书是不能算存在的,不予演奏或无人听的音乐不能算音乐,仅仅是一些音符而已。"[②]又如接受美学也把文学产品区分为"本文"和"作品":"本文"是作者创造出来的、未经读者接受的文学作品,"作品"才是经读者的接受活动作用过的文学产品。"本文"是"可能性的"产品,"作品"才是"现实的"产品。这些,与马克思对物质产品的区分基本上是一致的。

说完了什么是文学"产品"或文学"作品"之后,我们再来看看什么是文学"产品"或文学"作品"的"消费"。仍以物质产品的消费为例,按照马克思的说法,物质产品的消费是"把产品消灭",即"把它的独立的物体形式毁掉"的时候,"才使产品最后完成"。如他说到的衣服、房屋、铁路的消费,都是如此。在日常生活中,最明显不过的,当然是食品的消费了,把某种食品吃掉了,消灭了,也就是消费了,这是谁都知道的,无须多论。文学产品的"消费"却不能如此,否则便是一种破坏公物的不道德行为或毁灭文化的不文明行为。它不但不需要"消灭"或"毁掉"产品的"物体形式",相反,却要精心地保存它的"物化"形态,使之作为一个独立存在的客体,供主体的精神作自由的欣赏和观照。尤其是对过去年代的文学作品更需如此。如古籍整理和文化遗产保护工作,就包含有这种保存文学作品"物化"形式的内容在内。正因为如

① 《马克思恩格斯选集》第2卷,人民出版社1972年版,第94页。
② 〔匈〕阿诺德·豪泽尔:《艺术社会学》,学林出版社1987年版,第133页。

此,所以,在文学产品的“消费”中,衡量文学产品是否由“可能性的”产品变为“现实的”产品,显然不是以“毁掉”文学产品的“独立的物体形式”为标志,而是文学产品是否始终以“独立的物体形式”被一代一代的文学接受者所阅读,以及在阅读中经受反复的阐释和评价。在对古代文学作品的“消费”中,甚至还有珍本、善本之类的讲究,就是说要选择其“物体形式”保存最为完好、内容最完备的作“消费”对象。凡此种种,以上这些问题归根结底,简单说就是文学产品的“消费”如同物质产品的消费一样,被“消费”了或被使用了,才是产品,但与物质产品的消费不同的是,使用了,“消费”了,又不毁坏其“独立的物体形式”。之所以要讲这些问题,是为了说明文学产品的“消费”有其自身的特殊性。这种特殊性,也决定了文学批评在完成文学创造活动的“最后目的”的过程中,有其自身的特点。

为了说明这个特点,我们不妨再一次把普通读者拉来,像上一讲那样,与文学批评家作一番比较。一般说来,上面所说的文学产品的“消费”方式,既是指普通读者,也是指文学批评家。批评家的文学批评作为一种特殊性质的文学接受,与普通读者的文学接受一样,都是通过这样的一个文学“消费”过程,使文学创造的最后结果,由“可能性”的产品变为“现实的”产品,并以此实现文学创造的价值,使文学创造活动的目的得以“最后完成”。这是他们相同的一面。不同的是,在文学产品从“可能性的”产品变成“现实的”产品的过程中,文学批评的作用又不能完全等同于普通读者公众的文学接受。这是因为,在这个过程中,文学批评既是作为文学接受的一方,处在“消费”文学产品的“终点”位置上,同时又充当了文学产品的传播、“流通”的媒介和“中间环节”。批评对文学作品的解释和评价既是一种特殊的文学接受方式,同时又作为一种中介手段,影响读者公众的文学接受。就这一区别看,读者公众的文学接受可以称为一种“终极”的接受,文学批评的接受则是一种“中介”的接受。这在上一讲实际上已经讲到了,现在着重要讲的是下一个方面的问题。

除了这一点区别外,文学批评在文学产品由“可能性的”的产品变为“现实的”产品的过程中,还具有与普通读者公众不同的“最后完成”方式。前面已经讲到,普通读者公众的文学阅读是基于一种内在的趣味需求,并以满足这种需求为限度。因而文学产品在普通读者公众的文学接受中由“可能性”向“现实性”的转变,基本上是以文学接受者个体内在的心理活动的方式完成的,即普通读者公众对文学作品的感受、理解和评价,基本上是阅读文学作品引起的一系列“直观”的心理活动过程,并不诉诸某种外在的“物化”手段和行为方式。说白了,也就是普通读者在阅读文学作品的过程中,不会把自己的感受一一写出来,即使写出来了,也不会都形成文章,公之于世,拿去发表。这样,在普通读者公众的文学接受中,文学产品是以何种方式完成由“可能性”向“现实性”转变、完成到何种程度和发生何种性质的价值效用,实际上并不具备可资判别的外在标志。即使是用社会学的调查和统计的方法,搜集普通读者公众使用、借阅文学书籍和阅读文学作品的反应情况,也不足以说明文学产品由“可能性”向“现实性”转变的全部问题。尤其是对文学产品在这个过程中已经实现的价值效用或已经产生的效果,更难通过这种方法来测定。

凡此种种,在判别普通读者公众的文学接受使文学产品由“可能性”向“现实性”转变方面的这些局限,正好是文学批评使文学产品完成这种转变的独特方式。在批评活动中,一方面,批评家同于普通读者,通过文学阅读,把文学创造的“物化”成果转变为接受主体的一系列心理活动,收获某种认识的、教育的、或审美的效果;但另一方面,批评家同时又要把发生于个体心理内部的一系列感受活动、理解活动和评价活动表达出来,使之成为一种新的“物化”形式,把文学产品的各种“最后完成”形态“凝固”下来,同时对文学产品的价值作出估价和度量。也就是说,批评家要把阅读的收获写成文章,通过理性的、逻辑的方式,表达他从文学作品中得到的经验和感受、他对文学作品的理解和评价。从这个意义上说,文学批评对于原有的文学创造显然已经构成了一种新的"生产行为"。

这种新的"生产行为",以原有的文学生产提供的产品作为加工的对象和材料,并通过与原有的文学创造完全不同的一种思维加工方式,把原有的文学产品改造成另一种性质的产品形式和价值形式。对于原有的"生产行为"来说,被批评"加工"的文学产品,显然是以"成品"的形式出现的,但在新的"生产行为"中,却是批评加工的材料和"未成品"。批评正是通过"改造"作为"未成品"的文学产品的产品形式和价值形式,使文学产品在文学"消费"中由"可能性的"产品,转变为"现实的"产品和实现文学创造的价值的。

从以上的分析中,我们不难看出,文学批评在文学产品的"最后完成"阶段的新的"生产行为",已经包含使文学产品和文学创造活动的意义"增殖"和价值"增殖"的因素。所谓"增殖",就具体的批评活动而言,即是指批评对文学作品的解释和评价不仅限于辨识和确认文学作品"原有"的意义和价值,还要繁殖和衍生出新的意义和价值,而且后者往往显得比前者更为重要,也更符合批评的解释和评价的操作实际。"增殖"因而实际上也是文学批评以自己的方式使文学产品得以"最后完成"的普遍形式。

在实际的批评活动中,批评使文学产品"增殖",包含两重意义。其一是在批评家作为文学接受个体的个体经验参与下的"增殖"。这种"增殖",是以批评家作为一个普通读者,在文学阅读的过程中,对文学形象的想象与作者在文学创作中创造的文学形象之间的差异性为特征的,可以称之为一种形象的"增殖"。以前有一个流行的说法——"有一千个读者就有一千个哈姆雷特",不光是说不同的读者对哈姆雷特的性格有不同的理解,事实上也是说不同的读者对哈姆雷特的形象有不同的想象。而且这种想象总是以读者的经验为依据,在读者的经验中展开的。凡是与读者的经验有些相似之处或读者根据自己的某些经验可以想见的东西,就可能在读者的心目中,显现出与文学作品的"现象世界"相对应的某些具体形象,就可以将文学作品所描写的文字形象“还原”成可感知的“实际”形象，通过这些“实际”形象，读者才能感受和理解文学作品的艺术描写，从而使其显示出该形象所特有的意义和价值。反之，再典型生动的形象也与读者无关，对读者来说“也是没有意义的”。而且，读者的过去经验的丰啬程度，以及与其他读者的过去经验的差别，同样也会影响读者对同一文学对象的想象和“还原”，同时也影响其对同一文学对象的感受、理解和评价，以至于在同一文学对象身上，会生出许多差异和对立。

究其原因则是，文学作品的创造不同于一般物质产品或科学理论、实用读物等其他精神文化产品的生产，作者借助语言的媒介向读者提供的是十分间接的生活形象，它既不可能诉诸读者的直观，更不可能把读者带入直接的情感体验，而且，由于受着语言媒介在艺术传达上的限制和文学自身的表现规律的制约，这种间接的生活形象见诸文字的描写也是十分有限的和有节制的，不可以甚至也不允许做到完全充分、穷形尽相、巨细无遗，有的还可能只是一种暗示性的符号和类似于密码的文本。这样，文学作品就在字里行间给读者留下了许多未曾创造完全的东西，读者要感受文学作品所创造的生活形象，获得对于这些生活形象的实在的情感体验，表达对于这些生活形象的理解和评价，就必须调动自己的经验，通过联想或想象，把这些间接的未曾创造完全的生活形象“转译”成直接的完整的记忆表象，使这些生活形象在自己的头脑中“复现”出来、“复活”起来，才能进入文学作品所创造的艺术世界。因为作者的创造和读者的“转译”所依据的个体经验不同，因而“读者所推见的人物，却并不一定和作者所设想的相同”：“巴尔扎克的小胡须的清瘦老人到了高尔基的头脑里，也许变了粗蛮壮大的络腮胡子”；《红楼梦》里的林黛玉，民国年间的人所“推想”的往往是“剪头发，穿印度衫，清瘦，寂寞的摩登女郎……但试去和三四十年前出版的《红楼梦图咏》之类里面的画像比一比罢，一定是截然两样的”。[1] 最突出也最

---

① 鲁迅:《看书琐记》,《鲁迅全集》第5卷,人民文学出版社1958年版。

显明的表现,还有戏剧、影视甚至美术等视觉艺术对文学作品的改编,不同改编者据以创造的“原型”虽然都是文学作品提供的形象描写,有的还来自同一部文学作品,但改编者所塑造出来的人物形象却截然不同。例如同是小说《林海雪原》中的杨子荣,童祥苓在现代京剧《智取威虎山》中塑造的形象,就与王洛勇在电视剧《林海雪原》中塑造的形象完全不同。如此等等,同样也说明,作为文学接受者或一种特别身份的读者,上述不同形式的艺术改编者在改编文学作品的过程中,也有形象“增殖”的现象发生。文学批评家在从事文学批评的过程中,首先要以一个普通读者的身份,或如这些艺术改编者一样,参与文学作品的阅读、感受和体验,而后才谈得上深入的理解和评价,因而这种“增殖”现象同样也会发生在批评家身上,也是在批评家的个体经验参与下完成的。

其二,是批评家运用专业手段使具体、个别的文学作品在普遍性意义上的“增殖”。个体经验参与下的文学“增殖”,一般说来是个体的“经验世界”与文学作品的“现象世界”之间直接“印照”所发生的差别和变异。由于个体经验的局限,这种差别和变异并不一定具有普遍性的价值和意义,而批评所造成的“增殖”在通常情况下应该是具有普遍性的。因为只有赋予具体个别的文学描写以普遍性的价值和意义,文学才不至于是纯粹的个人经验的复制和再现,而是在“复制”与“再现”个人经验的同时,又能够沟通众多的人类经验,能为众多的人所理解和接受,成为在普遍范围内发生精神效用的文化现象。从这个意义上说,杜勃罗留波夫把奥斯特洛夫斯基笔下一个弱女子以自杀的形式表示的反抗称为封建专制的“黑影王国中的一线光明”,20世纪的中国批评家把鲁迅笔下一个农民的精神病态称为某种国民根性甚至一种普遍的人类心理的典型概括,曹雪芹的《红楼梦》被人称作中国封建社会末世的缩影,艾略特的《荒原》则被人看作战后西方整整一代人的幻灭感和人类文明的某种永恒的景象,甚至古希腊悲剧中一个“杀父娶母”的悲剧、卡夫卡笔下一个小职员变成甲虫的荒诞不经的故事、贝克特笔下两个流浪汉的无谓的等待等等，都一无例外地被某些批评家从人类“情绪”、人的“异化”和人的存在的荒谬的角度，赋予特定的解释和评价。这些解释和评价，包括与之不同或对立的某些解释和评价，显然都不完全是或完全不是作者原来的创作意图或作品在字面上表达出来的东西，而是批评家基于文学与人类精神的普遍联系对文学作品所作的解释和评价的结果。别林斯基说：“批评——这意味着要在各别的现象里去探寻并显示该现象所据以出现的一般精神法则，并且要确定个别现象和它的理想之间的生动的、有机的关系密切到什么程度。”[①]可见，从个别中显示一般，是批评运用专业手段造成文学“增殖”的主要形式。

这当然是在一种普遍性的意义上说的。具体而言，由于文学中的个别与一般的联系并非只有唯一的形式，尤其是在二者之间不存在严格的一一对应的关系，因而，批评从具体个别文学现象中显示出的一般精神法则也不可能是唯一的。而且，对这种关系的把握，同时还要受到来自批评家个人主观方面的精神因素的作用和对文学作品的批评、研究的历史因素的影响。这无疑会使批评对具体个别的文学现象的一般法则的把握出现更加明显的分歧和对立，所谓“仁者见仁，智者见智”，正是这种分歧和对立的真实写照。

这个问题说起来很复杂，其实道理并不深奥，在文学接受活动中的表现也很平常。如同作者的艺术创造一定伴随他对于社会生活的情感态度和理性判断一样，读者和批评家对文学作品的阅读同样也会包含他对于社会生活的态度、认识和评价，虽然二者面对的是同一类型或同一性质的社会生活，但由于各自的立场观点、思想倾向和审美理想等主观条件的不同，其结果必然会出现很大的差异，“看人生是因作者而不同，看作品又因读者而不同”[②]。这种不同和差异，实际上也就是读者

---

① 《别林斯基选集》第3卷，上海译文出版社1980年版，第574页。

② 鲁迅：《俄文译本〈阿Q正传〉序》，《鲁迅全集》第7卷，人民文学出版社1958年版。

和批评家为文学作品“创造”的新的价值和意义。鲁迅说，一部《红楼梦》，“单是命意，就因读者的眼光而有种种：经学家看见《易》，道学家看见淫，才子看见缠绵，革命家看见排满，流言家看见宫闱秘事”[①]。各“家”所见不同，与作者的原意也大异其趣，甚至完全相反。这些有关《红楼梦》的新的“命意”，都是读者和批评家对《红楼梦》所描写的社会生活再认识和再评价的结果，是对《红楼梦》的意义和价值的一种“再创造”。在批评活动中，批评家不是根据作者的原意而是根据自己的“所见”来判断作品的意义和价值，因而文学作品所呈现出来的意义和价值往往不是作者预先给定的，而是由批评家“再创造”出来的。而且，批评家总是根据不断变化着的新的历史环境，对文学作品作出新的创造性的认识和评价，使其意义和价值不断“增殖”。文学作品“全部”的意义和价值，就存在于这种“见仁”“见智”的解释和评价之中，是这种解释和评价“累积”的结果。诚如韦勒克、沃伦所说：“一件艺术品的全部意义，是不能仅仅以其作者和作者的同代人的看法来界定的。它是一个累积过程的结果，也即历代的无数读者对此作品批评过程的结果。”同样，“文学的各种价值”也是“产生于历代批评的累积过程之中”。[②] 以至于文学作品最终不是因为作家的创造，而是因为批评活动的“增殖”而存活于文学的历史上，显示出永久性的意义和价值。韦勒克、沃伦所说的意义的“累积”和价值的“累积”，显然是文学作品在批评中经由反复多次的意义“增殖”和价值“增殖”的不同表述方式。

对这种普遍存在的“增殖”现象，现代阐释学和接受美学从各自的角度进行了深入的研究。新的阐释学一方面摒弃了古老的阐释学在作品中寻找本原的和唯一的意义（即作者的原意）的天真企图，另一方面又基于一种新的哲学观念（现象学的哲学），把文学作品的阐释与阐释者的“历史环境乃至全部客观的历史过程”联系起来，肯定由这些因素

---

① 鲁迅：《〈绛洞花主〉小引》，《鲁迅全集》第7卷，人民文学出版社1958年版。

② 〔美〕韦勒克、沃伦：《文学理论》，三联书店1984年版，第35—36页。

决定的阐释者的主观成分——也就是我在前面提到的"前理解",也叫"成见"和"先结构"等——对文学作品意义的积极能动的"创造"作用,和不同的阐释者对于作品意义的理解的对立和差异。在这一基础上,接受美学进一步确立了读者的主导地位和作品本文的"召唤结构"或"暗含读者"的理论,认为作品本文只提供一个多层次的结构框架,其中还有许多"空白"和"未定点",只有经过接受者的阅读活动的"具体化",才能使本文结构中暗含的意义显示出来,才能完成和实现本文的结构。而且,"根据历史和个人的不同情况","本文的结构允许有不同的完成方式"。这些虽然不完全是纯粹的文学批评问题,但却为理解批评造成的文学"增殖"现象提供了足资参考的理论根据。

以上,我从文学批评作为一种特殊的文学接受活动的角度,讲到了文学批评对文学作品的"最后完成",以及在实现文学创造活动价值的过程中所表现出来的特殊性质和功用。从这个角度总括地看,批评既是文学创造的"最后完成"形式,又是以一种新的"生产行为"使文学创造的"生产行为"得以"最后完成",并以其创造的"增殖"形式完成和实现文学创造的意义和价值的。就文学产品从生产到"消费"的过程而言,批评无论是作为普通读者公众的文学"消费"的"中间环节",还是自身也作为一种特殊的文学"消费"方式,都是一个统一的文学活动过程的"最后目的的结束行为"。这是文学批评在与文学创作的关系中,也就是与作家的文学创造活动的关系中所显示出来的一个方面的性质和功用。

另一方面,正如物质产品的消费"又会反过来作用于起点并重新引起整个过程"一样,文学产品的"消费"也要对文学的"再生产"发生重要的影响作用。在发生这种影响作用的过程中,也显示了文学批评对于作家的文学创造活动所特有的性质与功用。这种特有的性质与功用,主要表现为对作家的文学"再生产"或新的文学创造活动的"反馈"作用。这种"反馈"作用主要表现在如下两个方面:一是考见得失,帮助作家对创作进行自觉的理性反思;二是沟通需求,推动作家不断完善和调整新的创作。先说第一点。

就第一个方面的“反馈”作用而言，创作和对创作的反思本来是由同一主体承担的不同的“创造”行为。任何作家的创作既然不可能没有一个孕育、酝酿和构思（包括最后修改）的过程，在这个过程中，发生于作家的艺术思维内部的种种分析、综合、比较、选择、推翻、重建、提炼、概括等等自觉的理性思考，本身就包含一种权衡利弊得失、斟酌取舍的自省自察的成分。这种自省自察的成分作为创作过程的有机部分，对构成文学作品诸因素起组织和建构作用；作为创作过程的结果，则表现为作家已经从创作实践中获得的艺术经验。作家把这种经验表达出来，既是对创作过程的总结，也是对创作过程及其结果的自觉的理性反思。从批评的角度看，这种理性反思亦即作家的自我批评。作家的自我批评一般说来包含如下两个方面的内容，即总结经验和检讨失误。各种类型的“创作谈”或“作家谈创作”，包括今天流行的作家“访谈录”和“对话”，以及由作家写作的各种文学“讲稿”之类的论著，主要是由这两方面的内容组成，或是在此基础上的敷衍和发挥。由于作家反思自己的创作带有自我独白性质，“自知”和“自爱”成分都很突出，所谓“文章千古事，得失寸心知”即是这个意思。这一方面固然合乎批评须以真切的感性经验为前提的要求，但另一方面，有时候又难免因为过分拘泥于一己的经验而陷入“偏爱”“偏嗜”，因而作家的自我批评虽对创作确有真“知”和真“爱”，但却不一定能客观公正地权衡利弊得失，很难构成对创作真正高度自觉的理性反思。正是因为这一点，有人认为：“艺术家在创作过程中进行的自我反思是他的艺术活动不可分割的一部分，但这种反思并不能称为真正意义上的‘批评’”，因为虽然“反思和批评的共同特点是对创作活动的自觉意识”，但“作者的自我反思只是一种自我检查和约束，而不是在本质上属于客观、自主和独立的批评”。[1]

---

① 〔匈〕阿诺德·豪泽尔：《艺术社会学》，学林出版社 1987 年版，第 165—166 页。

“本质上属于客观、自主和独立的批评”，一方面是以作家的创作过程及其结果作为批评对象，但另一方面，作家也借批评的力量行使自我反思的职能。因此，在文学批评获得独立发展之后，固然依旧需要作家对创作进行自我反思，但对创作合乎自觉的理性规范的“反思”，显然又主要是由文学批评担任的。这样，文学批评在帮助作家进行自觉的理性反思的过程中，就不能不扮演二重性质的身份和角色。一方面，批评家须得像作家本人那样，对创作确有真“爱”和真“知”，对批评对象缺乏必要的兴趣、真正深切的感受和理解，既不可能进行真正意义上的文学批评，更不可能给作家的反思提供任何实际的启示和帮助。另一方面，批评家又必须与作家的经验保持一定的观照距离，才能够对创作的得失利弊作出客观公正的判断和评价。关于这一点，赫尔德曾说：“批评家应当是作者的仆人，友人和超然的评判者。他应当努力去认识作者，将其作为主人一般地做一番彻底的研究，但不要让他成为你的主人。”[①]中国古代对批评家与作家的这种关系也有过“知音”与“诤友”的比喻。“知音”与“诤友”，“仆人”、“友人”与“超然的评判者”的统一，正是批评在帮助作家对创作进行自觉的理性反思中实际具备的职责和功能。只有以这种“统一”的角色和身份行使职能，批评才能如美国学者艾布拉姆斯所说的那样，既作为“外在客体的反映器”（“镜”），真实地“反映”创作的实际情况，又作为“光芒闪耀的探照灯”（“灯”），通过清晰地“察见”客体，对创作起指点和引导的作用。[②] 上世纪80年代，王蒙在谈到曾镇南的文学批评对当代新作的“爱与知”时曾说：“曾镇南对于不少同代作家是够得上能爱之、能知之、能赞之、能责之的”，他的文学批评之所以能引起自己的兴趣，“首先不在于他对于一些作品的赞美之词，而在于他敢于也还善于对一些作品提出批

---

① 〔美〕韦勒克：《近代文学批评史》，上海译文出版社1987年版，第244页。

② 〔英〕戴维·洛奇编：《二十世纪文学评论》（上），上海译文出版社1987年版，第1页。艾氏关于“镜与灯”的说法是对应于从柏拉图到18世纪欧洲“批评的传统”和“浪漫派理论”的，此处是借用他的这个比喻。

评。这种批评相当有见解,有时候相当尖锐、富有论战色彩,大多是言之有理,甚或可以说是打中要害的”。[1] 正因为如此,曾镇南这期间的文学批评给当时的作家,包括王蒙本人,都带来了重要的触动和启发。

独立于创作之外的批评之所以能够以作家的“知音”“诤友”“仆人”“友人”和“超然的评判者”的身份行使创作反思的职能,原因就在于,作家的创作从总体上说虽然是在清醒的理性支配下的自觉的意识活动,但毫无疑问,在整个创作过程中,从创作的原初意念的生成到文学意象的孕育,乃至创作冲动的勃发和进入实际的写作状态,都窜入了许多非理性和下意识因素,尤其是在灵感来潮的高峰体验状态,这种非理性和下意识因素的作用更加突出。在这些因素的作用下,整个创作过程常常会偏离作家原来的创作意图和艺术构思,出现诸如作家被他笔下的人物所“牵引”,以及无法控制自己的情绪和情感活动的节律之类“反常”情况。结果是,作家这样写了,但对于他为什么要这样写、他所写的东西是从哪里来的、这些东西对艺术创造与读者公众有什么意义等等,都不甚了了。这显然于自觉的理性反思不利。文学批评虽然同样不可能清楚地了解整个创作过程中作家的意识和下意识、理性和非理性活动的全部情况,但却可以利用相关学科的知识和技术手段,对创作过程中的种种现象进行科学的理性分析,并通过合乎情理或合乎逻辑的判断和评价,给作家反身观照创作提供高于经验事实的理论根据和参照。例如,社会历史的方法、传记的方法、一般心理学的方法、精神分析的方法和神话—原型的方法等,就可以分别从环境影响、人生经验、个体特质、潜意识状态和种族的心理文化积淀等不同的层次和方面,有效地帮助作家认识和了解在创作中已经发生的种种经验事实,尤其是使作家认识和了解那些“隐藏”在他的“创作内部的”,连他自己也“可能根本没有想到”的艺术描写的价值和意义。许多作家就是经由批评的指点,才看清他所写的东西的意义或认可批评对他的创作所作

① 王蒙:《对当代新作的爱与知》,《王蒙文存》第22卷,人民文学出版社2003年版。

的多种可能性的解释和评价的。从这个意义上说，批评家对作家的创作的理解，有时候甚至比作家本人对自己的理解要深刻、全面得多。王蒙就曾说批评家李子云对自己的作品的剖析，“要比我自己深刻得多”，“有些话使我读了有一种被击中了的感受”。①

正因为如此，批评在帮助作家认识和了解创作的直接活动的同时，也帮助作家扬长避短，辨正得失，使作家在创作中能够作出种种既合乎规律性又合乎目的性的选择和追求。杜勃罗留波夫说：批评“应当像镜子一般，使作者的优点和缺点呈现出来，指示他正确的道路”②。普希金也说：“批评是揭示文学艺术作品的美和缺点的科学。”③所谓文学作品的美（优点）和缺点、得和失、长处和不足，基本上是属于价值范畴，即一定的文学作品对于一定的主体是否是有价值和有意义的，以及具有何种性质的价值和意义。这其中虽然存在因受作家和批评家不同的社会立场和艺术立场的影响而难以用统一的标准去衡量的因素，但真正能够对作品的优点和缺点洞悉幽微的批评，却不但总是从积极进步或具有某种普遍意义的社会立场出发，深刻地揭示文学作品的艺术描写在哪些方面是有利于社会发展和文明进步或有益于身心健康和人性完善的，在哪些方面是不利的或有害的，而且，这些批评也往往十分尊重艺术创造的个性和规律，在对文学作品的艺术作成败优劣的评断时，不是囿于一己的艺术趣味或依附于某些艺术流派的看法，而是如普希金所说的那样，总是“以充分理解艺术家或作家在自己的作品中所遵循的规则、深刻研究典范的作品和积极观察当代突出的现象为基础”④，并且能够最大限度地容纳多样化的艺术探讨，以及同一作家的创作中表现出来的“相反的倾向”和“矛盾的气质”。这样的批评对作品的“优点”和“缺点”的分析显然能够切中肯綮，从而不但在具体的创

① 王蒙：《关于创作的通信》，《王蒙文存》第22卷，人民文学出版社2003年版。

② 《杜勃罗留波夫选集》第2卷，上海译文出版社1983年版，第443页。

③ 《古典文艺理论译丛》第2册，人民文学出版社1961年版，第153页。

④ 同上。

作问题上,而且在总体倾向上,给作家提供有益的鉴戒和启示。一般说来,作家也总是希望借用批评的力量总结创作中的经验教训,使新的创作能够在一个更高的水平上有所发展和前进。我国魏晋时代著名文学家曹植就曾竭诚表示:“世人著述,不能无病。仆常好人讥弹其文,有不善应时改定。”[①]德国浪漫派戏剧大师莱辛也说过:“如果在我较晚的作品中有些可取之处,那我确知是完全通过批评得来的。”“批评据说能把天才窒息,而我自谓从批评得到了一些类似天才的东西。”[②]在我国当代文学批评中,也有不少这样的例证。例如,上世纪 80 年代初,陕西文学批评界成立了一个文学批评团体——“笔耕组”,被称为“集体的别林斯基”,对路遥、陈忠实、贾平凹、邹志安、叶广芩等作家的创作进行了有针对性又不失建设性的尖锐批评,对他们的创作产生了极大的影响。陈忠实后来说:“‘笔耕组’为陕西文学的健康发展起到了不可估量的作用,他们让作家知道了自己的不足,对中国当代文坛发出了陕西文学评论界的声音,也对新时期跃上文坛的中青年作家产生了很大影响。”[③]

有时候,文学批评也以这种方式影响一个时代的文学。在我国古代文学史上,常见的情况是,批评对某个时期的文风的批评和对某种文风的提倡,都推动过一个时期的文学发展,例如初唐陈子昂等以“汉魏风骨”批评“齐梁遗风”等。欧洲文学史上,浪漫主义取代新古典主义时代的批评也有类似的情况。而俄国 19 世纪别林斯基、杜勃罗留波夫等人通过对冈察洛夫、果戈理等作家的批评,推动一个时代的创作,带来一个时代的文学繁荣,更是文学史上一个众所周知的事实。我国现当代文学史上,在一个相当长的时期内,文学批评对文学的发展也一直在起一种主导的影响作用。这种作用,有时候表现为一种方向上的引

---

① 郭绍虞主编:《中国历代文论选》第 1 册,上海古籍出版社 1979 年版,第 166 页。
② 莱辛:《汉堡剧评》,《世界文学》1961 年第 10 期。
③ 《西安晚报》2011 年 12 月 30 日。

导,有时候表现为对错误倾向的批评,如现代革命文学批评和当代“十七年”文学批评,就侧重发挥这些方面的功能;有时候又表现为对文学方向的拨乱反正,或对新创作起“开道”“正名”,提供理论支持的作用,如“文革”结束后的新时期文学批评,就侧重发挥这方面的功能。今天,在商品化和大众文化潮流的冲击中,文学批评依然在对创作起积极的引导作用,对文学的健康发展发挥了重要影响。

如此等等,以上说的是文学批评对文学创作的“反馈”作用的第一个方面。下面说第二点,文学批评对作家的文学创作起沟通需求,推动作家不断完善和调整新创作作用的问题。

文学批评在考见创作得失,帮助作家对创作进行自觉的理性反思的同时,也传达读者公众对于文学“消费”的愿望和需求。按照马克思的说法,“没有需要,就没有生产”,“消费创造出新的生产的需要”,同时也“创造出还是在主观形式上的生产对象”,使之“作为内心的意象、作为需要、作为动力和目的”,对新的生产发生作用。[①] 正是在这个意义上,批评也作为读者公众的“消费”需求的“反馈”中枢,推动、调整和改善作家的文学创作。程文超在论及高晓声的陈奂生“系列小说”创作时,就具体印证过这种“反馈”作用。他说,“系列小说”这种新的创作现象的出现,一个很重要的原因,就是通过文学批评接受读者的“反馈”信息。“只有当作家发现他所写的人物、事件等(输出信息),在读者中、在社会上引起了某种反响(反馈信息),而他那人物、事件还有可供创作的潜力(已有信息)时,他才将反馈信息与已有信息组合,加工、创作出第二篇,又依同理创作第三篇乃至更多”的作品来。[②]

一般说来,读者公众的文学“消费”需求不是一个恒定的指数,而是一个不稳定的变量,同时呈现为一种复杂的“消费”结构。就整体而

---

① 《马克思恩格斯选集》第2卷,人民出版社1972年版,第94页。

② 程文超:《从反馈角度看陈奂生系列小说的创作——兼谈文学是一个系统》,《当代文艺思潮》1984年第5期。

言，一个时代的文学“消费”需求往往有一个总的趋向和主导潮流，但并不排斥在这个总的趋向和主导潮流之下的多样化的“消费”需要。前者大体上是丹纳所说的由一个时代的“总的形势”即“时代精神和周围的风俗”决定的对于文学的需要，后者基本上是在不同的个体与对这些个体的文学“消费”发生直接影响的文化社区和亚文化群中产生的“消费”需求。例如“五四”以后的读者公众虽然从总体上倾向于阅读具有反对封建主义和争取民主自由等新的思想内容的文学作品，但变相的才子佳人小说和武侠、公案、传奇之类的“俗文学”在一般市民读者和广大乡村社会中，事实上依旧历久不衰。而且，读者公众的文学“消费”心理，在一般情况下虽然容易对那些“趣味相投”的文学作品表示认同，但当这种认同成为一种“习惯化”而难以对原来感兴趣的作品发生兴趣的时候，又可能产生一种与稳定的艺术趣味相悖的“逆反”心理，并倾向于追求一种新的“消费”需求，以至于“喜新厌旧”“今天的激进派是明天的保守派”，几乎成为读者公众的文学“消费”口味变化的一个普通原则。例如最近三十年来，我国文学界流行的某种文学“热”，如“伤痕文学热”“改革文学热”“通俗文学热”“琼瑶热”“金庸热”“青春文学热”“官场文学热”“红色经典文学热”乃至“网络文学热”等，大多是由读者的文学“消费”口味的变化引起的。

由于文学创作和文学阅读都是高度分散的个体活动，因而，读者公众在文学“消费”中发生的这些复杂多变的趣味需求，事实上是不可能直接“反馈”到作家的文学“再生产”系统中去，成为推动文学“再生产”的“动力”的。作家同样也不可能全面深入地了解读者公众的需求结构变化情况，不能仅凭某些直接的阅读反应，就轻率地对创作作出改变和调整。有些跟风赶潮的作家，常常就是如此。批评作为“反馈”中枢，可以通过对文学“消费”现象的直接分析，从整体上深入把握读者公众的需求结构及其变化情况，并以此为依据，对作家的创作提出新的希望和要求。例如，上世纪 80 年代中期，我国文学界围绕文学失却“轰动”效应之后作家的创作该作怎样的选择这一问题展开的讨论，即是批评针对正在变化中的读者公众的文学“消费”需求,向创作所作的一次集中的信息“反馈”。所谓文学的“轰动”效应,是指在“文革”结束之后的特殊历史条件下,文学曾以其暴露“文革”伤痕、思考某些社会问题和呼唤经济改革的尖锐性和敏感性,在读者公众中一次又一次地引起“轰动”,以至于成为作家的创作竞相追求的一种最佳效果。但随着历史的前进,“文革”伤痕已渐趋平复,某些社会问题已得到解决,改革也已经在向纵深发展,新的问题和社会潮流的冲击开始占据人们的生活中心,由于这些原因,读者公众对文学的需求和兴趣已经发生改变,文学也就不再能够以一次又一次地引起“轰动”取胜。“轰动”与“不轰动”是一种文学“消费”现象,通过批评的分析,作家却可以从中了解到读者公众的需求结构的整体性变化(不是个别人的一时口味),以及引起这种变化的社会历史和审美心理的诸多原因,以便自觉地根据这种具有必然性的文学“消费”需求,去改变和调整自己的创作。上世纪 80 年代后期,王蒙就对“文学失却轰动效应”的原因作过读者心理分析,认为首先是因为“社会的安定化正常化”对“读者心态”的影响:“人们变得日益务实以后,一个社会日益把注意力集中在经济建设、经济活动上而不是集中在政治动荡、政治变革和寻找新的救国救民的意识形态上的时候,对文学的热度会降温。”其次则是因为“开放的结果会使人们见怪不怪”,所以“当今文坛上,走爆冷门的捷径去争取一鸣惊人、一举成名天下知的效果是愈来愈困难了。禁区愈少,闯禁区的诱惑力便愈降低。途径愈多样,走捷径的方便就愈减少”。在分析了这种读者心理和社会需求之后,他说:“文学的功能是各种社会机构所无法代替的,难以因非文学的‘形势’而获得轰动式的成功,只能要求严肃的作家拿出更加有独特(性)的艺术成果与经得起历史考验的真实货色(包括思想的、政治的、经验的、学识的、技巧的)的作品来。这也必然会使本来就不严肃的作家去搞些噱头性的东西,他们也许会变得更不那么严肃。”他预测未来的文学发展会出现如下情况:一是各种不同类型的文学会发生“进一步分化”;二是会使文学趋向“深沉化”,“一方面表现为思考的更加理性,更加深邃、更加全面和多侧面;一方面表现为对人的灵魂的进一步关注”;三是会促成“民族性与时代性的结合”,“有可能出现新的更加民族也更加时代的作品”。[①] 虽然不是所有的作家都按照王蒙的这个“反馈”信息去调整自己的创作,但80年代中后期以来的文学发展证明,王蒙对文学社会需求的变化所作的这个“反馈”分析,基本上是符合实际的。

当然,也应当看到,在精神生产领域,由于存在着评价精神产品的道德尺度,因而不能像在物质生产领域那样,不加选择地让读者公众的全部“消费”需求都得到满足。恰恰相反,读者公众中那些有害身心健康的“消费”欲望,完全应当受到抵制和疏导。在这方面,作为文学“消费”的信息“反馈”中枢的文学批评,同时又负有帮助创作对这种信息进行选择、淘汰的责任。例如同样是在上世纪80年代,批评界在“反馈”“通俗文学热”这一文学“消费”信息时,一方面正确地肯定了在挣脱“文革”的文化专制之后,群众中突发的“通俗文学”消费热的合理性,要求文学创作尽可能地满足群众对娱乐文学的“消费”需求,但另一方面又严肃地指出,那些企图通过“通俗文学”满足变态的、不道德的性心理或追求反人道的凶残虐杀之类官能刺激的欲望,不应当给予满足。文学创作既要满足读者公众的多样化的“消费”需求,又要保持应有的人类尊严和健康的娱乐性。凡此种种,批评作为“反馈”中枢向创作传递的这些文学“消费”的需求信息,虽然最终并不一定直接见之于某一作家某一具体的文学“再生产”过程,但这种信息作为文学“再生产”的“主观形式上的”对象,在总体上无疑会对作家选择新的追求目标,并根据这种选择和追求调整自己的创作,起一种重要的参考和指导作用。

以上,我们从文学批评实现文学创造的价值、帮助作家反思创作和“反馈”需求信息、推动文学“再生产”等方面,讨论了批评对创作的作

---

① 王蒙:《文学:失却轰动效应以后》,《王蒙文存》第23卷,人民文学出版社2003年版。

用和影响，在这个过程中，批评同时也要接受文学创作的影响和作用。下面讲讲这个问题。

如同物质产品的消费需要生产提供“材料”和“对象”一样，批评作为一种特殊的文学“消费”方式，也需要文学创造为它提供文学产品作为“材料”和“对象”。“消费而无对象，不成其为消费”①，没有“对象”的批评，同样也不成其为批评。而且，批评的方式一般说来也要接受一定的批评对象的制约和限定，评诗的规则和方法只适用于诗的批评，评小说的规则和方法只适用于小说的批评。这是因为，任何与对象有关的规则和方法，事实上都是对象以这样或那样的方式暗示给批评，并由批评在实践中逐渐予以条理化和规范化的。正因为如此，某些有关批评对象的规则和方法的突破，也往往是由于提供这些批评对象的文学创作发生了新的突破和变化造成的。韦勒克曾经指出，在崇尚体裁规则的17世纪欧洲新古典主义时代的文学创作实践中，“新体裁的成功”事实上已经“削弱了新古典主义的体系”，“就连布瓦洛也常常表示天才可以违背规则”，而整个“摹仿说”的批评理论的“垮台”，一方面是由于创作“转向艺术的情感效果而引起的冲击”，另一方面则是由于创作“日益强调艺术家的自我表现”的倾向造成的。② 这种情况，有点类似于上世纪80年代我国文学界关于“朦胧诗”问题的讨论。这场讨论最早提出的，也是在讨论中较为集中的一个问题，是“懂与不懂”的问题。有些论者以“读不懂”为由，批评当时诗歌中一些新的表现手法是“令人气闷的朦胧”，并将一些青年诗人创作的这类诗作称为“朦胧诗”，予以全盘否定。这是因为，在此前相当长一个时期内，当代诗歌创作过于“明白易懂”，缺少应有的含蓄和余味，以至于“明白易懂”在相当长的一个时期内也成了诗歌评价的标准。“朦胧诗”作为一种新创作的出现，或者说这种“新体裁的成功”，改变了这种创作风气，在突

---

① 《马克思恩格斯选集》第2卷，人民出版社1972年版，第94页。
② 〔美〕韦勒克：《近代文学批评史》，上海译文出版社1987年版，第27—33页。

破固有的诗歌创作模式的同时，也突破了固有的诗歌批评的规则和方法，对此后的当代诗歌批评产生了深远的影响。

最后，批评作为一种特殊的文学"消费"活动，在进行批评的同时，也从批评对象中吸取滋养，在文学"消费"中也"生产"着消费者的个体素质。"生产不仅为主体生产对象，而且也为对象生产主体"，"艺术对象创造出懂得艺术和能够欣赏美的大众"[1]，批评家作为艺术大众中的专业活动成员，同样也是由它的批评对象"创造"出来的。

[1] 《马克思恩格斯选集》第2卷，人民出版社1972年版，第95页。

第五讲　作品批评

以上几讲,我们分别从文学批评在学科内外的各种关系入手,分析了文学批评的性质和功能问题。在解决了文学批评“是什么”“有什么用”或“能做什么”这些本体论的问题之后,接下来就该讲“文学批评干什么”,即它实际上做什么的问题了。这个问题也分四讲,也是一个大的单元。如果说上一个大单元四讲的问题是“体”,这一个大单元四讲的问题就是“用”,也就是文学批评用在哪些方面,作用在哪些对象身上,具体做些什么,是怎么发挥作用的。换句话说,也就是研究文学批评的工作对象和文学批评如何工作的问题。由于文学批评的工作对象不止一种,文学批评在不同的工作对象身上会采取不同的工作方式,因此,在研究这个问题时,就不能不对文学批评活动作类型的划分。对文学批评的类型划分,有各种各样的方法,本课主要根据文学批评不同的工作对象,将文学批评分为作品批评、作家批评、文学思潮批评和批评的批评四个类型。前三类是以具体的作家、作品和他(它)们在思想、理论方面的代表为对象,后一类是批评内部的自我反思、评断、商榷、驳难和检讨,目的是使前三种类型的批评更富于科学性和更卓有成效。这四种类型的批评之间显然是有着紧密的内在联系的，这种联系在本单元四讲中都有体现。现在讲作品批评。

文学作品是文学创造的基本物化形态。作为人工创造物，有作者的劳动凝结其间，作为既按照“物种的尺度”又按照“内在的尺度”进行的创造，它又要显现外部世界的某种“意义”和文学创造者的内在需求，这种既合乎目的性又合乎规律性的创造物，同时还要对读者公众发生影响，并通过读者公众影响文明或文化发展的历史进程。凡此种种，说明文学作品既是文学创造的归宿，又是文学影响社会的起点，一切所谓“文学的”活动，只是因为文学作品的存在，才显示出“文学的”价值和意义。文学作品因而也就成了文学“批评”的基本对象，以文学作品为对象的文学批评也就成了文学批评的基本类型。

在中外文学批评史上，萌芽状态的文学批评，就主要是以文学作品为谈论对象、以谈论文学作品为特征的。古希腊如柏拉图，尤其是亚里士多德，主要谈论的是史诗和悲剧，在此基础上建立了他们的批评原则和理论。中国自先秦至汉主要是谈论《诗经》和《楚辞》，以后才逐渐涉及时人作品。批评在进入近代以后，这种以作品为中心的构架日趋明显，人们于是根据批评在不同的发展阶段上谈论作品的不同方式，进一步把作品批评区分为更具操作意义的理论模型。例如前面提到的艾布拉姆斯构造的以作品为中心，“由艺术家、作品、世界和听众组成的”批评的结构或图式就是：

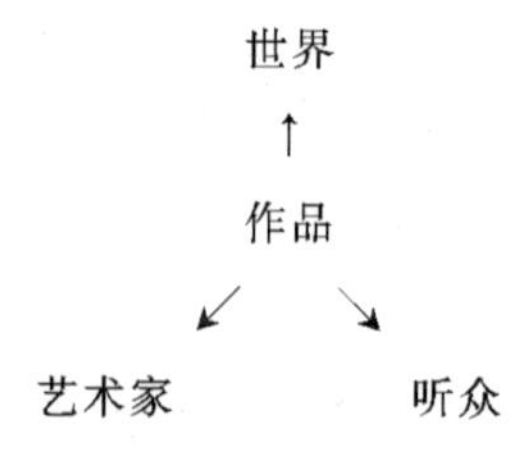

“居中是艺术作品，即有待于我们予以解释的东西”，而解释作品的具体方法和途径，“其中三类主要通过作品同世界、听众或艺术家的关系

来解释艺术作品。第四类在解释作品时孤立地考虑作品本身"。[1] 安纳·杰弗森和戴维·罗比在归纳文学理论和文学批评的基本问题时，也表示了类似于艾布拉姆斯的看法，即认为文学理论和文学批评的基本问题是"文学的文本""文本与作者""文本与读者""文本与现实""文本与语言"[2]，中心仍然是"文本"这个文学创造的基本物化形态。以下，我们将就这种区分扼要介绍文学批评史上几种主要的作品批评形态。

首先是从文学与外部世界的联系解释和评价文学作品的作品批评。这种作品批评在欧洲文学史上持续时间最长，其理论基础是柏拉图、亚里士多德的"摹仿说"及其派生理论。18、19 世纪以后欧洲的现实主义文学理论进一步强化了这种基础，使得这种形态的作品批评虽然经历浪漫主义的表现说和 20 世纪以来各种形式主义文学理论的冲击，但仍然在批评实践中占有重要地位。由于这种形态的作品批评把文学作品理解为对外部世界的"摹仿"或"反映"，因而在解释和评价文学作品的时候，总是十分注重从自然和社会诸因素中，寻找造成文学作品的意义和价值的终极原因。在柏拉图和亚里士多德的时代以及其后派生的理论中，这个终极原因是广义的"自然"，即包括人类生活在内的世间事物。能否真实地摹仿"自然"事物，即是判定文学作品的意义和价值的主要标准。正是基于这一理论，柏拉图和亚里士多德分别从否定诗"摹仿"自然的意义与价值以及肯定诗"摹仿"自然的意义与价值两个相反的方面，阐述了文学对于现实（自然）的"摹仿"或反映问题。柏拉图认为诗只能摹仿"自然"，但"自然"都是"理式"的摹仿，只有超出"自然"之外的"理式"才是真实的，因而诗不过是对"理式"的摹仿的摹仿，是不可能从中求得真理和知识的。亚里士多德反对这种

① 〔美〕艾布拉姆斯：《批评理论的方向》，《二十世纪文学评论》（上），上海译文出版社 1987 年版，第 6—7 页。

② 〔英〕安纳·杰弗森、戴维·罗比等：《西方现代文学理论概述与比较》，湖南文艺出版社 1986 年版，第 10—13 页。

说法,他仍然从摹仿说出发,认为诗所摹写的不是"已发生的事",而是"可能发生的事",诗中摹写的"自然"要比"自然"原有的样子更合情理,更带"普遍性"意义,因而实际上也就更加接近真实的"理式"。正因为摹仿说的理论十分强调艺术作品对于"自然"的摹仿的真实性和普遍性,因而真实性和普遍性就成为这种形态的作品批评的一个重要判断尺度。这个判断尺度在现实主义那里,被作了新的解释的真实性和典型性的尺度所取代,而且把前者作为决定后者的前提和基础。例如巴尔扎克的作品就因其用"编年史的方式"真实地再现了法国"社会"、特别是"巴黎上流社会的卓越的现实主义历史",而被马克思主义的经典作家所称道。相反,哈克纳斯的《城市姑娘》则因为未能达到现实主义对于"真实地再现典型环境中的典型人物"的要求,而被认为在体现现实主义的艺术主张方面是不"充分的"。这种尺度有时候甚至被用来判断文学艺术作品中的纯粹形式问题,如新古典主义在恪守戏剧艺术的"三一律"方面所持的根据就是:不如此,在观众看来就是不"真实"的和不合乎情理的。17 世纪法国戏剧批评家奥比尼亚克就认为:"同一形象(舞台)保持在同一情况下无法表现两件不同的事。"观众身在雅典,倘若把行动的地点从雅典移至斯巴达,那叫可怜的观众怎么办?难道要他们像巫师一样腾空飞去?或是设想自己在同一时刻身处两地?[①] 这显然是把容纳戏剧情节的虚幻的文学时空与容纳生活事件的真实的物理时空混为一谈。类似的情况也表现在对于文学作品中的人物性格、情节结构、生活细节、活动环境甚至人物语言的评判方面,古典主义的作品批评力求使这一切都逼肖"自然"或合乎"自然"的可能有的规律,现实主义的作品批评则要求在真实地再现现实的基础上,将这一切升华到"典型化"的高度,亦即社会主义现实主义批评理论所特别强调的"本质的真实"的高度。

文学作品的意义和价值形成的终极原因,在注重社会学和实证分

---

① 参见〔美〕韦勒克:《近代文学批评史》,上海译文出版社 1987 年版,第 19 页。

析的19世纪文学批评,尤其是在法国批评家丹纳那里,被分解为种族、时代、环境三大要素。丹纳认为"一件艺术品,无论是一幅画,一出悲剧,一座雕像,显而易见属于一个总体"。这个"总体",他认为第一是艺术家的"全部作品",第二是与该艺术家"同时同地的艺术宗派或艺术家家族",第三是在这个"艺术家庭"周围而"趣味和它一致的社会"。由此,他定下了一条作品批评的规则,即"要了解一件艺术品,一个艺术家,一群艺术家,必须正确的设想他们所属的时代精神和风俗概况。这是艺术品最后的解释,也是决定一切的基本原因"。[①] 他对古希腊、罗马、中古时代、17世纪和19世纪欧洲文学的分析,就是运用这种理论观念和方法,并因此而奠定了社会历史学派文学批评的方法论基础。影响所及,使得19世纪末俄国革命民主主义批评家的文学批评和20世纪以来的马克思主义的文学批评,都十分注重对文学作品的意义和价值的社会历史分析。马克思主义的文学批评,基于马克思主义的基本理论对于经济基础与上层建筑关系的理解,在丹纳的三要素之外,把"生产方式"作为一定时代的社会历史因素影响文学的更为深刻的内在原因。这一方面补充了丹纳的理论的不足,另一方面在批评实践中,又常常因为忽视决定与被决定的中介因素而陷入简单因果律和机械决定论的窠臼。由于上述形式的作品批评皆注重从文学作品的外部寻找其意义和价值形成的原因,因而这种形式的作品批评又可称为对文学作品的"外部研究"。

另一种也可称作"外部研究"的作品批评,是从作家与作品关系的角度解释和评价文学作品。由于以抒情文学为主的中国古典文学十分重视对作家心志的研究,因而这种形式的作品批评观念在中国古代很早就开始萌芽滋生。最早的"诗言志"理论所谓"在心为志,发言为诗",即是把文学作品的意义和价值的成因归结为作家的心志抒发。虽然也有诸如"物感说"之类的理论追寻作家心志形成的外在原因,但

① 〔法〕丹纳:《艺术哲学》,人民文学出版社1963年版,第4—7页。

从创作主体出发解释和评价文学作品,始终是中国古代作品批评的一种主要形式。到魏晋南北朝时期,陆机提出“缘情说”,打破了长期以来对“诗言志”过于道德化的正统解释,使诗所抒发的感情更具个人性。此前曹丕在总结和研究同时代作家作品的基础上,就提出“文以气为主”的主张,把作家的个性气质对文学作品的决定作用由诗推及更广泛的文学对象,使得这种形式的作品批评得到了更大的发展,并在理论观念和基本的概念范畴等方面日渐趋向成熟。而且这种形态的作品批评在这期间,已经比较集中地从作家的个性出发,讨论作品的风格问题。曹丕不但以“气”为标准,区分不同作家创作的风格特征,说“徐干时有齐气”“应玚和而不壮”“刘桢壮而不密”“孔融体气高妙”等等,而且还指出决定文学作品风格的“文气”“清浊有体,不可力强而致”,“虽在父兄,不能以移子弟”。[①] 刘勰在《文心雕龙》中进一步发挥了上述思想,指出文学作品的风格是由作家的“才”“气”“学”“习”四种因素决定的。所谓“才有庸俊,气有刚柔,学有浅深,习有雅郑”,影响到文学作品,则“辞理庸俊,莫能翻其才;风趣刚柔,宁或改其气;事义浅深,未闻乖其学;体式雅郑,鲜有反其习;各师成心,其异如面”。[②] 这种理论一直影响到皎然、司空图等人的诗论,成为从魏晋南北朝到唐代作品批评的主要课题。此后,从唐人的“意境”说、宋人的“妙悟”论到明清“性灵”派的主张,都为从作家的个体因素出发解释和评价文学作品提供了创作论的依据。这个问题我在第二讲谈到主观感受性批评时曾有论及,可以从不同的角度参看。此外,中国古代文学批评也常把作家的“人品”与“文品”联系起来,清代刘熙载“诗品出于人品”,即是这方面的代表言论。他认为“志”“旨”“才”“气”,“此四字,诗家不可缺一也”。[③] 又如叶燮说:“诗之基,其人之胸襟是也”,他把“才”“胆”“识”

---

① 郭绍虞主编:《中国历代文论选》第 1 册,上海古籍出版社 1979 年版,第 158—159 页。

② 范文澜:《文心雕龙注》,人民文学出版社 1958 年版,第 505 页。

③ 《清诗话续编》(四),上海古籍出版社,第 2444—2445 页。

“力”作为诗人必备的主观条件,也是一首好诗的心智之源:“人无才则心思不出,无胆则笔墨畏缩,无识则不能取舍,无力则不能自成一家。”[1]如此等等。包括薛雪说的“作诗必先有诗之基,胸襟是也”,“诗文与书法一理,具得胸襟,人品必高”[2],与曹丕的“文气”说和刘勰的“才”“气”“学”“习”说大意相近。从以上分析中,我们不难看出,从作家与文学的关系解释和评价文学作品,不但是中国古代作品批评的一个悠久传统,而且在批评实践中也建立了一套独特的概念网络和理论范畴,这对于理解这种形态的作品批评的实质是极有意义的。

在欧洲文学史上,从作家与文学的关系解释和评价文学作品的作品批评,虽然在柏拉图和亚里士多德关于文学创作的天才和灵感的论述中就有萌芽,尤其是郎加纳斯,更加强调诗人的天才和德行与诗歌作品的密切关系,按照他的说法,“崇高”就是“伟大心灵的回声”,“把整个生活浪费在琐屑的、狭窄的思想和习惯中的人是决不能产生什么值得人类永久尊敬的作品的”[3],但这种形式的作品批评见之于比较自觉的实践,则基本上是在18世纪末到19世纪的浪漫主义文学运动的时代。由于浪漫主义文学注重抒发作家的主观情感,因而作家的心志就成了作品的题材和渊源。华兹华斯就说“诗歌是强烈感情的自发溢流”,穆勒沿用华兹华斯的说法,也说诗是“情感的表达或倾诉”,“诗歌是感情在孤独时刻向自身所作的表白”,“一切诗歌都具有一种独白的性质”等等,并且根据上述理论制定了一系列对于诗歌作品的新的批评标准。例如他一反新古典主义对于不同种类的诗歌作品的评价和区分,把抒情诗提高到远比史诗和悲剧更为重要的位置上,认为史诗就其作为叙事诗而言,根本就不是诗,而抒情诗则“比之其他类的诗更富有诗意,更具有诗歌独特的气质”。与此相联系的是,他把诗人区分为

---

① 叶燮:《原诗》,《清诗话》(下),上海古籍出版社1963年版,第571—572页。

② 薛雪:《一瓢诗话》,《清诗话》(下),上海古籍出版社1963年版,第678—679页。

③ 伍蠡甫主编:《西方文论选》(上),上海译文出版社1979年版,第125—126页。

“具有天赋的”诗人和“陶冶而成的”诗人，认为前者写出的诗“就是感情本身”，后者写出的诗则有“明确的目的”（即为了表达某种思想），所以前者的作品“是远比其他诗歌优秀得多的诗歌”。这些关于诗和非诗，以及诗的不同价值的理论，显然都是以创作主体是否“有情”和这种“情”流露在诗歌作品的自然真切程度作为评判标准的。对于诗中描写的“客观”景物，他也表示了类似于中国古代“意境”理论的某些看法，如他说诗人“写景”的能力，不是“写作那种通常叫做描写性诗歌的枯燥作品的能力”，“而是伴随着人的某种感情状态而创造景色的能力；情景是那样交融，以至景成了情的具体象征”①。这和王国维所说的“一切景语皆情语”的基本精神是完全一致的。凡此种种，说明在中外文学史上，从作家与文学的关系解释和评价文学作品的作品批评，与以“摹仿说”和现实主义的“再现”理论为基础的作品批评，确实是存在着根本区别的。而且，一般说来，前一种作品批评的重点是抒情性的文学作品，后一种作品批评则基本上是以叙事性作品为对象的。

在20世纪以来的欧洲文学批评中，以弗洛伊德的心理—精神分析理论及其分支，如荣格的神话—原型理论为背景的作品批评，应当属于从作家出发解释和评价文学作品的范围。弗洛伊德把人的本能欲望和下意识活动作为文学的原动力和创造的渊源，是阐释和理解文学作品的主要依据。因此，心理—精神分析学的作品批评往往十分注重作家在儿童时代的经历和个体心灵成长的历史，尤其是那些可能引起心理变态和压抑性爱欲望的生活事实。他把这一切最终都归结为一种下意识的作用，作为解开文学作品奥秘的一把钥匙。例如达·芬奇笔下的圣母像，被解释为作者对早年离别的母亲的依恋和思念之下意识活动的升华，莎士比亚和惠特曼的诗、柴可夫斯基的音乐和普鲁斯特的小说等，都被解释为被压抑的性渴望的冲动和外化的产物。当这种解释和分析作品的方法被运用于分析作品中的人物形象和生活事件时，甚至

---

① 〔英〕戴维·洛奇编：《二十世纪文学评论》，上海译文出版社1987年版，第30—36页。

连人物形象和生活事件等文学创造的产物也被充分地“主体化”了。例如用著名的“俄狄浦斯情结”的理论分析莎士比亚创造的哈姆雷特，即是把哈姆雷特当作类似于作家那样的真实的生活主体的。这也无异于说莎士比亚是借哈姆雷特“再现”了潜藏于他的下意识深处的“恋母情结”，从而构造了这部作品和这个人物的独特性格的。总之，心理—精神分析的作品批评，是把作家的下意识活动，尤其是被压抑的性心理作为文学作品意义的终极成因，同时又通过对作品的阐释和分析，来印证被这一派理论所预先认定的那些心理事实。正如美国学者魏伯·司各特所说：“这类批评认为，作家与作品之间的本质联系，类似于病人和梦境之间的联系”，“作家在作品中‘掩藏了他的病态’，批评家于是成了分析家，以作品为症状，通过分析这种症状，发现作家的无意识趋向和受到的压抑”。[①] 正因为如此，这一派的作品批评通常是不对作品的优劣高下作出价值判断和评价的。

神话—原型派的作品批评因为与心理—精神分析理论存在着内在的渊源关系，未从根本上脱出心理—精神分析的作品批评范围。不同的是，神话—原型理论不把作家在创造文学作品过程中所表现出来的心理无意识事实看作纯粹个体的东西，即所谓个体无意识，而是把它看作是由整个种族从原始时代遗传积淀下来的一种具有普遍性意义的无意识心理特征，即所谓“集体无意识”。在这一点上，它对文学作品的理解不同于心理—精神分析理论，认为“作品中个人的东西越多，也就越不成其为艺术。艺术作品的本质在于它超越了个人生活领域而以艺术家的心灵向全人类的心灵说话”[②]。这实际上是把艺术作品看作是人类集体无意识的一种再现和记录。作家个人在艺术创造中的意义既属无关紧要，对作品的批评就主要是发掘和认识人类集体无意识借文学作品所获得的不同表现形式，从中找出那些能够使读者的心灵产生

---

① 〔美〕魏伯·司各特编著：《西方文艺批评的五种模式》，重庆出版社 1983 年版，第 26 页。

② 〔瑞士〕荣格：《心理学与文学》，三联书店 1987 年版，第 140 页。

认同和共鸣的心理因素。如荣格就认为歌德的《浮士德》中的浮士德博士和尼采的《查拉斯图拉如是说》中的主人公就是一种“智者”和“救世主”的原始意象(原型)。这种原始意象自文明之初,就已经潜藏蛰伏在人的无意识之中;“每当人们误入歧途,他们总感到需要有一个向导、导师,甚至医生”[①],诗人和作家则把他们在文学作品中再现出来,使之成为读者心灵和精神上真正的“导师”和“向导”。如同心理—精神分析的作品批评一样,神话—原型一派的作品批评,也是把文学作品作为集体无意识理论的实证对象和范例,二者一般都不涉及文学作品的价值判断,较之以“摹仿说”和“表现说”为理论基础的作品批评,这两种以心理学为背景的作品批评都带有比较浓重的科学主义倾向。

“解释和分析作品本身”的作品批评被韦勒克、沃伦称为文学的“内部研究”。这是20世纪以来在欧美文学中影响最大的一种作品批评形态。其中又以英美新批评、俄国形式主义批评和风靡欧洲的结构主义批评为代表。因为这些学派的作品批评把目标集中于关注作品的形式分析,因而通常又被人们称为形式主义的作品批评。按照佛朗·霍尔的说法,“对于诗和散文作品的文词结构本身的精密剖析的方法原来是源远流长的,由古希腊罗马人,经过古代典籍的伟大经师和法国的经典评注家而传之于近代的精读派读者”[②]。后者即是运用“细读”的方法分析文学作品的新批评派批评家。我国古代文学批评也十分重视对文学作品自身的分析和研究,尤其是对于诗歌作品的音韵、格律、造境、用事等方面的形式技巧问题的分析和研究,在古代批评实践中更占有十分重要的地位。例如南朝齐梁时代沈约、周颙等人在总结前人研究汉语语音的经验和成果的基础上,首创汉语“四声”说,并以此检视时人创作,指出众多的诗歌作品在运用“四声”方面存在八种病犯(“八病”),要求诗歌作品的声律做到“五色相宣,八音协畅”“玄黄律

---

① 〔瑞士〕荣格:《心理学与文学》,三联书店1987年版,第143页。
② 〔美〕佛朗·霍尔:《西方文学批评简史》,南京大学出版社1987年版,第191页。

吕,各适物宜”“宫羽相变,低昂互节”,并且具体指出,在一首诗中,“若前有浮声,则后须切响。一简之内,音韵尽殊;两句之中,轻重悉异。妙达此旨,始可言文”[①]等等,即是一种形式主义的作品批评理论。这种形式主义的作品批评一方面促进了我国古代诗歌格律化的进程,另一方面,在格律诗形成之后,又成为我国古代作品批评的一个重要传统。尤其是在宋以后的“诗话”“词话”中,有大量篇幅即是对诗歌的音韵、格律的批评和考究。元、明、清各代,伴随着戏剧、小说创作的繁荣,对戏剧、小说作品形式技巧的批评与探讨也日渐发展起来。尤其是在金圣叹等人对戏剧、小说作品的“点评”式批评和李渔的戏曲理论论著中,包含了对于戏剧、小说作品的形式批评极为重要的经验和见解。由此可见,无论中外,形式主义的作品批评都是一种具有悠久历史的作品批评模式。

现代意义上的形式主义的作品批评,无疑是前人对于文学作品艺术形式的批评观念和批评经验的一个合乎情理的继承和发展。但现代意义上的形式主义的作品批评,显然又不可与古代的形式主义的作品批评同日而语。区别在于,古代的或传统的形式主义作品批评是基于内容与形式的二元论,而且把内容看作是形式的决定因素,要求文学作品做到内容和形式的有机统一。现代意义上的形式主义的作品批评则认为,“在一部成功的作品里,形式和内容是不可分的。形式就是意义”[②],就是内容。“现代批评已经证明,只谈内容就根本不是谈艺术,而是谈经验;只有当我们谈完成了的内容,即形式,即作为艺术品的艺术品时,我们才是作为批评家在说话。内容即经验与完成了的内容即艺术之间的差别,就在技巧。”[③]正因为如此,20世纪以来欧洲各种模式和派别的形式主义作品批评,一般都倾向于割断文学作品与作者、读者

---

① 沈约:《宋书・谢灵运传》,中华书局1974年版,第1779页。

② 〔美〕佛朗・霍尔:《西方文学批评简史》,南京大学出版社1987年版,第192页。

③ 转引自张隆溪:《二十世纪西方文论述评》,三联书店1986年版,第43页。

和社会历史的联系,以便把文学作品作为一个独立自足的客体,进行各自的批评和研究。英美新批评就把从作者方面追寻作品的创作意图的批评称为"意图的迷误",把注重作品对读者产生的心理效应的批评称为"感受的迷误",认为文学作品作为"一种独特的可以认识的对象",具有"特别的本体论的地位",是"一个为某种特别的审美目的服务的完整的符号体系或者符号结构"①,因此对文学作品的批评和研究,只应当是诗的"本体即诗的存在的现实"。正是基于这种理解,新批评所全神贯注的问题是文学作品的"整一"性问题,即"文学作品是形成了还是没有形成为一个整体,以及在建立这一整体方面各部分的相互关系"②。他们通过"细读"的方法,在字、词、句之间寻找可能出现的暗示、联想和言外之意,以及词句与词句之间的内在联系,并在这种相互关联中确定字、词、句的意义和含义。同时也把诸如词语的选择和搭配、句型、句法、语气、语调、声韵、格律的运用,以及比喻、意象的组织等等技巧问题巧妙地联系起来,通过这种"细读",使文学作品最终显示出作为一个统一的有机整体的价值和意义。为此,新批评派对描述和分析文学作品的形式构成提出了许多重要的理论和方法,较有代表性的,如韦勒克、沃伦把文学作品的形式区分为"不同层面"。这些"层面"是:(1)声音层面,谐音、节奏和格律;(2)意义单元,它决定文学作品形式上的语言结构、风格与文体的规则;(3)意象和隐喻,即所有文体风格中可表现诗的最核心的部分;(4)存在于象征和象征系统中的诗的特殊"世界";(5)有关形式与技巧的特殊问题③等。这些"分析个别艺术品"的理论和方法,对具体作品批评实践无疑具有重要的指导意义。在20世纪以来的作品批评中,新批评是一种既有整体观念,又具备精细分析手段的形式主义作品批评模式。

---

① 〔美〕韦勒克、沃伦:《文学理论》,三联书店1984年版,第164、147页。

② 〔美〕佛朗·霍尔:《西方文学批评简史》,南京大学出版社1987年版,第192页。

③ 〔美〕韦勒克、沃伦:《文学理论》,三联书店1984年版,第165页。

与英美新批评对文学作品的关注重点略有不同的是，俄国形式主义的批评家关注的是文学作品的“文学性”问题，“也就是使一部作品成其为文学作品的东西”。这种使作品成其为文学作品的东西，既不是作品的内容也不是作品某种固有的性质，而是文学作品在组织、结构和语言方面所表现出来的与习惯的语言方式之间的差异性和特殊性。为此，俄国形式主义的批评家十分重视对于文学作品语言和技巧的“陌生化”问题的研究。我在文学批评与文学接受一讲，已经谈到这个“文学性”和“陌生化”问题，可以参看。他们把这种理论应用于诗歌和散文、小说等叙事文学作品的分析和研究，着力从语音、韵律、语意等方面发掘诗歌由于“对普遍语言的有组织的违反”所造成的“文学性”。在叙事文学方面，他们致力于区分“故事”（фабула）和“情节”（сюжет），即“作为素材的一连串事件”和写进小说的“情节”之间的差别，从造成这种差别的“陌生化”手段和技巧中，寻找作品“文学性”的种种存在形式和表现。比如他们认为果戈理的《外套》的“故事结构中的能动原则不在所述的事件中，而在它们的表现方法中，而这一表现方法本身，与其说是取决于故事叙述者的推定的性格，还不如说是取决于双关谐语和其他词语的语音作用”，因此，这篇小说的“文学性”便是“某一纯粹语言手段的产物”。[①] 较之英美新批评，俄国形式主义的作品批评更加显明地使作品批评从属于语言学研究，并努力使这种语言学研究式的作品批评获得更高程度的科学性。

与俄国形式主义的作品批评有着直接渊源关系的结构主义的作品批评，一方面不同于英美新批评把分析和研究的重点放在个别作品的形式本身，而是强调超出于个别作品之上的文学系统对个别作品的决定作用，研究那些带普遍性的东西对个别作品的决定意义；另一方面又比俄国形式主义的作品批评更为直接地移用现代语言学的理论观念和

① 参见〔英〕安纳·杰弗森、戴维·罗此等：《西方现代文学理论概述与比较》，湖南文艺出版社 1986 年版，第 23—24 页。

研究方法,使作品批评带有更为浓重的科学的语言学研究色彩。在他们看来,“文学作品本身并不是诗学的对象,诗学所探寻的是文学语言这种特殊语言的属性。一切作品都只能看作是一种抽象的、普遍的结构的体现,是各种可能的表现形式中的一种。因此,这门科学所关注的不再是真实的文学,而只是可能的文学,换言之,是构成文学特殊性的那种抽象的属性:文学性。这种研究的目的不再是去确定对某部具体作品的评述或合理的概括,而是要提出关于文学语言的结构和功能的理论,提出能够提供各种可能的文学图像的理论”[1]。这段话基本上概括了结构主义的作品批评的主要特征,即“不以对个别作品本文作出解释为目的,而是通过与个别作品本文的接触作为研究文学语言活动方式和阅读过程本身的一种方法”[2],从中探究那些对个别作品起决定和制约作用的文学的普遍规律和特性。为此,他们基本上摒弃了传统的作品批评常用的经验的方法和归纳的方法,如同现代语言学研究语言的结构那样,用演绎模式的方法——即“首先假设一个描述的模式”,“然后从这个模式出发逐步深入到诸种类”——对文学作品的结构进行深入系统的研究,尤其是在对具体的叙事文学作品结构的分析中,这种模式化的方法取得了突出的成就。如巴尔特构造的关于文学作品的描述层次的模式,即把叙事作品的结构模式分为三个“描述层”:(1)“功能”层,主要研究作品中的基本叙述单位及其相互关系;(2)“行动”层(亦称“人物”层),着重研究人物分类及其结构原则;(3)“叙述”层,研究叙述者、作者和读者的关系。托多罗夫则把叙事作品当作“话语”来研究,具体从“叙事时间”“叙事体态”和“叙事语式”三个方面探讨了“话语”表现故事的模式。热奈特也把文学作品的“叙事”分为三个“层次”,即(1)“故事”,表示所指或叙述内容;(2)“叙事”,表示能指、文字、话语或叙述文本本身;(3)“叙述”,表示创造性的

---

① 张秉真、黄晋凯:《结构主义文学批评论》,辽宁大学出版社 1987 年版,第 55—56 页。
② 同上书,第 62 页。

叙述动作,等等。通过这些模式,他们逐渐建立了一个庞大的关于叙事作品的语言结构分析的规则体系,为深入把握叙事作品的“无信息的编码”提供了重要的理论图式。

与此同时,他们受普洛普对童话故事和列维-斯特劳斯对神话体裁所作的模式分析的启示,也对叙事作品的体裁进行了系统的模式分析,企图从中找出那些对每一具体个别的叙事作品起决定性作用的文体构成因素。如弗莱以“主人公的行动力量”与“其他人物和环境”的关系构筑小说体裁的五种模式:(1)神话:主人公的力量绝对地超过其他人物和环境的力量;(2)传奇:主人公的力量相对地超过其他人物和环境的力量;(3)高级模仿小说(现实主义):主人公的力量相对地超过其他人物的力量,但超不过环境的力量;(4)低级模仿小说(自然主义):主人公的力量不超过其他人物和环境的力量;(5)讽刺性小说:主人公的力量弱于其他人物和环境的力量。罗伯特·史柯尔斯则以虚构世界和经验世界之间的关系构造小说体裁的三种模式:(1)浪漫小说:虚构世界胜于经验世界;(2)历史小说:虚构世界相当于经验世界;(3)讽刺小说:虚构世界不如经验世界等。这些研究虽然更加远离具体个别的文学作品,却是具有宏观意义的一种结构主义的作品批评形式。在所有形式主义的作品批评中,结构主义的作品批评是一种高度抽象、高度模式化的作品批评,它的对象既非文学作品的内容,亦非文学作品的个别形式,而是整个文学,是使文学产生意义的各种方法和模式。从这个意义上说,结构主义的作品批评又是一种“反作品”的作品批评形式。

以上,我从批评所持的观念和方法的角度,讲了几种不同形态的作品批评的特点。在实际的批评活动中,这些不同形态的作品批评,有时候有很明显的模式特征,即突出某一形态的作品批评的特点,或依批评家所持的观念和方法,从特定角度进入批评对象。有时候这些不同形态的作品批评的观念和方法也会综合运用,或依批评对象的需要而自由组合,并不完全拘于一律。所以在实际的批评活动中的表现就比较复杂。事实上,在对当代作品的批评中,除那些极端模式化的作品批评外，一般意义上的作品批评往往是根据批评对象的情况来区分类型，在这些不同类型的作品批评中，都会留有上述观念和方法的痕迹，但却不是为了刻意显现这些观念和方法，而是为了对作品的阐释和评价。以下就讲讲在实际的批评活动中，几种主要类型的作品批评的功能和特点。

第一种主要类型的作品批评，是新作评介。前面已经讲到，剧评、书评和今天类似的“新书预告”“新作评介”等，是文学批评史上最早独立的一种文学批评样式。顾名思义，这种类型的作品批评是对最新出现的当代新作的介绍和评论，因而如同新闻报道一样，具有很强的时效性。它要求批评家能够迅速及时地对新作的出版或发表作出反应，抓住新作的主要特点，对作品的思想和艺术作出阐释和评价。这类作品批评一般篇幅比较短小，具有广告宣传的功能而不止于广告宣传，尤其忌讳虚张声势的不实之词。好的新作评介，对作家作品有决定性的作用，对读者的阅读选择是很重要的引导，在文学界内外都有很高的权威性。如美国《纽约时报》书评中的文学书评等。

第二种主要类型的作品批评，是单作评论。这类作品批评，就其针对一些单篇或单部作品而言，有点类似于新作评介，但又不像新作评介那样强调时效性。而且批评的重点，也不全在这些作品所显示出来的某些新的特点或所谓“热点”和“亮点”，而是这些作品在整体上或从某一个侧面所显示出来的意义和价值。如对陈忠实的《白鹿原》的评论，有的从社会历史的角度，说它具有“史志意蕴 · 史诗风格”，反映了“一个民族的历史画卷”，显示了“多重视角下的历史脉动”，是“一部令人震撼的民族史诗”；有的则从文化思想的角度，认为它表现了作者“对儒家文化的阐释和留连”，对“深重的文化危机之忧思”；有的又从典型化的角度，探讨白嘉轩、黑娃等主要人物形象的塑造；有的还结合中外作家的类似创作，如《静静的顿河》《红旗谱》《古船》等，对《白鹿原》的意义和价值作比较分析。[1] 如此等等，是这类作品批评比较典型的表

---

① 参见《〈白鹿原〉评论集》，人民文学出版社 2000 年版。

现。而且,这类作品批评对作品的意义和价值的阐释与评价,一般也不像新作评介那样,主要着眼于读者需求和社会效应,而是持一种比较恒定的阐释标准和价值尺度,如"历史的""美学的"阐释标准和评价尺度等。正因为如此,这类作品批评虽无广告宣传功能,却能引导读者深入感受和认识作家作品,对确认作家作品在当代文学中的位置和文学史地位也有重要的参考价值,是最为普遍也是最为主要的一种作品批评类型。常见的文学批评文章,常见于专门化的文学批评报刊,如《人民日报》《光明日报》《文艺报》的文艺评论版,以及《小说评论》《当代作家评论》《南方文坛》《文艺争鸣》等评论刊物发表的文学批评文章,大多属这种作品批评类型。

第三种主要类型的作品批评,可以称之为一种集束式的作品批评。如果说以上两种类型的作品批评属于微观的作品批评,那么,这种类型的作品批评就是一种带有宏观意味的作品批评。这类作品批评虽然依旧要以单篇或单部的作品为基础,但却是以这些单篇或单部作品的集合为特征。这种集合的方式,一般说来,有的是因为题材的某些共同性,如吴秀明的《当代历史小说中的明清叙事》、丁帆的《新时期乡土小说与市井小说:民族文化心理结构的解构期》等,有的是因为主题的某些近似性,如季红真的《文明与愚昧的冲突——论新时期小说的基本主题》、潘新宁的《主题模式蜕变与主体重心转移——新时期小说变异研究之一》等,抑或人物形象和创作方法、表现手法上有某些共同之处或相近之处,如朱向前的《乡土中国与农民军人——新时期军旅文学一个重要主题的相关阐释》、陈晋的《论新时期现代主义小说的叙述方法》、吴义勤的《新生代长篇小说的叙事风格》、蔡翔的《九十年代小说和它的想像方式》等。也有从作家的主体意识和作品所受古代或外来影响等方面集合作品的作品批评,如张德祥的《论新时期小说的历史意识》、罗强烈的《矮凳桥系列小说的叙事结构》、王光东的《民间文化形态与八十年代小说》、董之林的《通向"更加丰满"的路——关于新时期小说创作借鉴西方现代文学断想》等。[①] 当然,这只是就一些大的方面而言,其中还有一些更细的或别种形式的分类集合,都属于这种集束式作品批评范畴。这类作品批评虽集合了多部或多篇作品,但并不面面俱到、平均用力,而是抓住这些作品中的一些共性问题,加以集中的分析和讨论。通过这类作品批评,往往可以透视一个时期文学关注的重心和某种发展趋向,为认识和了解一个时期的文学提供经验的参照。除了上述这种批评家为达某种目的而有意为之的集束式作品批评,另有一种集束式作品批评则是针对一些单篇作品的结集或作家的文集。这类集束式作品批评,有的因突出评介其特点而接近上面所说的新作评介或书评,有的因突出其创作的标志性而与下一讲要说到的作家批评有关,当然,这些也都兼有集束式批评的基本要素,是一种具有一定特殊性的集束式作品批评。

第四种主要类型的作品批评,可以称之为一种述评式或综述式的作品批评。这类作品批评虽然也是众多作品的集合,但批评的重点却不是这些作品在某些方面所表现出来的共同特征,而是这些作品所显示的一个时期的文学发展过程或某种状况。正因为如此,这类作品批评就比较注重对这个过程或状况的描述,在描述的过程中,结合一些有代表性的作品的创作,概括地评说一个时期文学创作的总体面貌和发展趋向。这种述评式或综述式的作品批评,有时候是面对一个时期的全部创作,如雷达的《当今文学审美趋向辨析》、吴晓明的《网络文学创作述论》等,有时候是面对某一体裁的文学作品,如刘齐的《长篇小说艺术探索的新趋势》、於可训的《近十年"文化散文"创作评述》,有时候又可能是面对该时期文学创作的一个侧面或一个方面的问题,如洪子诚、刘登翰的《诗与现实关系的调整——八十年代新诗发展的一个侧面》、蒋原伦的《粗鄙——当代小

① 以上所列文章原文均见孔范今、雷达、吴义勤、施战军总主编:《中国新时期小说研究资料》(上、中、下),山东文艺出版社2006年版。可以参看。

说创作中的一种文化现象》等。[①] 因为注重过程的描述和历史的梳理,这类作品批评事实上已具备文学史的雏形,或可以看作是文学史的一个单元细胞,对文学史研究有重要参考作用。

以上四种类型的作品批评,只是一个相对的区分,它们之间不但有许多共同之点,也有一些交叉重合之处,而且这些作品批评类型有时候因为涉及作家和文学思潮,又与我后面要讲到的作家批评和文学思潮批评相关联。但无论是以单个作品为对象的作品批评,着重解释和评价个别作品,还是从纵向或横向集合一群作品,或以它们所显示的总体状况和发展趋势为对象的作品批评,都是前面讲到的不同形态的作品批评一些基本的实践方式。

---

① 以上所列文章原文分别见孔范今、雷达、吴义勤、施战军总主编:《中国新时期文学思潮研究资料》(下)、《中国新时期小说研究资料》(下)、《中国新时期散文研究资料》、《中国新时期诗歌研究资料》,山东文艺出版社2006年版。可以参看。

第六讲　作家批评

作家是文学作品的创造者，对文学作品的批评，自然要涉及创造文学作品的人，即作家，因而作家也是文学批评的主要对象。但对作家的批评，又不完全等同于对作品的批评，就好像我们对一头牛的评论，不同于对一杯牛奶的评论，或者说对一只母鸡的评论，不同于对一只鸡蛋的评论一样。评论牛奶和鸡蛋，有口感问题、新鲜不新鲜的问题，进口奶牛产的奶或本地奶牛产的奶、土鸡下的蛋还是洋鸡下的蛋之类的问题；评论奶牛和母鸡，就没有这样的问题，或这样的问题不是主要问题。不同的批评对象，要解决的问题不同，针对这些问题就有不同的评价标准和评论方法。虽然中国古代有“文如其人”的说法，但文学作品与创造文学作品的人，毕竟不是一回事。不能用评论牛奶的标准和方法去评论奶牛，用评论鸡蛋的标准和方法去评论母鸡，同样也不能用批评文学作品的标准和方法去批评作家。作家批评有与作家批评相适应的标准和方法，这些标准和方法具有自身的相对独立性。这种独立性，也就保证了作家批评如同作品批评一样，也是一种相对独立的文学批评类型。钱锺书在拒绝一位美国女读者的拜访时说：假如你吃了个鸡蛋，觉得不错，何必要认识那下蛋的母鸡呢？但我要说，既吃了鸡蛋，又认识了下蛋的母鸡，既喝了牛奶，又认识了产奶的母牛，岂不更好？现在讲作家批评。

“一部文学作品的最明显的起因，就是它的创造者，即作者。因此，从作者的个性和生平方面来解释作品，是一种最古老的和最有基础的文学研究方法。”[①]韦勒克、沃伦的这段话最明显不过地说出了作家批评的基本理论根据。事实上，在前一讲中，我们在论及几种“外部研究”的作品批评时，就已经涉及对作家的批评和研究的问题。但是，这种“涉及”还只是把作家当作原因而不是当作结果，即不是把对作家的批评和研究作为正面对象，而是把它作为解释和评价作品的原因，支持对作品的批评和研究。在本讲中，对作家的批评和研究虽然是基于同一理由，即同是把作家作为文学创造活动的“起因”来看待，但我们将要讨论的却是以作家作为正面对象的批评类型，而不是仅仅把研究作家作为作品批评的一种角度。为了有效地确定作家批评的基本特征，有必要在作家批评与和这种批评类型密切相关的对于作家的传记研究之间进行一番区别和界定。

说到作家传记，在世界历史上，中国是较早为作家立传的国度。司马迁首创纪传体史书体制，自班固以降，相沿成习，成为历代作家传记的摇篮。如同现代人物传记一样，这类作家传记所记载的主要也是人物的生平行状，包括作为文人学士的文事活动，以及对其作品、人品所作的论定与评价。例如《史记·屈原贾生列传》中的屈原列传，就记载了屈原的出身、家世，他的政治活动和文学活动，以及遭受贬谪和自沉汨罗的经过，其间也夹杂有与屈原的生平行状密切相关的楚国的君臣关系，以及政治、军事和外交力量的兴衰变化。对屈原的创作，司马迁在传记中着重分析了他的代表作《离骚》的创作背景和成因，并对《离骚》的思想和艺术作了独到的解释和评价，同时还作为屈原的“绝笔”征引了《怀沙》的全部诗句，作为对屈原的评价的一个有力的佐证。整

① 〔美〕韦勒克、沃伦：《文学理论》，三联书店1984年版，第68页。

个屈原列传突出的是屈原忠君、爱国、志洁、行廉的高尚品质，以及在文学上兼有《风》《雅》的巨大成就，是作家传记中脍炙人口的文章珍品。其他史书中的作家传记在记人叙事和评点论说方面虽各有高下，但基本体例与《史记》的《屈原贾生列传》并无多大区别。这类作家传记大致有如下几个方面的特征：(1)传主是以完整的社会角色而不仅仅是以作家的特殊身份被记载入传的，尤其是在作家还没有成为一种专门化的社会职业的古代，传主虽在文学上有突出成就，但入传的身份往往是他在生活中实际扮演的社会角色。(2)传主的文学活动在传记中虽因人而异各有侧重，但与传主在其他方面的社会活动基本是处于同等的意义上。如同传主在其他方面的社会活动一样，传主在文学方面的活动，只是传主的生平行状的某一侧面或传主的生活历程中的某一阶段，并非传记的主要记述对象。(3)作者对传主的评价是全人格的，而不仅仅是传主的文学活动及其成果，而且对传主的文品的评价，往往服务于对传主的人品(包括学问、才气等)的评价，并非专门的文学批评。凡此种种，说明见于中国古代史书中的作家传记，虽然含有以作家为对象的文学批评的某种因素，但与完全意义上的作家批评却不可同日而语。

欧洲历史上对作家传记的重视，不是因为历史著述的需要，而是因为文学观念的变化。如前所述，在浪漫主义取代古典主义的同时，文学研究和文学批评的重点也开始向创作主体本身转移。柯勒律治说："什么是诗？这差不多等于问：什么是诗人？解决了后一个问题，也就答复了前一个问题。因为诗是诗的天才的特产，是由诗的天才对诗人心中的形象、思想、感情，一面加以支持、一面加以改变而成的。"[①]浪漫主义作家和理论批评家重视作家研究的风气，经由19世纪中叶实证主义哲学的浸润，逐渐孕育了一种被卫姆塞特和布鲁克斯称为"申张传记原则"的批评方法和见解。其中尤以圣·佩韦的传记批评理论为代

① 伍蠡甫主编：《西方文论选》(下)，上海译文出版社1979年版，第33页。

表。他说:“文学,文学之产品,对我而言是和整个作家的人格不可分的。我诚然欣赏作品本身,但是我若不考虑作家的人格,则很难评定他的作品。我毫不犹豫说:有这种树,才有这种果实。文学的研究自然引导我们去研究道德问题。”又说:“研究文学的人,要提出若干关于那位作家的问题,然后求取解答。只在这些问题回答之后,我们才能确知面对的整个问题是什么。那作家对宗教有什么看法?自然之沉思对他发生什么作用?他怎么处理和异性的关系?对于金钱的态度如何?他是否富有?他贫穷潦倒?他遵守什么生活的信条?他日常的生活如何?以及其他”,“这些问题的任何一个答案,都直接影响到你,对于一本书的作家及对于那书本身所形成的意见”。[①] 圣·佩韦的这段话,再明显不过地说明了他的传记批评的基本原则,即搜集关于作家的种种生活事实,通过回答有关作家生平的诸多问题,建立对于文学的观点和看法。他要求于批评家的,正是要“进入一个作家内部,在那儿立根,从各种观点把他揭示出来;把他的一言一行,写得栩栩如生,好像活人一样。尽可能地跟着他走进他的内心生活和隐私中去;把他从各方面和这个世界,这实在的人生,以及日常习惯联结起来”[②]。这亦即一种“自然史”的方法:像搜集植物标本那样编纂作家生平的主要事实,从中印证对于文学的经验和看法。

对于这种实证主义的传记批评,韦勒克、沃伦曾经提问说:“文学传记的成果对理解作品本身又有多大关系和重要性?”他们的回答基本上是否定的。依照他们的看法,“作家的生活与作品的关系,不是一种简单的因果关系”,“即使文学艺术作品可能具有某些因素确实同传记资料一致,这些因素也都经过重新整理而化入作品之中,已失去原来特殊的个人意义,仅仅成为具体的人生素材,成为作品中不可分割的组

① 〔美〕卫姆塞特、布鲁克斯:《西洋文学批评史》,中国人民大学出版社 1987 年版,第 494 页。

② 〔美〕佛朗·霍尔:《西方文学批评简史》,南京大学出版社 1987 年版,第 115 页。

成部分”。[①] 既然如此,对作家的传记研究显然也不能代替对作家的文学创作过程及其诸多相关因素的理解,甚至还“妨碍了对文学创作过程的正确理解”。在韦勒克、沃伦看来,只有在“有助于揭示诗歌实际产生过程”这一点上,传记才与“文学研究”亦即与“文学批评”直接相关。把传主当作一个天才来研究,或者只注重研究传主的文学心理,都会把重心从“文学研究”转向“人的个性方面”去,或把传记看作另一门科学,即“艺术创作心理学的材料”。

从以上的分析中,我们不难看出,以作家为对象的文学批评,确实是起源于历史学对作为一种社会行为的文学活动及其主体的关注和“知人论世”、求诸因果的文学观念,因此,在上述历史传记,尤其是在专门化的文学传记的研究中,本身就包含了探析作家的文学创作过程及与之相关的主体因素的合理成分和要求。作家批评完全可以而且应该吸收这些合理的成分和要求。但由于历史传记和文学传记或侧重于历史学的方法,或偏向于“自然史”的方法,未能比较集中明确地凸现“文学研究”的性质和特征,因而又在不同程度上背离了作家批评作为一种“文学研究”活动的基本宗旨。对作家批评的正确理解应该是、而且只能是对作家在“创作过程”,即一部(篇)文学作品的“实际产生过程”中的创作活动的研究。一切有关作家的主体构成和社会历史环境的研究,只有与作家在文学创作过程中的文学创作活动发生关系,成为影响作家文学创作活动的一个重要因素,对于作家批评来说才是有意义的。否则,就可能是心理学的、社会学的和历史学的作家研究,而不是“文学”意义上的作家研究。从这一点上说,作家传记,无论是历史传记还是文学传记,在作家批评中都只能起一种辅助作用和参照作用,如韦勒克、沃伦所说,“它可以用来解释作家作品中的典故和词义”,帮助我们研究“一个作家艺术生命的成长、成熟和可能衰退的问题”,“为

---

① 〔美〕韦勒克、沃伦:《文学理论》,三联书店 1984 年版,第 70、72 页。

解决文学史上其他问题积累资料”[1]等等,而不能等同于或代替作家批评。

以上的说法和我引述的一些学者的意见,很可能与我们日常对作家批评的想法相左,甚至也可能与一些学者的研究旨趣不同。一般说来,在人们的印象中,一个人,只要拥有了作家身份,或发表、出版了文学作品,被人们认为是一个作家,在今天,常见的则是加入了作家协会,成了作协会员,那么,他的出生经历、生平活动就有了某种特殊性,有时候还被赋予一种不同寻常的诗意的或神异的色彩,于是,人们在不知不觉中或在下意识中,就会把这个叫做作家的人与一般人区别开来,会认为他的一言一行、一举一动都与文学有关,都是作家才有的,或是作家必备的。例如,他的出生,就可能有某种先兆;他的成长,就可能富于传奇;他的才华,就可能不同凡响;他的婚恋,就可能透着浪漫;甚至他的身体残疾或心理疾患,他后来的戕人自戕,也都与作家的身份和文学创作有关,都是为作家和文学“准备”的。如此等等,这种由无意识或下意识造就的特殊性,也会对一些学者的研究发生影响,以至于常常诱使一些学者在研究中,致力于寻找那些使一个普通人成为作家的某种天才的或灵异的因素,抑或因此而努力将一个普通人的人生经历、生平行状加以诗化或神化,使之显现出作家或文学所应具有的某种特质来,甚至以此代替作家创作活动的研究。鲁迅曾说,天才生下来的第一声啼哭,像普通儿童一样,并不就是一首好诗。同理,也不是所有的残疾人都能成为史铁生,不是所有的流浪汉都能成为高尔基。文人“无行”,也要受到道德的谴责,作家犯法,也要受到法律的制裁,这些都与普通人没有两样,都应当视之为一个普通人的行为,与文学没有直接关系。只有当一个婴儿的啼哭成了一首诗的象征,一个残疾人的困境成了《务虚笔记》中残疾人 C 的命运,一个流浪少年的遭遇成了《童年》《在人间》和《我的大学》中阿廖沙的经历,一个“始乱终弃”的故事成了

① 〔美〕韦勒克、沃伦:《文学理论》,三联书店 1984 年版,第 74 页。

《复活》中聂赫留朵夫的忏悔，一桩杀人害命的凶案成了《罪与罚》中拉斯科尔尼科夫的心理纠结等等，总之是只有当这些个体因素与文学发生关系，进入文学创作过程，成为文学的一个有机的组成部分，对文学研究才有意义，才能成为文学研究的对象。而与文学发生关系的这些个体因素，又只有通过作家的创作活动才能体现出来，因此，只有对作家在创作过程中的创作活动的研究才是文学意义上的作家批评。

说完了这个问题，我们再来看看，作家的创作活动究竟有哪些内容，作家批评究竟要做哪些工作。为了说明问题的方便，我想首先从“微观”的创作过程入手，看看作家在这个过程不同阶段上的活动情况，以便具体确定作家批评的研究对象和作家批评所要做的工作。文学创作是一种精神性的生产劳动，所谓作家的创作活动，自然是指作家在文学创作过程中的心智活动或思维活动。就常识而言，一个完整的创作过程，主要包括创作构思和创作传达两个阶段。虽然传统的关于“创作过程”的界定往往包括三个时期，即“（一）积累素材时期，（二）构思或者‘酝酿’作品时期以及（三）写作时期”，但也有论者早就指出，“所谓积累素材时期，大约可以认为是创作的准备阶段，不宜算作创作过程的一个时期”[①]。这样说来，作家批评要解决的问题，也就是要阐明作家在上述（二）、（三）两个“时期”，即创作构思和创作传达阶段的心智活动或思维活动的性质与特征，并对之作出分析和评价。这是作家批评要做的第一个方面的工作。在这个基础上，作家批评还要进一步研究作家的创作活动的综合表现，即作家的创作个性和创作风格，以及作家的创作活动的历史发展问题。这是作家批评较为“宏观”的一些问题，都是作家批评的题中应有之义。现在先讲前一个方面的问题。

就一个完整的创作过程而言，创作构思是作家心智活动或思维活动的起点。此前虽有创作动机的萌发、创作材料的搜集、创作情绪的酝酿等等，但如前所述，这些“准备阶段”的先期活动，最终都要通过作家

① 蔡仪主编:《文学概论》，人民文学出版社 1979 年版，第 219 页。

的创作构思才能进入一个具体的创作过程，成为这个创作过程的一个有机的组成部分。在这个阶段上，如何“获取”和“处理”（“加工”）生活素材，即我们通常所说的如何从生活素材中提炼文学题材，如何凝聚思考形成主题，如何发挥想象塑造文学形象（包括抒情形象）等等，常常是作家批评集中关注的一个问题。对这个问题的关注，在相当长的一个时期内，常常被中国现当代文学批评归结为一个与作家的思想观念，尤其是作家的政治思想倾向或世界观密切相关的“创作方法”问题，如现实主义、浪漫主义及其各种革命化、政治化的派生物，如社会主义现实主义、革命的现实主义、革命的浪漫主义，以及革命的现实主义与革命的浪漫主义相结合等。而且往往是从这些创作方法的一般原则，如真实性、典型化、理想化等出发，去分析和评价作家在艺术构思中的心智活动或思维活动的表现，结果往往淹没了作家创作构思的个性特点，使对作家创作构思活动的研究成为印证这些创作方法一般原则的经验材料。有时候，又因为把这些创作方法的一般原则作革命化、政治化的解释，如把现实主义的真实性解释为革命的求实精神，把浪漫主义的想象性解释为革命的理想主义等，无形中又把作家在创作构思过程中的情感活动和思想活动变成了作家对待现实生活和革命事业的立场、态度。虽然这期间也引进、讨论过“形象思维”问题，但最终却因为遭遇政治批判而成为理论禁区，并未对研究作家的创作构思发生积极影响。

“文革”结束后，从上世纪 80 年代以来，由于在理论上恢复了对文学创作思维特征的认识，重提“形象思维”问题，加上美学和文艺心理学研究的开展，以及其他相关学科，如生命哲学、人格心理学、思维科学等研究成果的影响，对作家构思阶段心智活动或思维活动的研究，由作家如何处理一般的经验材料，即我们通常所说的从实际生活中所得的经验材料，逐渐转入作家的内心（“向内转”），深入到作家的心理、人格乃至下意识深处，逐渐突破了创作方法的局限，尤其是其中的意识形态和世界观的局限，开始凸显其个性特征和实际过程的复杂性。如影响作家创作构思的童年记忆和生理、心理创伤，作家的人格状态和性格类型，作家的乡土情结和职业经验，作家的性别意识和宗教情怀，作家的家族遗传和民族集体无意识等等，新时期文学批评对这期间诸多作家，如莫言、史铁生、张承志、马原、余华、苏童、林白、陈染、北村、毕淑敏、阿来、迟子建、叶广芩、扎西达娃、乌热尔图等的研究，都涉及这些问题。对作家创作构思的研究，开始呈现出丰富复杂的多样色彩。

作家的艺术构思是一个十分复杂的心智活动或思维活动过程。其中诚然有作家的思想观念和艺术观念，包括前面说到的集中了作家思想观念和艺术观念的所谓“创作方法”的影响，但这种影响决不仅止于作家的世界观或思想政治倾向，而是作家处理文学与社会生活的关系，即作家将社会生活“文学化”的全部观念和方法。大而言之，现实主义的作家注重观察，而浪漫主义的作家倾向体验；现实主义的作家取诸“外物”，而浪漫主义的作家取诸“内心”；现实主义的作家注重概括，而浪漫主义作家强调表现；现实主义的作家推崇“反映”或“再现”，而浪漫主义的作家注重想象和幻想等等。后起的现代主义，虽然倾向于浪漫主义的“表现”，被人称作“泛表现主义”，但也不拒绝现实主义方法，如在上世纪80年代的中国很热过一阵子的拉美魔幻现实主义，就兼有二者的因素。如此等等，只有当这些观念和方法通过上述作家个体因素的具体作用，才能体现于一个作家的创作过程，才能形成作家心智活动或思维活动的个性或特征。例如张志忠在分析莫言创作构思的“主观化”特征时，就说：“莫言是在挖掘和考察自己的心灵。个人的生活道路和心灵历程的奇特，是他的作品使人感到陌生和独特的最深刻的依据。”[①]贺绍俊在谈到铁凝的创作思维多元因素的统一时说，铁凝是将她所拥有的“三重身份”即“政治身份、作家身份、女性身份”统一于一个完整的人格之下，在“人格统一的前提下”，这“三重身份”给铁凝“提供了三种观察世界的视角”，“有助于她把问题看得更为立体，更为

① 张志忠：《陌生化——感觉的重构——谈莫言的创作》，《文学自由谈》1988年第1期。

深邃”。[1] 洪治纲在论及余华所受职业(牙医)生涯的影响时,说他的创作构思“对往事的复活能力”,“意味着作家对自身经历的再现和重新激活,他站在整个场景之外,却将视点紧紧地安置在那些解剖器官的医生神态上。正是这种职业化、科学化的神态,造成了整个叙述的极度冷静——它远离了对生命的自然尊重,对死亡的基本恐惧,给人以情感上的极度惊悚”。[2] 樊星在谈到贾平凹的《太白山记》的创作时,甚至说:这部作品的创作,是“因为疾病所催生的变态思维唤醒了作家脑海深处有关神秘文化的记忆,疾病又于冥冥中帮助作家找到了表现神秘文化的形式:以梦幻笔法,写梦幻人生”[3]。如此等等,这些作家也许会被人们称为现实主义的或现代主义先锋实验的,抑或游离于这些创作方法之外,属于别一种创作方法或流派,但无论何种情况,离开了这些个体因素的作用,就没有这些作家的创作个性和特点,也就失去了研究的意义和价值。因此,对作家创作构思的研究,重在找出这些个体因素,以及由此造成的作家创作构思的个性和特点。

对作家这一阶段的创作活动的研究最富心理学色彩,可能涉及普通心理学、社会心理学、人格心理学、精神分析心理学及其分支原型心理学和思维、认知心理学等方面的知识,但批评的方法显然又不同于一般意义上的文学创作心理学的理论研究。一般意义上的文学创作心理学的理论研究需要依照创作行为的自然进程和相应的心理活动过程的次序,从众多作家的创作个案中提取典型例证,从中概括出具有普遍意义的创作心理活动的规律性。对构思阶段作家的心智活动或思维活动的研究却与此相反,恰恰是要从作家的构思活动中认识和发现作家的创作行为的独特性,并以此为依据判定作家的构思活动对于形成文学作品的意义和价值的影响作用。在这个过程中,虽然需要借助上述心

---

① 贺绍俊:《铁凝评传》,郑州大学出版社2004年版,第80页。
② 洪治纲:《余华评传》,郑州大学出版社2004年版,第36页。
③ 樊星:《贾平凹:走向神秘》,《文学评论》1993年第5期。

理学理论和作家的传记材料，但目的不在于印证这些心理学理论和作家传记所提供的事实，也不在于用心理学理论和作家传记简单地去解释和说明作家的创作，而在于指明那些外在事实（表现为作家的经验形式）在具体个别的作家创作中，是通过什么方式、如何影响和激发作家的创作构思，在构思过程中作家又是通过什么方式、如何将那些经验事实变成创造性的艺术成果，并对这一作家与那一作家在上述方面的不同特征进行区别和评价。这显然是一个十分复杂的问题，需要结合作家具体的创作构思去说明，我在这里说的，只是作家批评在研究作家构思阶段的创作活动时应该注意的一些主要问题。下面讲作家批评对创作传达阶段作家的心智活动或思维活动的研究。

广义的创作构思，除了上面说到的题材的提炼、主题的形成和形象的塑造之外，也包括同时考虑创作传达方面的问题。但就创作传达阶段本身的活动而言，则较多地涉及文学的形式问题。因此对形式问题的关注，是作家批评研究这一阶段创作活动的中心课题。这种关注不同于前述各种形式主义的作品批评对作品形式的关注。形式主义的作品批评所关心的，是文学作品已经完成的形式，而且割断了与作家的联系，是一种视形式为“本体”的作品分析。对创作传达阶段作家的形式创造问题的关注恰恰相反，它不但要恢复作品的形式与作家的形式创造之间的“本源”关系，而且研究的重心主要指向作家的形式创造过程，以及这个过程通过它的最后结果在整体上显示出来的性质和特征。就其主要方面看，通常有如下三个方面的内容值得注意，即作家的文体意识、作家的结构观念和语言观念及其在创作中的具体表现。这是作家批评研究创作传达阶段作家的创作活动所要面对的主要问题。

对作家的文体意识问题的研究，在研究作家创作传达的文学批评中是一个比较古老的课题。曹丕的《典论·论文》不但较早提出了“本同而末异”的文体论主张，具体区别了“奏议”“书论”“铭诔”“诗赋”等各体文章的体裁特征，指出“文非一体，鲜能备善”，要求作家在写作实践中加强对文体的自觉意识，而且以此为依据，分析比较了当时作家在发挥各体文章的功能方面所取得的成就和轩轾高下，如说“王粲长于辞赋”，徐干在辞赋体裁的写作方面是“粲之匹也”，但他们两人对于其他文体却“未能称是”。陈琳和阮瑀的“章表书记”是“今之隽也”，孔融不善写议论说明的文章（“不能持论”），往往“理不胜辞”，且“杂以嘲戏”，不合文体规范等等。[①] 曹丕的这种文体批评方法，同时也是一种比较通行的文体批评模式。这种批评模式往往预先设定一个文体标准，以是否符合这种文体标准为尺度，衡量作家是否具有文体意识并评价其成就的高下。我国古代在诗歌、散文方面对作家的文体意识的要求，和欧洲古典主义在戏剧方面对作家的文体意识的要求，大抵都是如此。

现代文体批评则一般比较注重作家在文体方面的创新意识和创造实践。欧洲20世纪以来的文学批评对现代主义作家革新和创造新文体的推崇自不必说，仅就我国“五四”以来的文学批评而论，那些被批评家看作最具文体意识的作家，大都是革新和创造新文体的“尖兵”。例如鲁迅的小说就因融合了西洋小说的技法而在新的白话小说文体方面开风气之先，被时人称为“表现的深切和格式的特别”，“颇激动了一部分青年读者的心”。[②] 赵树理的小说则吸取传统和民间文学资源，使“五四”以后的现代小说文体发生了一次新变，开辟了一个新的艺术“方向”。“文革”结束以后的新时期，汪曾祺、孙犁、王蒙、林斤澜、茹志鹃、刘索拉、贾平凹、莫言、韩少功、马原、洪峰、残雪、苏童、余华、孙甘露等众多作家都在不同程度上对小说文体的革新做出了新贡献，推动了一个时期小说文体革新的浪潮。这股文体革新的浪潮，不仅改变了传统的现实主义小说文体的特性和功能，同时也创造了新文体，尤其是增强了作家的文体意识，使文体创新成了此后作家创作的一个较为普遍

---

① 郭绍虞主编：《中国历代文论选》第1册，上海古籍出版社1979年版，第158—159页。

② 鲁迅：《〈中国新文学大系〉小说二集序》，《鲁迅全集》第6卷，人民文学出版社2005年版。

的艺术追求。白烨把这种追求归结为“小说创作中愈来愈盛的注重‘怎么写’的倾向不断提出文体方面的问题”,“是文学自身发展深化的一种客观要求”。[①] 近些年来,又有众多作家在长篇小说文体方面有新的创造,如韩少功用“词典体”写的《马桥词典》,方方用“编年体”写的《乌泥湖年谱》,孙惠芬用“方志体”写的《上塘书》,李锐用“农书体”写的《太平风物》,柯云路用“纲鉴体”写的《黑山堡纲鉴》,叶广芩用“笔记体”写的《青木川》,以及莫言杂糅了书信、戏剧、小说写成的《蛙》等。自觉的文体意识和文体创新,俨然已成了当代中国文学的一种发展势头。当代文学批评也因此而把作家的文体意识作为作家批评的一个重要内容以及衡量作家创造能力与艺术水平的一个重要标准。

文体问题在作家的创作传达中是一个重要的形式问题,它不仅在于作家用什么体裁写作和某些作品属于什么体裁,更在于作家在用这种体裁写作时,是否意识到这种体裁的规范,同时又最大限度地发挥这种体裁的潜在功能,通过创造各种“变体”,充分地表现出作家在文体创造方面的独特性。因此对作家的文体意识的批评,就要充分注意这种独特性,而不是泛泛地分析作家的文体特征,使对作家文体意识的批评流于作品的文体分析。我在评论王蒙上世纪 80 年代的文体革新时,曾说王蒙的小说创作在这期间进行的所谓“意识流”实验,“不是皈依‘意识流’所属的现代主义的创作方法,而是以现实主义的创作方法为本体,旨在以‘意识流’的观念和手法,突破现实主义创作方法中已日渐僵化的部分,尤其是过于客观化的反映论观念和过于机械的、刻板的艺术表现手法。最终的目的仍然是为了改善现实主义的创作方法,扩大现实主义创作方法的艺术表现力”[②],就是从王蒙的文体意识和文体创新的独特表现及其所具有的独特意义和价值的角度立论的。陈思和在论及韩少功的文体意识和《马桥词典》的文体创造时,也说他在米

---

① 白烨:《小说文体研究概述》,《小说文体研究》,中国社会科学出版社 1988 年版。

② 於可训:《王蒙传论》,武汉大学出版社 2009 年版,第 307 页。

兰·昆德拉和帕维奇等外国作家小说中片断采用“词条”形式的基础上,“举一反三,以椟为珠,着着实实地写出了一本词典形态的小说”,“开创了一种新的小说叙事文体”,“把作为词条展开形态的叙事方式推向了极致,并且将其用小说形式固定下来,从而丰富了小说的形态品种”,“是对传统小说文体的一次成功颠覆”。[①]

结构和语言问题,从广义上说,本身便包含在文体问题之内。结构是文体的骨架,语言是“填充”文体的血肉,因而作家的文体意识实际上也包含了作家对于结构和语言问题的意识。但是,结构观念通常又被人们看作是作家对于艺术时空的一种意识,例如现实主义小说遵循物理时空的叙事结构,某些现代主义(如意识流)小说则以心理和意识活动随“意”组合物理时空,形成一种主观色彩极强的结构形式等,说明结构观念在作家的创作传达中占有突出的地位,因而对作家结构观念的分析和评价也就成了分析和评价作家创作传达的一个重要内容。例如张志忠就曾把新时期长篇小说的结构概括为“放射性结构和内敛式结构”两种主要类型,认为刘心武的《钟鼓楼》等属于前者,张承志的《金牧场》等属于后者,说前者“写历史”,后者“写心灵”。[②] 这就与上述遵循物理时空或心理时空、偏重客观或偏重主观的结构方式有关。当然,对作家的结构观念的研究不能仅止于这种分类归纳,而要结合作品作具体分析。如陈思和在分析《金牧场》的作者的结构观念时说:“作者通过两组现实世界(J·M)和两组相对应的意识世界(长征和寻墓),构成了一个完整的方位结构:东方——日本,西方——新疆,北方——草原,南方——长征路”,“M 世界是过去的世界,故以第一人称表示回忆;J 世界是现时的世界,故以第三人称作同步描写,两组意识世界的人称均随产生它的现实世界而定,属超时态”,“其中用黑体字

---

① 陈思和:《多元格局下的小说文体实验——以一九九七年几部小说创作为例》,《上海文学》1998 年第 7 期。

② 张志忠:《论长篇小说的结构艺术》,《小说评论》1988 年第 6 期。

所组成的十段独白,可视作贯通 J、M 两个世界间的一股神气,其宛若游龙,弥布四方,调节着四方结构的关系”。“整个作品在内容上就是这样体现出一种循环,它熔铸了人生、社会、历史多方面的独特认识,自成一个存在的结构。因而方位结构的意义,已经远远超出了表现空间度的形式规范,直接与作品所载的思想艺术容量和历史意识融为一体。”①

在对作家创作传达的研究中,作家的结构观念常常与“叙事”或“叙述”有关。在叙事文学创作中尤其如此。因而有关叙事人称、叙事时间、叙事角度和叙述方式,甚至包括叙事话语等,也被引入作家的结构观念的研究,以此彰显作家在创作传达方面的新意和特点。作家的结构观念在创作传达中,只有通过“叙事”或“叙述”才能具体化,而“叙事”或“叙述”又必然会在作家的结构观念的统率或推动、引导之下。张清华在论及莫言的《檀香刑》时说:“《檀香刑》的故事,用最通俗的话来说可以概括为‘一个女人和她的三个“爹”的故事’,这样的结构本身就会产生出强大的叙述动力。”他把莫言小说的叙事特征概括为“叙述的极限”,说莫言小说的“思想与美学的容量、在由所有二元要素所构成的空间张力上,已达到了最大的程度,他由此书写了当代小说的一系列‘记录’,创造了一系列极限式的景观”,其手法是运用了“加法”甚至“乘法”,“成功和最大限度地裹挟起了一切相关的事物和经验、最大限度的潜意识活动,以狂欢和喧闹到极致的复调手法,使叙事达到了更感性、细节、繁复和戏剧化的‘在场’与真实”。② 这种分析避开了一般叙事研究有关叙事人称、时间、角度之类的泛泛之论,道出了莫言小说在创作传达方面的突出个性和特征,并作出了恰如其分的判断和评价。

在所有形式问题中,语言观念是最能显示作家创作传达个性的一个重要方面。对作家的语言观念的研究,如同分析和评价作家的文体

① 陈思和:《关于长篇小说结构模式的通信》,《当代作家评论》1988 年第 3 期。

② 张清华:《叙述的极限——论莫言》,《当代作家评论》2003 年第 2 期。

意识、结构观念一样,不是着眼于某一作品或某些作品中出现的个别语言现象,而是通过这些个别的语言现象去发现作家运用和创造文学语言的独特个性,以及隐藏在这种个性背后并起着决定作用的作家的语言背景和文化传统。因此对作家的语言观念的研究,常常是一个综合性极大的理论课题,它不但要涉及作家的文学修辞习惯、遣词造句的方式、叙述的语气语调,在抒情文学中还要涉及音韵、格律的安排和诸如节奏、旋律等方面表现的问题,而且还要深入研究作家生存其中的语言背景和对之发生影响的文化传统包括外来影响,才能把握作家语言个性的形成及其对于文学创造的价值和意义。例如,上世纪 80 年代,在文学语言创造方面具有独特鲜明个性的作家,如王蒙、邓友梅、刘索拉、贾平凹、王朔等人,或借鉴西方"意识流"和"黑色幽默"派的文学语言,造成一种扑朔迷离、刻薄调侃的语言效果,或吸收我国古典文学某些文言句法、词汇,形成一种朴拙古奥、极有含蕴的语言作风,或改造方言俗语,别造一种以俗为雅、具有浓郁地方色彩的语言风味等等,都是一定的语言文化背景和传统经由作家的个性化创造的结果。从上世纪 90 年代以来,因为强调本土经验("中国经验"),向传统"撤退",作家的语言创造更注重吸收、融汇和改造民间方言俗语,如莫言、韩少功、李洱、李锐、懿翎、格非、阎连科、毕飞宇等。对这些作家语言观念的关注,因而成了这期间作家批评的一个热点。如张清华在评价莫言《檀香刑》的语言时说:莫言是"下了决心要用'土语'——纯粹的民族话语,来写一部近代中国的历史,要'土到底'"。他最终选择了既是"文雅的文人文化与粗鄙的民间文化相杂糅的产物",又"代表了一个感性而古老的庞大的'过去'与'民间'"的高密东北乡的"猫腔戏"语言。他在作品中以这种语言"唤起人们对历史的记忆",抵抗"西方的话语霸权","同时也是对习惯的历史方法的反思",因而"获得了最大的历史深度"。[1] 杨春时在评论韩少功的《马桥词典》时,也说过类似的话。他

① 张清华:《叙述的极限——论莫言》,《当代作家评论》2003 年第 2 期。

说:《马桥词典》“不仅在社会层面、文化层面上解说了人的命运,而且在语言层面上解说了人的命运”,“《马桥词典》使人们发现,语词的魔力桎梏着人,人们袭用着这些语词,也就不知不觉受到它的摆布;文化观念就是通过语言魔力作用于人。这样,我们就发现了人的命运的隐蔽的决定力量——语言”。[①] 如此等等,可见对作家的语言观念及其表现的分析,不仅止于修辞学的意义,同时也要深入揭示作家的思想和作品的蕴涵。

以上,我从一个“微观”的创作过程的两个主要阶段,讲了作家批评要做的工作,以下讲比较“宏观”层面的作家批评。

首先是对作家的创作活动的综合表现,即作家的创作风格的分析和评价问题。按照欧洲文学中某种理论传统和习惯,作家的风格亦即作家运用语言修辞的风格。这事实上是将研究作家的创作风格归于上述对作家的语言风格的研究。但风格也有另一种更为流行的理解,即作家的个性成熟的表现。布封的名言“风格即人”和中国人说的“文如其人”,大抵都是这个意思。按照这种理解,对作家的创作风格的研究,就应当包括研究作家的个性、气质、习惯爱好,以及对作家的个性形成有着重要影响的作家的出身、经历、教育、习染和社会环境等等情况。但这种研究又可能把我们引向作家传记和“自然史”的方法,以致脱离风格研究的直接对象。从这个意义上说,对作家的创作风格的分析和评价,仍然是分析和评价作家在创作活动中表现出来的艺术个性。但这种个性已不是阶段性的,例如上述构思或传达阶段的某种独特性,而是综合了作家的个性与作家的文学创造的个性的整体、有机的表现。因此对作家的创作风格的研究,须得顾及作家的“全人”和作家的全部作品,只有从作家的全部作品中,找出那些基于作家的某种个性并在创作中不断发展成熟的比较稳定的艺术因素,才能确定作家创作风格的特征和类型属性。对作家的创作风格的分析和研究,在摒弃作家个性

① 杨春时:《语言的命运与人的命运——〈马桥词典〉解读》,《文艺评论》1997 年第 3 期。

的20世纪的形式主义文学批评中,虽然已是一个过时的话题,但就以作家为对象的文学批评而论,对于从整体上把握和评价作家的创作仍然是有实践意义的。中国古代文学批评在这方面已积累了丰富的经验,我曾说过中国古典风格论"滥觞于先秦""孕育于两汉、魏晋""成就于齐梁",而"刘勰是中国古典风格论的集大成者"[①]。但见之于现当代文学批评中的风格研究,更多的还是来自西方影响。在西方文学批评发生上述转向之后,近三十年来的中国当代文学批评也疏于关注作家的创作风格,而将重点转到了其他方面。以下讲较"宏观"的作家批评的另一种表现:对作家创作发展历程的研究。

对作家创作发展历程的研究,虽然是作家批评中较"宏观"的研究领域,但这种研究并不排斥对作家的创作活动作具体而微的分析,有时甚至要以这种分析显示作家在某一时期的创作特色和成就。然而这种分析应该被置放于一个历史的链条上,才能见出作家创作发展的内在联系,以便批评从中找出某种带规律性的内容,作为评判作家创作发展历程的客观依据。较之单纯地分析和研究作家的具体创作活动,这种形式的作家批评带有比较强的"史"的研究性质,是作家批评中一种较稳定的研究形式。

一个作家的创作,就具体作品的诞生而言,可能带有一定的随机性和偶然性,但从总体上说,却如其他事物的存在一样,有其发生发展的必然过程。在这个过程中,作家的创作自身可能呈现出某种阶段性和延续性,在不同阶段上和以不同方式延续的作家的创作,又要受到作家个人和社会环境因素的影响。作家个人和社会环境的因素如何影响作家的创作,在不同阶段上作家的创作呈现出何种性质的状貌和特征,作家是以何种方式延续或因何中断自己的创作,这些不同阶段的创作之间存在着怎样的关联和联系,以及它们在总体上具有何种价值和意义,等等,都是研究作家创作历程的文学批评所要讨论的主要问题。例如,

① 於可训:《简论中国古典风格论的起源》,《武汉大学学报》1982年第2期。

叶子铭的《论茅盾四十年的文学道路》即根据“茅盾在新民主主义革命时期的文学活动和思想、创作的发展历程”，同时兼顾“茅盾一生的思想发展和文学活动情况”，将茅盾四十年的文学道路划分为以下几个时期：一、步入文学领域之前（1896—1916 年）；二、早期的文学活动（1916—1926 年）；三、从《蚀》到《虹》——苦闷、追求、摸索时期（1927—1929 年）；四、转变期中的创作——《路》《三人行》（1930—1931 年）；五、创作上的发展时期——《子夜》和“左联”时期的其他创作（1932—1937 年）；六、为祖国而战——抗战时期的生活与创作（1937—1945 年）；七、抗战胜利后和中华人民共和国成立后的活动（1946— ）等。除第一个时期记述茅盾的童年和少年生活，不直接属于茅盾的文学创作道路外，在其他各个时期中，作者都集中阐述了茅盾的创作的主要特色和成就，并且系统分析了茅盾的创作所受的影响和各个不同时期的创作之间的关联。例如，在第三期中，作者分析了1927 年大革命失败对茅盾创作的影响及其在《蚀》三部曲、《虹》以及其他短篇创作中的表现。在第四期中，作者又分析了《路》《三人行》等作品与前后期创作之间的联系，认为这时期的创作虽然“也属于茅盾初期创作的范围”，但“同前期的《蚀》和后期的《子夜》相比，具有显著的特点，实际上是从《蚀》到《子夜》之间的过渡阶段”；进而认为第五期的创作，“是茅盾思想和创作发展道路上的一个重大转折时期，也是他创作上获得重要成就的发展时期”[①]，等等。根据这些分析和研究，作者才能得出对茅盾四十年文学道路的总体判断和评价。这当然只是关于茅盾的创作道路研究的一个大略，而且是取社会历史批评的角度。对茅盾的创作历程的研究还可以有另外的方法，但无论何种方法，在运用于研究作家的创作历程的时候，都不可能也不应当割断作家的创作与社会历史和创作自身的内在联系，都是一种“史”的研究方法，而不是孤立的封闭的作品分析。这种“史”的研究方法应当注意的是，第

---

① 叶子铭：《论茅盾四十年的文学道路》，上海文艺出版社 1959 年版，第 11—12 页。

一，如同对文学史的研究一样，对作家的创作做“史”的研究，也应当容许不同的解释和不同的解释方式，即以什么方式结构作家的创作“史”和对之作怎样的分析和评价，完全应当因人而异和不断通过研究的“当代化”过程向后延伸。以上述对茅盾的创作道路的研究为例，邵伯周的《茅盾的文学道路》无论是在茅盾创作的历史分期，还是对茅盾不同时期创作的评价方面，都与叶子铭研究茅盾的著作大异其趣。第二，作家的创作历程从“史”的角度看是延续的发展的，但并不等于说作家创作的质量也在不断发展和进步，即应当排除作家研究中的一种简单进化论。有些作家由于个人和社会的各种原因，创作历史的发展和创作质量的提高常常呈现出一种复杂的对比关系，如被刘再复称为“何其芳现象”的，即指一大批新中国成立前在艺术上已卓有成就的作家，在新中国成立后却面临着思想进步而艺术退步了的历史反差现象。这当然主要是由于社会政治的影响，但也有诸如个人创作力衰竭（“江郎才尽”）和多卷体作品每况愈下等等比较普遍的“退化”现象，这些常常是研究作家的创作历程面对的一个难度较大的理论课题。第三，是作家的创作“史”与整体文学史之间的关系。一般说来，作家的创作“史”，是整体文学史中一个积极实践着的组成部分，因此研究作家的创作“史”不能割断与整体文学史之间的内在联系。尤其是在一个时期具有代表性的作家的创作“史”，本身就是这个时期的整体文学史的典型标帜，整体文学史便是由他们的那些有代表性的作品、创作活动和与之相关的理论活动组成的一种系统或秩序。从这个意义上说，个别作家的创作“史”，完全可以看作是整体文学史的一个活泼的细胞和单元，有些单元细胞甚至浓缩了全部文学史的生命基因，成为一个时期整体文学史变化的一个缩影。例如，上世纪 80 年代，一批在 50 年代遭受政治厄运的所谓“归来者”作家的创作，就比较典型地记录了一部当代中国文学史曲折行进的历程；在现代文学史上，丁玲等作家进入解放区前后的创作，也大致反映了从 30 年代到 40 年代文学史变化的一个侧面。这些都说明对作家创作历程的研究，从来就不是孤立的个案分析，而是通过分析个案从不同侧面对文学史所做的一种透视研究。我曾在《王蒙传论》一书的"引言"中,对王蒙的人生道路和创作道路所显示的意义和价值进行了较为系统的概括,认为他的人生道路是当代中国知识分子的人生历史和心路历程的一个缩影,他的创作道路记录了当代中国文学发展变迁的历史,具有相当的典型性,尤其是对当代中国现实主义文学的发展更具有一种特殊的意义和价值:"从1950年代在'干预生活'的文学潮流中强化现实主义文学的批判性,到1980年代通过种种文学实验,革新现实主义文学的艺术表现方法,半个世纪以来,王蒙的创作和文学活动,集中地反映了中国当代文学以现实主义问题为中心的曲折行进的历史,和现实主义经由内部变革和外部冲击日渐走向开放的发展趋势。"①

以上,我讲了作家批评所要解决的两个方面的主要问题,即研究作家的文学创作活动和作家的创作发展道路,下面再讲一点作家批评的具体写作形式。

在具体的批评实践中,对应于上述两个大的方面的作家批评的写作形式,常见的是作家论(或作家的"创作论")和作家评传。作家论侧重于分析评价作家具体的创作行为,取材的角度可以是纵向跟踪一个完整的创作过程或一个时期的创作,也可以是这个创作过程或这个时期创作的一个横的切面,还可以对不同作家或同一流派的作家的创作行为进行比较分析,以便确定这些作家之间或同或异的创作个性和特征。就对于批评对象的适应性而言,作家论是作家批评中一种比较灵活的写作形式。作家论有时也兼有作家评传的功能,但从规模体制到研究中贯彻的历史科学的原则看,都不及作家评传那样严格。

作家评传主要是用于研究作家的创作道路,故而一般不适用于对作家具体个别的创作活动的独立研究。而且,所谓"评传"的"传",实际上包含有互相关联的两个方面的基本内容,即作家的文学创作活动

---

① 於可训:《王蒙传论》,武汉大学出版社2009年版,第5—6页。

的传记和作家个人的生平传记。单纯的作家个人的生平传记与文学研究无涉,已如前述,但作家的文学创作活动的传记离开了作家的生平行状,又失去了事实的联系和经验的依据,仍然不是一种科学意义上的作家研究。这两种成分的传记因素在作家评传中的合理的结构应该是:作家的文学创作活动,必须成为作家的生平活动的一个有机的组成部分,是作家的生平活动的一种特殊方式,但作家的创作活动最终又不应成为研究和评价作家生平活动的实证材料,恰恰相反,作家的生平活动应当成为理解和研究作家创作活动的一个现实的因素。所谓"评传"的"评"即是在这种关系中,参照作家的生平活动,对作家的创作活动所作的评判和观照。作家评传在名目上有时也混叫"作家论"或"作家传",或曰"作家的创作道路""作家的生平与创作",也有叫"作家传论"的,等等。无论是作家论还是作家评传,都需要调动一定的背景材料和作家个人的生平资料,需要搜集作家的日记、书信、手稿和著作发表出版的版本情况等等,但这些资料或材料既不能代替对作家的创作本身做深入细致的研究,更不能在这些资料或材料与作家的创作之间作一种机械决定论或线性因果关系的理解。而且,作家的人品和诸如政治倾向、哲学主张、宗教信仰等等意识方面的因素,同样也不能简单地决定作家的创作,不能用这些方面的褒贬臧否代替对作家创作得失的分析和评价。在这一点上,作家论和作家评传都需要借助评判一般言行的基本准则,即不"因人废言",排除一切有碍专业性判断的非文学因素,真正成为具有"文学性"的文学研究和文学批评。

第七讲　文学思潮批评

前面我讲了文学批评的两种类型：作品批评和作家批评。从原初的意义上说，作品批评是文学批评最基本的类型，作家批评是“由文及人”衍生出来的。作家作为创作主体的人，不但要创造文学作品，同时还要思考与文学创造有关的问题，于是，就进一步衍生出了对作家的文学思考，也包括其他人思考文学问题的批评，这就是我在这一讲要讲的文学思潮批评。先说一点与文学思潮有关的问题。

文学思潮如同政治思潮、哲学思潮、社会思潮等流行术语一样，是指反映某种文学观点的思想潮流。这种思想潮流在文学发展的一定阶段上，或者通过理论批评的形式明确地表达出来，包括见诸某些文学社团、流派的纲领和宣言，或者寓于时人的创作之中，表现为创作的一种时尚或趋向。因此，文学思潮至少应该包括以下两个方面的基本内容：文学的理论思潮和创作思潮。文学的理论思潮涵盖极广，它可以是一般意义上的文学理论，也可以是对文学的具体理解和主张，还可能作为一个构成要素或组成部分包含在哲学、美学或其他艺术思潮之内。较之理论思潮，创作思潮无疑要单纯得多，它虽然也包括由理论批评家或作家自己阐发的创作思想，但其主要方面是指在创作中体现出来的带有某种共同性的文学倾向。

文学思潮批评即是以这两个方面的文学思潮为对象的。这两种性质的文学思潮虽然并非在任何时候都互为因果、绝对同一，但在一般情况下却常常是密切相连、不可分离的。它们的统一体的名称通常又被人们习惯性地称作文学潮流。文学潮流是一个时期的理论和创作倾向的总称，其中有起主导倾向的潮流，也有居于次要地位的倾向，是一个时期文学的总貌和概况。以这种总貌和概况为对象的文学思潮批评，因而就是一种宏观的和综合性极强的文学批评类型。而且，对文学思潮的批评，往往不是针对某一作家或某一文学理论批评家的某些具体的文学观点，而是主要针对一个时期或一个时代的文学思潮的总体状况。因而文学思潮批评又只有当这一时期或这一时代的文学思潮在总体上有较充分的表现，开始呈现出某种性质和特征的时候才能进行。仅就某些个人一时的文学观点立论，“思”不成“潮”，难见全貌，是不能算作严格意义上的文学思潮批评的。因为这个原因，所以对文学思潮的批评，又常常与某种较稳定的学术研究活动难以区分，与属于文艺学的另一分支学科——文学史研究也颇多类似之处。在批评实践中，某些个人重要的文学理论思想或创作倾向，有时也作为文学思潮的批评对象，那主要是因其在某种文学思潮中具有典型性或代表性，并非说他个人的思想或创作就能构成一种文学思潮。除了上面说到的这些特殊性之外，又因为文学思潮与其他艺术思潮和一般意义上的社会文化思潮联系紧密，甚至如上面说到的，可能作为一个构成要素或组成部分包含在哲学、美学或其他艺术思潮之内，因而文学思潮批评又常常要涉及其他艺术门类的理论和创作思潮，甚至一个时期、一个时代总体的社会文化思潮。正因为如此，所以，学者和批评家有时候又只能将文学思潮问题作为一个时期、一个时代的艺术思潮或社会文化思潮的一个侧面或其在文学领域的表现来讨论。本讲以下的讲述，可能要遇到这些问题。下面讲文学思潮批评要解决的主要问题。

以文学思潮为对象的文学批评所要解决的主要问题，有以下几个方面:一是分析文学思潮的总体格局和发展态势;二是确认文学思潮的基本性质和主要特征;三是研究文学思潮形成和发展的诸多原因,并就文学思潮自身的得失及其对于文学及社会文化的意义作出判断和评价。先讲第一个方面的问题。

就第一个方面的问题而言,所谓文学思潮的总体格局,是指一个时期或一个时代各种文学思潮的分布状况。任何一个文学时期或文学时代,不可能只有唯一的一种文学思潮存在,即使是在高度禁锢的时代,也可能会有某种偏离统一规范或与主流相悖的文学思潮要以这样或那样的方式表现出来。如“文革”及其前的“十七年文学”时期,一般说来,都认为是一个极端政治化的时期,但在“十七年文学”中,如朱寨所言,在持续不断的批判资产阶级、小资产阶级和修正主义文艺思潮的形势下,“也有相反的思潮不断波起浪涌,与之交错进行”,如“在批判资产阶级、小资产阶级的创作倾向之后,曾开展过反对公式化、概念化和(对)反历史主义倾向(的批评);在大规模批判资产阶级文艺思想之后,提出了‘百花齐放、百家争鸣’的方针;在‘反右’之后掀起的‘大跃进’浮夸风,‘调整时期’对这时期文艺指导思想上的狂热进行了全面的纠正”[①],等等。“文革”期间,又有所谓“地下文学”思潮的暗流涌动,说明文学思潮的发展永远难以归于一统。在文化开明的时代,文学思想十分活跃,各种文学思潮纷至沓来,异彩纷呈,往往呈现出多元竞进的繁荣状态。对文学思潮的分布状态的分析,要从这一时期纷纭繁复的文学思潮中,找出那些为这一时期的理论批评和创作实践所集中关注和积极推动的主要思想潮流,以及与之处于同一文学时空中的其他方向上的各种文学思潮,并在此基础上阐明它们之间或互补或对立的复杂组合关系。例如,“五四”时期,在启蒙和进化的方向上,主要有文学研究会代表的现实主义的文学思潮和创造社代表的浪漫主义的文学思潮。这两股文学思潮一者标榜“为人生的艺术”,一者标榜“为艺术

---

① 朱寨主编:《中国当代文学思潮史》,人民文学出版社 1987 年版,第 2 页。

而艺术”,但在反对封建专制、争取科学民主、主张艺术革新方面却是完全一致的,是“五四”新文学中起主导作用的思想潮流,二者之间的关系无疑是互补和互相促进的。与此相反,在这一时期,也存在以林纾和“学衡派”“甲寅派”为代表的所谓文化“保守”和带有“复古”倾向的文学潮流,他们的文化立场和文学主张,与以前者为代表的文化启蒙和文学革新思潮是处于对立状态的,二者的代表人物之间曾展开过激烈的论争。整个“五四”时期的文学思潮,即是由这些文学思潮之间的呼应、互补、分歧、斗争造成的,在总体上呈现出了一种风起云涌、波诡云谲的复杂局面。这些都是现代文学史中可见的常识问题,无须多论。但需要注意的是,我这里主要就常识中一些有代表性的文学思潮立论,作为一个自由开放的文学时代,“五四”时期的文学思潮实际上远比上述情况复杂得多,因而对这一时期文学思潮总体格局的分析还应该进入到更具体细致的层面,不能仅止于这种粗线条的把握。

文学思潮批评另有一个需要注意的问题是,一个时期或一个时代的各种文学思潮,并不都是静态地共时呈现的,也不都是自在自为、互不关涉的,相反,在多数情况下,都是以相互之间的争论或斗争的形式显示其存在,并通过这种方式构成一个时期或一个时代文学思潮的总体景观的。在我国现代文学史上,较有影响的如上述“五四”时期新旧两派文学思潮之间的论争,上世纪30年代左翼文学思潮与所谓“自由人”“第三种人”之间的论争,包括在同一文学阵营内部发生的论争,例如上世纪20年代末发生的“无产阶级革命文学”论争、30年代发生的“两个口号”的论争、40年代发生的“民族形式”问题的论争等等。有论者说,从抗战时期到解放战争时期,文学论争“此起彼伏,连绵不绝,较大的就有八次之多”[①],可见本时期文学思潮之活跃。从上世纪40年

---

① 指“(1)抗战初期进步文学界与梁实秋‘抗战无关论’的论争;(2)1938—1939年关于‘暴露与讽刺’的论争;(3)1940年前后与‘战国策’派的论争;(4)1939—1941年关于‘民族形式’的论争;(5)1942年延安文艺整风及对王实味文艺思想的批判;(6)1945年前后关于《清明前后》、《芳草》两剧作的论争;(7)1945—1949年关于‘主观论’与现实主义(转下页)

代后期开始，文学思潮论争常常以对所谓错误思潮展开批判的形式出现，这种风气持续到新中国成立之后，就是上世纪五六十年代，文艺批判和文艺斗争持续不断，最著名的有所谓"五大战役"①及与之相关的对具体作家作品的批判和批评等等，直到"文革"爆发，衍为全面的政治斗争和文化批判。"文革"结束后，新时期文学思潮又重新活跃起来，在上世纪80年代，各种文学思潮的冲突碰撞也十分激烈，如70年代末、80年代初开展的关于"工具论"（即"文艺是阶级斗争的工具"）的讨论，这期间开始一直延续到80年代中期前后的关于"朦胧诗"和"现代派"问题的讨论，以及围绕与之相关的具体作家作品的讨论和争鸣等。从上世纪90年代以来，类似的讨论和争鸣虽然已不常见，但如90年代中期的"人文精神"讨论，以及诗歌界从90年代末延续到新世纪的"民间写作"与"知识分子"写作的争论，仍是这期间文学思潮冲突碰撞的重要表现。

如果说文学思潮批评对文学思潮分布状况的研究，是在一个共时的空间中展开的，那么，对文学思潮发展态势的研究，就要引入时间的维度。所谓文学思潮的发展态势，亦即文学批评对文学思潮发展的纵向把握，即从时序上讲，各种文学思潮是如何交替递嬗地向前发展的，有哪些具体的样态和表现。如刘再复在分析新时期文学思潮的发展态势时认为，"新时期文学发展的过程，是社会主义人道主义的观念不断地超越'以阶级斗争为纲'的观念的过程"，"整个新时期的文学都围绕着人的重新发现这个轴心而展开"，具体表现为以下几个发展阶段：以

（接上页）问题的论争；(8)20世纪40年代末与朱光潜等自由主义文艺思想的论争"。参见周晓明主编：《现代中国文学史》（修订版），华中师范大学出版社2011年版，第534页。

① 即"对电影《武训传》的批判和由此引起的批判小资产阶级的创作倾向。继之便是对《红楼梦研究》及胡适唯心主义文学史观的批判；对胡风文艺思想的批判。接踵而至的便是一九五七年的'反右派'运动、一九五九年的'反右倾'运动和'反修'"。参见朱寨主编：《中国当代文学思潮史》，人民文学出版社1987年版，第2页。

刘心武的《班主任》为代表作的"伤痕文学阶段","是对'文化大革命'那种非人的悲剧的揭示";谌容等的《人到中年》《三生石》《如意》《人啊,人!》等作品的出现,"使对人的尊严和价值进入更直接、更自觉的呼唤"阶段;第三阶段则是"人道主义的深化阶段",具体表现为"把人当成人,即把人视为活人、真人,而不是完人、超人","更加关心作为个体的人,尊重人的个体主体价值"[①]等。这是刘再复对新时期文学思潮,尤其是他所认定的社会主义人道主义文学主潮的发展态势的描述和概括。

由于批评所取的角度不同,对一个时期文学思潮的分布状态和发展态势的描述和概括也不尽一致,例如白烨即把新时期文学思潮(作者称为"文学观念")概括为"'人学'意识的觉醒"和"'文学'意识的凸现"[②]这相辅相成的两个方面。后者在刘再复的"人道主义主潮"论之外,显然又兼顾了文学本体论思潮的角度。陈辽则平行列举了"怀念歌颂老革命家的文学""伤痕文学""反思文学""新的反封建文学""人的文学""改革文学""开放的革命现实主义文学""'中国式的现代派'文学""'寻根'文学""通俗文学"等文学思潮和创作潮流,认为"是这些文学思潮的'合力',推动了新时期文学思潮的发展,也推动了新时期文学的发展"。[③] 与上述几种描述和概括大同小异的是,宋耀良一方面同于白烨,从"文学对社会时代的全面深刻反思",尤其是对人的问题的思考和"文学新表现因素的生长"两个方面,对新时期的文学思潮作了系统的描述和概括,另一方面又独辟蹊径地指出,新时期文学思潮基本上呈现为"生机勃勃的活跃态与仓促匆忙的过程式相交织""勃发性突破与阶段式发展相吻合""文学创作与文学批评理论形成同构互补"三种发展态势。[④] 凡此种种,这些学者不同的研究结果同时也说

---

① 刘再复:《新时期文学的突破和深化》,1986年9月8日。

② 白烨:《文学观念的新变》,辽宁大学出版社1989年版,第22页。

③ 陈辽:《新时期的文学思潮》,辽宁大学出版社1987年版,第5—6页。

④ 宋耀良:《十年文学主潮》,上海文艺出版社1988年版,第339—347页。

明,对一个时期文学思潮的分布状态和发展态势的研究,是一种动、静结合,偏重描述的批评形式。以下讲文学思潮批评要解决的第二个方面的问题:确认文学思潮的基本性质和主要特征。

较之研究文学思潮的分布状况和发展态势,对文学思潮的性质和特征的研究,不仅止于分类描述,同时还要深入探讨其本质属性。一个时代或一个民族不同时代的文学思潮,尽管表现为各种复杂的形式,渗透于不同的文学门类,但由于文学思潮从根本上说是植根于一个民族的历史文化和文学艺术传统之中,同时又受到这一时代或这一民族的各种现实关系的影响,因此,对文学思潮的性质和特征的研究,就不能不涉及一个民族的整体的文化传统和艺术传统,也包括一个时代的整体的现实关系,而不能仅就文学本身立论。例如李泽厚在论及中国古代艺术、包括文学的审美思潮时曾说,先秦在意识形态领域"贯穿的一个总思潮、总倾向,便是理性主义",就思想、文化领域而言,"主要表现为以孔子为代表的儒家学说;以庄子为代表的道家,则作了它的对立和补充",这样,"儒道互补"便成为"两千年来中国美学思想一条基本线索"。[①] 但在南中国,却"由于原始民族社会结构有更多的保留和残存,便依旧强有力地保持和发展着绚烂鲜丽的远古传统",因而"在意识形态各领域,仍然弥漫在一片奇异想象和炽烈情感的图腾——神话世界之中。表现在文艺审美领域,这就是以屈原为代表的楚文化",即充满浪漫激情的"屈骚传统"。[②] 对这个问题,朱维之有类似的看法,他认为"孕育北方古代文化的黄河流域形成的现实思潮和孕育南方古代文化的长江流域形成的浪漫思潮"是"奔迸于中国文艺根底"并"哺育后代文艺思潮"的"两大潮流"[③]。徐复观在研究思想史的同时也关注文学问题,因为关注文学问题"而牵涉到一般的艺术理论",对中国古代文

---

① 李泽厚:《美的历程》,文物出版社 1981 年版,第 49 页。
② 同上书,第 67 页。
③ 朱维之:《中国文艺思潮史稿》,南开大学出版社 1988 年版,第 10 页。

艺思潮(他称为“艺术精神”),他的结论是:“老庄思想当下所成就的人生,实际是艺术地人生;而中国的纯艺术精神,实际系由此一思想系统所导出”①,意谓中国艺术精神与老庄一派的思想同质。如此等等,这些学者对中国古代文学思潮的基本性质和本质特征所作的提炼和概括,显然是从人文传统、地域文化和哲学思潮等角度立论的。与上述学者所取的角度不同,周作人在一篇著名的演讲中说,中国文学从宗教分离出来以后,“在文学领域内马上又有了两种不同的潮流:(甲)诗言志——言志派;(乙)文以载道——载道派……这两种潮流的起伏,便造成了中国的文学史”②。他所取的显然是文学自身的角度,所指的也是较严格意义上的文学潮流自身的性质和特征。凡此种种,这些学者的研究,虽然面对的是整个中国文学史甚或整个艺术史和文化史,而不是当下的文学思潮,但却是文学思潮批评在跟踪当下文学思潮发展演变之外,又一种较普遍的表现形式。其中无疑也包含文学思潮批评的诸多方法和要素,是文学思潮批评中一种较稳定的带有“史论”性质的研究模式。

与对古代文学思潮的性质和特征的分析认定不同,文学批评对“五四”以来的新文学思潮的性质和特征的观照,往往取政治的角度。例如一个流行的对“五四”新文学思潮的经典界定,即认为“五四”新文学是“无产阶级领导的、人民大众的彻底的反帝反封建的文学”,以此类推,新中国成立以后的当代文学思潮则属于“社会主义性质”的,等等,就是根据中国革命性质的阶段性划分去界定文学思潮的性质和特征。进入新时期以后,对文学思潮的性质和特征的界定则较为复杂。前述刘再复的“人道主义主潮论”,显然是取一般社会文化思潮的角度;白烨和宋耀良基本上持同一看法,但宋耀良进一步明确了中国新时期文学与西方文学中人文主义思潮的区别,认为“新时期第一个十年

---

① 徐复观:《中国艺术精神》,春风文艺出版社1987年版,第41页。

② 周作人:《中国新文学的源流》,华东师范大学出版社1995年版,第17—18页。

的文学运动,主要呈现出的是一种新人文主义文学思潮的性质",其"基本审美特征"是"反思性",即"以文学表现的主题性的方式,对社会时代进行反思"和"以批评理论的方式对文学自身存在进行反思"①。与此相对的是,也有一些学者是从创作方法的角度界定新时期文学思潮的性质和特征的,而且大都认为"现实主义的"创作方法是新时期文学思潮的主流。如何西来即认为"现实主义……终于又成了新时期文学的主流、主潮"②,陈辽认为"开放的革命现实主义文学思潮当然是我们新时期的文学主流"③。也有使用"革命的现实主义""深化的现实主义""社会主义现实主义"甚至"革命的现实主义和革命的浪漫主义相结合"等名词术语的,都旨在用某种占主导地位的创作方法规范新时期文学思潮的性质和特征。

上述种种,说明对文学思潮的性质和特征作质的规定不可能是整齐划一的,而是存在着多种不同的方面和层次。在同一规范内进行质的规定有科学和不科学之分,在不同规范内进行质的规定完全可以并行不悖,因此,一个时代或一个民族不同时代的文学思潮在批评的视野中就显得斑驳陆离、异彩纷呈,表现为一种包容丰富、涵盖深广的总体文学气象。在中外文学史上,文学批评对文学思潮进行质的规定,一般说来有如下几种通行的方式:从哲学或思想方法的角度,认定某种文学思潮是理性的或非理性的;从一般社会文化思潮的角度,认定某种文学思潮是属于何种社会文化潮流;从创作方法的角度,认定某种文学思潮属于何种创作方法;从社会功利的角度,认定某种文学思潮是被道德教化、政治或神学的目的所浸润,是为某种功利目的服务的;从纯审美的和纯形式的角度,认定某种文学思潮是唯美主义的或形式主义的,如此等等。总之,理性—非理性、人道主义—非人道主义(包含各种集权主

---

① 宋耀良:《十年文学主潮》,上海文艺出版社1988年版,第319—332页。

② 何西来:《新时期文学思潮论》,江苏文艺出版社1985年版,第46页。

③ 陈辽:《新时期的文学思潮》,辽宁大学出版社1987年版,第154页。

义、专制主义)、古典主义—现实主义—浪漫主义—现代主义、实用—唯美、功利—形式等,是文学思潮批评概括中外文学史上纷纭繁复、千变万化的文学思潮的几种主要模式。其他形式的概括或是这些模式的具体化,或是这些模式的变体和交叉渗透的形式。这些模式从不同方面反映了文学思潮的形成、发展及相互之间关系的历史形态,因而是对文学思潮的性质和特征具有本质意义的概括形式。下面讲文学思潮批评要解决的第三个方面的问题。

以文学思潮为对象的文学批评所要解决的第三个方面的问题,是研究文学思潮形成和发展的诸多原因。对文学思潮的性质和特征作质的规定本身,就包含因果关系的分析,但这种分析往往比较单一,例如只取批评所认定的概括角度等等。事实上,文学思潮形成和发展的原因是十分复杂的,而且往往表现为一种历史“合力”和文化“合力”交互作用的形式,不是某种单一的原因可以解释的。仅就我国新时期文学思潮的形成和发展而言,既有现实变革对文学提出的要求,也有历史传统对文学产生的影响,同时,外来文化的冲击也是一个极为重要的激发因素。因而现实、历史、外来影响就成为考察新时期文学思潮形成和发展的三个基本向度。这三个基本向度也适用于考察历史上其他时代的文学思潮,只不过对某一具体的文学思潮来说,这三个向度上的影响力有轻重主次的不同罢了。在这三个向度之下,更具体、更直接地影响文学思潮的途径,是某一时代的现实如何通过这一时代普遍的社会心理和社会舆论,即该时代的民众情绪和社会思潮,成为文学思潮形成和发展的社会氛围和时代环境;某一民族的历史传统如何通过这一民族在文化和文学方面存留的思想资料,包括上一代的文学活动和前此流行的文学思潮,为新的文学思潮的形成和发展提供条件和前提;某一外来影响在多大程度上、以何种方式成为文学思潮形成和发展的触媒与契机,等等。以下就影响文学思潮的这三个向度上的问题稍作展开论述。

就第一个方面的问题而言,往往是在社会发生剧烈变动的时代,民众的情绪、意志、愿望和要求容易通过某种形式得到集中而强烈的表露,成为这一时代各种意识形态和思想潮流的社会基础,其中就包括对文学思潮的孕育和酝酿,或通过其他社会思潮的中介刺激文学思潮的形成和发展。例如我国近代维新派思想家提倡"诗界革命""小说界革命"和"文界革命",推动一股被文学史家称为"资产阶级改良主义文学"的思潮,就与当时朝野上下革新政治的要求密切相关。梁启超在《论小说与群治之关系》中说:"欲新一国之民,不可不先新一国之小说。故欲新道德,必新小说;欲新宗教,必新小说;欲新政治,必新小说;欲新风俗,必新小说;欲新学艺,必新小说;乃至欲新人心,欲新人格,必新小说。"[①]最明白不过地说明了某一时代的意识形态和社会思潮是如何把文学作为推行其主张和教义的实际手段和工具,而刺激与之相关的文学思潮的形成和发展的。嗣后的五四新文学运动,乃至"文革"结束后我国新时期文学思潮的形成和发展,大抵都受了急剧变动的时代意识形态和社会思潮的浸润和影响。

在众多社会思潮中,除政治思潮对文学思潮影响最为直接、最为强烈外,哲学思潮对文学思潮的影响往往是具有根本性的。这是因为,无论何种文学思潮,其核心观念归根结底是哲学性的或本身就属于哲学思潮的范畴。如辩证唯物主义和历史唯物主义哲学对中国现代革命文学思潮的影响,存在主义哲学及其他西方现代哲学思潮对西方现代主义文学思潮的影响等。此外,民众的趣味爱好、社会风习有时也直接对文学思潮施加影响,尤其是对创作思潮的形成和发展具有重要的诱发作用。如新时期"通俗文学"创作潮流的出现就与群众的文学欣赏趣味和文化娱乐的需求极有关系。凡此种种,现实的因素对文学思潮的影响正如丹纳所说:由于"精神气候"的作用,"你们才看到某些时代某些国家的艺术宗派,忽而发展理想的精神,忽而发展写实的精神,有时以素描为主,有时以色彩为主","群众思想和社会风气的压力,给艺术

① 《中国近代文论选》(上),人民文学出版社 1959 年版,第 157 页。

家定下一条发展的路，不是压制艺术家，就是逼他改弦易辙”。[1]

就第二个方面而言，一定民族在历史文化和文学方面存留的思想资料，直接成为某一时代文学思潮革新的“托辞”和“借口”，几乎是中外文学史上的一个通例。我国的唐宋古文运动和欧洲的文艺复兴等影响深远的文学思潮，都是以“托古革新”为特征的。在一般情况下，一定民族在历史文化和文学方面存留的思想资料，往往是新的文学思潮在理论和实践方面进行创造的历史前提和依据。如恩格斯所说，“任何意识形态一经产生，就同现有的观念材料相结合而发展起来，并对这些材料作进一步的加工，不然，它就不是意识形态了”[2]。此外，上一代的文学活动和前此流行的文学思潮，也常常会从正向或反向造成新的文学思潮的推动力，例如在我国新文学史上，仅就现实主义文学思潮的形成和发展而言，从“五四”引进写实主义，到30年代实行社会主义现实主义和40年代在解放区文学中的实践，乃至建国后倡导革命的现实主义和革命的浪漫主义相结合等，由于在上述历史阶段上流行的文学思潮之间存在着一种传承关系，因而上一历史阶段的文学思潮直接就是下一历史阶段的文学思潮发展的前提和正面推动力。但在欧洲文学史上，尤其是近代以来，文学思潮的发展却是以“反拨”传统和相互更替的形式出现的，因而上一历史阶段的文学思潮常常是在作为“反拨”和更替的对象的意义上成为下一历史阶段的文学思潮发展的前提和推动力。浪漫主义取代古典主义，现实主义“反拨”浪漫主义，现代主义叛离现实主义等等，即是如此。勃兰兑斯的《十九世纪文学主潮》所研究的“中心问题”，即是“十九世纪初期对抗十八世纪文学的反拨，以及这次反拨的获得全胜”[3]。我国“五四”以后的新文学相对于古典文学而言，其思潮之间的更替也是如此。

---

① 〔法〕丹纳：《艺术哲学》，人民文学出版社1963年版，第35页。

② 《马克思恩格斯选集》第4卷，人民出版社1972年版，第250页。

③ 〔丹麦〕勃兰兑斯：《〈十九世纪文学主潮〉序言》，《西方文论选》（下），上海译文出版社1979年版，第472页。

就第三个方面而言，外来影响可以是各种形式的社会文化思潮，也可能直接就是某种文学思想和创作潮流，如上世纪 80 年代，影响中国文学思潮的就有西方现代人本主义，包括它的各种哲学、心理学分支学科的社会文化思想和现代主义的文学理论与创作。影响的方式和影响的力度，则取决于该时代的文学对于异质文化需求的性质和融合异质文化的能力与气度。如上世纪 50 年代，受东、西方冷战格局和意识形态斗争的影响，中国当代文学思潮几乎“一边倒”地接受苏联社会文化思想，尤其是政治思想和文学思想包括文学创作的影响。“文革”结束以后的新时期，则以开放的姿态和兼容并包的气度，接受来自东西方各国的社会文化思想和文学思想包括文学创作的影响。

凡此种种，在上述三个基本向度上，影响文学思潮形成和发展的诸多因素，及其交互作用对文学思潮施加影响的各种方式，都是文学批评的观照对象。文学批评只有充分把握了影响文学思潮的这些复杂因素和各种不同的作用形式，才能真正了解文学思潮形成和发展的规律与趋势。

需要特别指出的是，文学思潮在实际运行过程中，往往要经由文学社团、流派的推动或政府与官方的组织和倡导。在不同性质的国家和社会制度中，文学活动与政府或官方活动的关系也各不相同。在强调意识形态的统一性和将文学活动纳入国家的政治生活和有组织的社会文化活动的情况下，文学思潮往往是政府或官方有组织地倡导和推动的结果，有时甚至表现为某种形式的思想和政治运动，如新中国成立后的文学思潮就常常表现为这样的形式。在这种情况下，文学批评对文学思潮的形成和发展原因的分析，就不能不同时兼顾政府或官方意识形态（国家意识形态）的性质、政府或官方文学决策的目的和动机，以及具体实施的文艺方针、路线、政策和发展战略等等，这些都是影响文学思潮形成和发展的重要因素。但在一般情况下，对文学思潮起实际推动作用的主要是一定的文学社团和流派。文学社团和流派有时候是被文学思潮催生出来的，如文学研究会和创造社实际上都是“五四”文学思潮的产物，但文学社团和流派一旦形成，反过来又会促进文学思潮的流行和传播，并把文学思潮的基本精神从理论和创作上发展到极致或使之更趋完善。有些文学社团和流派则是文学思潮的始作俑者，如我国20年代末30年代初的无产阶级革命文学思潮即是经由创造社、太阳社等文学社团、流派竭力倡导和身体力行地进行创作实践才得以流传的。不论何种情况，文学社团、流派都是文学思潮形成和发展的一个重要的现实因素，而且文学社团、流派之间的斗争和竞赛又常常使文学思潮呈现出多姿多彩的面貌和状态。从这个意义上说，对文学社团、流派活动的研究是文学批评掌握文学思潮的实际运动和构成形式的一个重要途径。例如勃兰兑斯即是以"研究欧洲文学某一些主要的集团和运动"(其中包括众多的文学社团和流派)为中心，探寻19世纪欧洲文学主潮的。在对我国新时期文学思潮的研究中，缪俊杰也采用类似的方法，把新时期的文学创作思潮划分为四个方面的代表，即"现实主义深化派""象征写意派""文化寻根派""荒诞魔幻派"[①]等，从这些文学"集团"的创作实践探讨新时期文学思潮运行和组合的规律性。

最后是文学批评对文学思潮的判断和评价，这是文学思潮批评需要解决的第四个方面的主要问题。对文学思潮的判断和评价主要是评价文学思潮的成败得失、功过利弊。评价的标准基本上是两个系列的参照，即对于社会(历史)的意义和对于艺术的意义。如前所述，文学思潮既与一定时代的意识形态和社会思潮密切相关，甚至就是该时代意识形态和社会思潮的组成部分，它对于一定时代的社会历史必然会发生一种或正或负的作用和意义。欧洲的人文主义、浪漫主义文学思潮分别对应于文艺复兴和资产阶级革命，对欧洲历史和近代文明的发展有过极为重要的推动作用。中国"五四"以后的写实主义、浪漫主义、无产阶级革命文学、社会主义现实主义、工农兵文艺等不同类别、名目繁多的文学思潮，在中国革命的各个不同阶段上也都为历史进步尽

---

① 缪俊杰:《新潮启示录》,陕西人民出版社1987年版,第22—43页。

过各自的义务。与此相反,在各民族的文学史上,在某些历史时代,也有一些文学思潮由于所属的意识形态和与之相联的社会思潮的性质,而处于对社会发展和文明进步起阻碍甚至反对作用的位置上,如“五四”时代的“复古”主义的文学思潮大抵就是如此。此外,另有一种文学思潮,由于其意识形态属性比较模糊和与具体的社会思潮保持相当距离,因而很难证明它对于社会历史的价值和意义。某些形式主义的文学思潮即是如此。在这种情况下,勉强赋予文学思潮一种肯定的或否定的社会评价,只会导致对文学思潮价值判断的庸俗化。正确的办法应当是区别文学思潮的价值(意义)类型,只有那些真正与社会历史相关的部分,才能对其作与之相应的社会历史的价值判断,而涉及文学艺术自身的问题,则只能在艺术的范围内判断其价值和意义。

对文学思潮在艺术发展方面意义的判断和评价是一个十分复杂的问题。有些文学思潮由于在社会意义方面呈现负值,因而在一般情况下也很难对艺术发展具有促进意义,因为社会进步和艺术进步在主要目标上是基本一致的。也有些文学思潮与之相反,在社会意义方面是积极进步的,但对艺术发展却很少革命性的建树,例如上述无产阶级革命文学思潮即存在这种反差。此外,另有一些文学思潮表现出来的社会意义和艺术意义之间的关系比较复杂,例如被今天的学者归入“自由主义文学思潮”的“新月派”,就其思想倾向和政治主张而言,并非那一时代先进的社会思想,但这股文学思潮对于新诗艺术的开拓和发展无疑做出了弥足珍贵的贡献。再如某些形式主义的文学思潮相对于一定的社会历史时代来说,有时难免有远离现实甚至借以逃避现实的一面,但对于艺术形式的关注却常常使它们为艺术的发展提供了许多重要的启示。总之,对文学思潮的艺术意义的评价既要注意到文学思潮对于社会历史的意义,又不可完全用社会历史的评价代替。对文学思潮的艺术价值的评价,主要是看某一文学思潮是否对艺术发展具有革新意义,是否促使艺术审美观念发展、变化,抑或催生文学的某一形态、种类、体裁、形式、技巧或使之臻于完美和成熟。例如欧洲浪漫主义文学思潮相对于古典主义而言,打破了种种清规戒律,逐步确立了高度个性化和以情感表现为中心的艺术观念,在欧洲文学史上无疑是一个历史的进步。"文革"结束后,我国文学界揭批"四人帮"极"左"的文学思潮,拨乱反正,正本清源,恢复革命文学的历史传统,同时解放思想,大胆吸收西方文学的积极影响,同样也是一个历史的进步,对新时期以来的文学发展起了极大的推动作用。又如"五四"时期小品文的兴起,就与晚明文学思潮的影响有关,新时期笔记文体的复兴("新笔记小说"),也有"寻根"文学思潮的推动,还有现代主义的表现方法、技巧的实验,则是直接受到西方文学思潮的影响,如此等等。

当然,对文学思潮的社会意义和艺术意义的判断和评价,同时也存在评价者的社会立场和艺术立场的差异和对立的问题。有些立场间的差异和对立属于上述意义上的正值或负值范畴,即是站在社会发展、艺术进步的立场,抑或反之;有些则是在同一价值范畴内的不同表现形式,即从不同角度或不同层面所作的判断和评价。在这种情况下,如同对艺术作品的评价一样,也存在一个"仁者见仁,智者见智"的问题。例如对我国40年代以后的工农兵文艺思潮,当代文学批评在肯定其历史进步性的前提下,就存在不同的理解和评价。这些理解和评价往往丰富了这种文学思潮的价值内涵,是该种文学思潮价值和意义的一个重要组成部分。

以上,我们分别从四个方面阐述了文学思潮批评的基本对象和内容,这四个方面的内容在具体批评实践中对应的写作样式,是文学思潮论。文学思潮论可以是对上述四个方面问题中任意一个独立探讨,如前述各例,当然也包括对其中一些更具体的问题的研究和探讨,如分析文学思潮的总体格局和发展态势中的某一局部、某一态势,确认文学思潮的基本性质和主要特征中某一方面的性质和特征,研究文学思潮形成和发展诸多原因中某一方面的原因,评价文学思潮意义和价值中某一方面的意义和价值等,也可以是把这四个方面的问题作为一个整体做综合的研究。综合的文学思潮论又常常表现为如下两种主要类型:

一种是着眼于全景,从横向研究文学思潮的分布、格局,该文学思潮与该时代意识形态或社会思潮的关系及其在整体的社会格局和文学格局中的位置和作用。例如前述何西来的《新时期文学思潮论》、宋耀良的《十年文学主潮》和陈辽的《新时期的文学思潮》即是研究新时期文学思潮全景式的著作。另一种是着眼于流变,从纵向研究文学思潮的发展态势,同时追根溯源,也推及不同时期或不同时代的文学思潮,是一种带有"史"的性质的文学思潮批评,或简称为文学思潮史研究。文学思潮史研究因而是文学思潮论之外又一种较为普遍的文学思潮批评的写作形式。

如同对文学史的研究一样,对文学思潮史的研究既有属于文学史的独立的学科性质,同时又是一种广义的文学批评。这种以探讨文学思潮发生和发展的规律性为目的的文学批评,如同探讨文学发生和发展的规律性的文学史研究一样,一方面需要描述文学思潮发生和发展的基本过程,对这个过程进行历史分期和阶段性划分,另一方面又需要阐明各个不同时期和发展阶段上的文学思潮的基本性质、特征及相互关系,从中找出文学思潮发展运行的轨迹和规律性。关于文学思潮史的研究,有人认为存在着两种不同的形式,即"第一,是把各时代文艺上所表现的各种思潮,串在一条线索上",这是一种"以思潮为中心的文艺史";"第二,是各个时代的文艺观或文艺创作原则、方法、批评原则和倾向的历史"。[①] 前一种如朱维之所著《中国文艺思潮史稿》,即"是要把我国各时代的文艺主潮指点出来,说明它们发生的原因和所受到的影响,并简介其代表作家和作品,从纵的和横的方面去归纳文艺历史仪态万千的现象"[②]。基于这种原则,他把我国从古至今的文学思潮分别归结为"北方现实思潮的发达(西周至春秋)""南方浪漫思潮的发达(春秋、战国)""南北思潮的合流(秦汉魏晋)""佛道思潮泛滥(东

① 朱维之:《中国文艺思潮史稿》,南开大学出版社 1988 年版,第 1 页。

② 同上。

汉至唐前期)”“社会问题和复古运动(唐后期)”“唯美思潮的泛滥(中唐至北宋)”“民族意识的高涨(宋、元)”“文体大革命与民族意识(宋、元)”“古典主义(元、明)”“浪漫主义(明、清)”“现实主义(清以来)”[①]等不同性质的发展阶段,并证之以具体的作家作品和理论思想,同时又兼顾不同性质、不同阶段的文学思潮交错重叠、起伏消长的实际状况。这种突出主潮、注重联系的文学思潮史研究虽难免有笼统粗疏之嫌,却能让人抓住要领,掌握文学思潮发展的主要脉络。后者如李何林所著《近二十年中国文艺思潮论》,以“五四前后的文学革命运动”“‘大革命时代’前后的革命文学问题”“从‘九一八’到‘八一三’的文艺思潮”[②]三大“段落”,将1919—1933年间中国新文学思潮中种种理论建设、思想论争、创作倾向、社团和流派活动等悉数包括在内。这种注重客观描述,以文学思潮的实际运行及与社会历史的联系为主的文学思潮史研究的好处,是便于纵览全局,把握文学思潮发展变化的总体面貌,但也可能失之浮泛,对文学思潮的整体性概括方面缺乏独到的理论建树。朱寨主编的《中国当代文学思潮史》,虽然基本上属于这一类型,但由于编者比较注重理论概括和阐发不同阶段的文学思潮之间的内在联系,因而在整体上既重点突出,又有一条比较清晰的主要线索;然而也因为过分拘泥于思想斗争和政治运动,缺乏对于纯粹文学思潮的独立探究和评价。此外,也有一种文学思潮史研究综合了上述两方面的特征,即既“把各时代文艺上所表现的各种思潮,串在一条线索上”,又突出了“各个时代的文艺观或文艺创作原则、方法、批评原则和倾向”。如刘中树、许祖华主编的《中国现代文学思潮史》,将中国现代文学思潮分为“启蒙主义文学思潮”“白话文学思潮”“现实主义文学思潮”“浪漫主义文学思潮”“左翼文学思潮”“现代主义文学思潮”“中

---

① 参见朱维之:《中国文艺思潮史稿》,南开大学出版社1988年版。

② 参见李何林:《近二十年中国文艺思潮论》,陕西人民出版社1981年版。

国自由主义文学思潮”“民族化与大众化的文学思潮”八种类型①,基本上是按照历史的线索“串”连起来的,从中可以见出这些文学思潮前后递嬗的关系和总的发展态势,同时由于兼顾了其不同性质和特点,也可见出它们反映应出来的文学观点和创作倾向。当然,这样的文学思潮史研究也存在分类标准不统一和内在的逻辑关系不够严密之类问题。文学思潮史研究,在上述种种总体的思潮史研究之外,还可以是一种断代的或类别的文学思潮史研究,如对中国近代文学思潮、“五四”文学思潮、左翼文学思潮的研究,和对中国现当代文学中的现实主义、浪漫主义、现代主义、自由主义、工农兵文学思潮的发展演变的研究,甚至某种文体的创作思潮史的研究,如对“朦胧诗”和先锋实验小说创作思潮史的研究等。但无论何种性质、何种形式的文学思潮史研究,都应当注意把握以下几个基本原则,即:既要突出主要潮流和主导倾向,又不可以偏概全,无视文学思潮的丰富性和多样性;既要注重客观描述,讲求实证,又不可沉溺于史料,放弃必要的提炼和概括;既要注意文学思潮与社会历史和其他社会思潮的联系,又不可把文学思潮变成其他社会思潮的实证和演绎。而且,某种性质的文学思潮发生和发展,有时并不仅仅限于某一民族或某一国家的某一特定时代,而是表现为超越民族和国家界限的普遍性的文学现象,在世界近、现代文学中尤其如此。例如前述勃兰兑斯的《十九世纪文学主潮》,即是把“十九世纪初期对抗十八世纪文学的反拨”看作是“全欧洲都有关联的历史事件”,他要“同时探索法国、德国和英国文学最重要的动向和源流”,认为只有“把欧洲文学作一次比较性研究”,才能从总体上把握19世纪初期以浪漫主义为主流的欧洲文学思潮。② 就文学思潮史研究来说,这已经接近一种比较思潮史的研究方法。而事实上许多文学思潮所提出的问题,例

---

① 参见刘中树、许祖华主编:《中国现代文学思潮史》,华中师范大学出版社2009年版。

② 〔丹麦〕勃兰兑斯:《〈十九世纪文学主潮〉序言》,《西方文论选》(下),上海译文出版社1979年版,第472页。

如从20世纪初以来,在我国文学中断断续续地出现的现代主义文学思潮,甚至包括“五四”后引进的写实主义文学思潮及其发展演变问题,也只有借助这种整体综合性的比较研究方法,才能够得到最后的解答。从这个意义上说,文学思潮往往是一种世界性的精神文化潮流,而不是仅仅在某一国家或某一地区孤立地发生的文学现象。

第八讲　批评的批评

从上世纪 90 年代开始，就有人指出，文学批评面对新的创作，处于一种“失语”或“缺席”状态。进入新世纪以后，文学活动的商业化倾向和大众媒体的影响，不但使这种“失语”或“缺席”的状态日益加剧，也使真正意义上的文学批评让位于对作家作品的推介宣传和商业广告，甚至完全为这种推介宣传和商业广告所取代。我曾在一篇文章中说，这种状况的发生，是因为“批评在受制于外力的同时，自身也缺少一种应有的理论反思；在对创作行使批评的权利的同时，忘记了也有一种自我批评的职能”。这种反思意识和自我批评的欠缺，“是新世纪文学批评由‘失语’、‘缺席’到最终‘让位’和被‘取代’的症结之所在。为此，有必要从理论上，对文学批评的这种反思功能或曰自我批评的职能，进行一番系统的梳理，从批评的本体入手，强化新世纪文学批评的自主意识和独立精神”。[①] 这个问题，也就是本讲要讲的批评的批评问题。

前面讲的三种类型的文学批评，是以文学的创造者、文学的创造物和影响、支配文学创造的思想观念为对象的文学批评。这些对象都是

---

① 於可训：《批评的反思与反身批评》，《长江学术》2011 年第 4 期。

外在于文学批评的,是文学批评发挥其特性、显示其功用的地方。像人们所做的其他工作一样,在这个过程中,文学批评自身也会发生这样那样的问题,也需要进行反思或反省。这种反思或反省,大到一个时期的文学批评状况,小到一个批评家的批评观念和方法,乃至对一些具体个别的作家作品、创作现象、文学思潮的阐释和评价,以及与之相关联的文学批评的基本理论和文学批评的发展历史等等,都是需要的,都是不可缺少的。离开了它,文学批评就失去了自身的理性依托和知识背景,就会陷入随意性和盲目性,其现实的功能就不能得到有效的发挥,其水平和能力也不能得到改善和提高,因此也就谈不上批评的发展和进步了。这种以批评对自身的反思或反省为特征的批评,就叫做批评的批评。与前述三种类型的文学批评一样,批评的批评也是一种重要的文学批评类型。

先说一点文学批评能成为批评对象的理由。文学批评之所以会成为批评自身的对象,除了上面说到的,在常识范围内,人类在所有实践活动,包括日常生活实践中,都要行使的反思或反省的职能外,就文学活动本身而言,还有文学批评作为整体的文学活动的一部分所存在的必然性。在前面讲到的三种类型的文学批评中,作家是文学创造的主体,主体及其活动包含了文学的发生和创造的全部要素;作品是文学创造的物化形式,文学作品的存在是构成文学各种要素的具体体现;文学思潮则是全部文学活动系统化和条理化的观念形态,是文学活动见之于理性思考的一种特殊形式。除此而外,全部文学活动还应当包括以文学为对象的文学批评在内。这不但是因为,从逻辑上说,文学批评既然是以文学为对象,它同时也就成了文学的对象,因而文学批评也就是一种带有对象性特征的"文学化"的活动,而且也因为,在实践中,作为一个完整的文学过程,如前所述,文学批评是处于文学接受或文学消费的位置上,因而理应成为统一的文学过程的一个组成部分,既然如此,检验和评价文学活动的文学批评,同时也应当适用于文学批评自身。因而文学批评无论是作为一种"文学化"的活动,还是作为文学生产和消费过程的一个构成要素，都应当成为它自身的一个观照对象，成为它自身的批评对象。这种以自身为对象的文学批评活动，如同以文学创造为对象的文学批评一样，也要涉及从批评主体到批评活动的过程，以及批评活动的最后结果和批评的理论思潮、批评的历史发展等等方面的问题，包含了一个完整的批评活动的全部功能和要素。以下所讲的批评的批评的工作对象和内容，将要分别涉及这些方面的问题。

讲完了这个问题，再讲批评的批评是怎么开始的。批评的批评，或曰文学批评自身的反思和反省，起源于文学批评史上开始确立最初的一些批评原则和批评标准的时期。当批评处于阅读中的直感判断或对于文学的率意谈论的阶段，对于批评的理性反思不可能发生；只有当批评在纯粹个人的内在经验之外，开始追求一种普遍性的目的效用，例如，希望个人对文学作品的理解和评价，能够得到公众的认同或具有普遍性的意义和价值等等之后，才有可能考虑实现这种目的效用的方法和手段问题，才会考虑建立一种原则和标准以保证这种目的效用能够实现之类的问题，即才有可能发生对于批评活动及其过程诸要素的自觉的理性反思。郭绍虞说，文学批评起源于对文学的“整理”和整理中的“选择”，以及在选择基础上的评价，即“品第”，但“品第”式的批评“很容易凭各人主观的爱好，妄加论断，于是变得批评没有准的，也就更需要批评的理论作根据。于是为批评的批评也就产生了”。[1] 这种对批评的理性反思，在文学批评史上逐渐成为文学批评不断进行自我调节、自我完善和追求新的发展的主要途径和方式。从这个意义上说，郭绍虞所说的“为批评的批评”，又是批评自身的一种“反身观照”活动，这种“反身观照”活动又可称为“反身批评”。

在实际活动中，批评的批评大致可以区分为下列两种类型：一种是论辩式的，一种是反思性的。前者是指不同的批评主体之间，由于对同一批评对象的观点分歧导致的相互批评，即相互以对方的批评活动及

---

① 郭绍虞：《中国文学批评史》，上海古籍出版社 1979 年版，第 1 页。

其结果作为对象的批评;后者则主要是批评主体对批评的原理和规则、批评的方法论手段、批评活动的历史之类基本问题的反思,以及因此而引起的对于批评理论和批评史的研究活动,也包括对这种研究成果的分析和评价。以下讲批评的批评的第一种类型。

先讲论辩式批评产生的原因。其原因主要有以下两点:第一点是批评主体之间个体的差异;第二点则是作为批评的对象,文学作品允许接纳不同的理解和评价的特殊性。关于这两点,刘勰曾归结为"知多偏好"和"文情难鉴"两种原因,即对文学作品的评判往往要受到批评家的主观偏向的影响,以及客观上难以作出准确判断两种情况。但刘勰所说的影响和困难,基本上还是经验性的和人格化的,事实上,对同一文学对象的理解和评价的差异与对立,就主体而言,主要是不同主体之间的个体素质和社会立场(包括理解、评价社会问题的观点、方法)、艺术立场(包括理解、评价艺术问题的观点、方法)的对立和差异,由于这种对立和差异,才造成了对同一对象的理解的多义性和评价的"多价值性"。就客体而言,文学的语言符号的暗示性,和因此而造成的文学的意义表达的模糊性(相对于理论语言的明晰性而言),或者如接受美学所说,由于本文结构存在着"空白"和"未定点"等等原因,都为理解的多义性和多种性质的评价提供了客观可能。加上文学作品在历时性的流传过程中,要接受不同时代的批评主体从各自所处的传统和现实环境出发所作的理解和评价,更使批评对同一文学对象的理解和评价的差异与对立大为加深。为了进一步理解这个问题,我们可以与自然科学对事物的理解和评价作一个粗略的比较。

文学批评对同一文学对象的理解和评价的差异与对立,与自然科学领域中对于客观事物的理解和评价的分歧与对立性质不同。在自然科学领域内,由于对客观事物的判断主要是持"真"的标准,即这种判断正确与否,是看其是否符合客观事物的本质和规律性,因而,虽然在自然科学中存在着类似于牛顿和爱因斯坦的时空观的巨大对立和差异,但这往往是因为二者构造各自的理论的条件(例如爱因斯坦是在光速运动的条件下)不同,而且一般说来,科学的理论、定律、规则等等,都可以通过科学实验和生产活动的实践检验和鉴别其正误或真伪。正因为如此,在自然科学领域,对于客观事物的理解和评价的分歧,往往是真理和谬误、科学和非科学之争,是只能容许一种判断,即代表真理的、科学的判断,而必须排斥非科学的和错误的判断。但文学批评中的不同意见在一般情况下显然不是这样。既然同一文学对象存在着多种理解和评价的可能性,而不同的主体之间的差异又使这种可能在批评活动中成为现实,那么,在文学批评中,对同一对象的任何一种理解和评价,只要是该对象的本文结构中"暗含"的和可能接受的,就有可能成立并作为该对象的意义和价值的一个组成部分。在这里,虽然也存在"真"的判断,但这种"真"既不能用作者的原意来衡量("意图的迷误"),也不能用读者的感受来检验("感受的迷误"),更不能像科学实验那样用现实生活中的事物一一对应地去证明。文学的意义和价值是主、客体之间的"交流"和"对话"的产物,是主体对客体提供的多种"具体化"可能性的一种完成方式,在这个意义上,批评对于同一文学对象的任何一种理解和评价都可能具有"真"的价值,即都可能是客体所"有"(允许)的,同时又是主体所"实现"的。凡此种种,都从根本上说明了"批评的批评"的第一种类型,即所谓论辩式批评,从根本上说,是对同一对象的不同理解和评价之间的共存和互补,即通过不同意见的争论、商榷、反诘、驳难、批评和反批评等等形式,从不同方面、不同层次和在不同的时空环境下,提供对于同一对象不同的理解和评价。

讲完了这个问题,再讲论辩式批评在批评实践中的具体表现。论辩式批评在批评实践中的具体表现,常常是由不同批评家所持意见接近与否和差异对立的程度决定的。意见接近或完全相同的批评家之间,往往不存在争论和辩驳,更多的是呼应和补充。在这种情况下,"批评"的前提,是基本同意与之接近或完全相同的意见,只是这种意见还不够系统、深入或不够全面,需要加以拓展、深化和补充,使之更臻于完善。如上世纪 50 年代末围绕茹志鹃的小说《百合花》的讨论,就主要是对茅盾论述《百合花》“清新俊逸”的艺术风格的完善和补充。这种呼应和补充式批评的好处，是有利于批评对象的意义的“累积”和价值的“累积”，便于达成判断的一致或共识；不利之处是，有时候往往容易受权威批评家的意见或时潮所左右，放弃独立判断，流于人云亦云。较之这种较为平和的论辩式批评，下面要讲的这种争论和辩驳式的论辩式批评，更能体现批评的批评的本体特征，在批评实践中也更具普遍意义，更有代表性。

不同的或对立的观点之间的争论和辩驳，是论辩式批评的一种极富对抗性和激发性的批评形式。这种形式是批评的批评的常态，我们平常所见的诸多批评现象，大多属于这种常态范畴。即使是不同的或对立的意见之间，未曾构成直接的矛盾冲突，没有展开针锋相对的讨论和争鸣，其间也都暗含争论和辩驳的因素与可能性。这种不同或对立的批评意见所表达的，不仅仅是对具体批评对象的不同理解和评价，同时也是对对方看问题的立场、观点、方法的一种批评，即对对方的批评的批评。例如鲁迅曾说胡梦华对《蕙的风》的批评是“锻炼周纳”，“是近于宗教家而且援引多数来恫吓，失了批评的态度”。对于胡梦华这种“含泪”的批评家，鲁迅的意见是：“批评文艺，万不能以眼泪的多少来定是非。文艺界可以收到创作家的眼泪，而沾了批评家的眼泪却是污点。”[①]显然是说胡梦华的批评有悖于文学批评的原则和态度，而不仅仅是不同意胡梦华对《蕙的风》的理解和评价。他后来在为白莽的诗集《孩儿塔》作序时说：“这是东方的曙光，是林中的响箭，是冬末的萌芽，是进军的第一步，是对于前驱者的爱的大纛，也是对于摧残者的憎的丰碑。一切所谓圆熟简练，静穆深远之作，都无须来作比方，因为这诗属于别一世界。”[②]也包含对某些批评家可能用“所谓圆熟简练，静穆深远”的标准来要求《孩儿塔》的批评。

---

① 鲁迅：《反对“含泪”的批评家》，《鲁迅全集》第1卷，人民文学出版社2005年版。

② 鲁迅：《白莽作〈孩儿塔〉序》，《鲁迅全集》第6卷，人民文学出版社2005年版。

在我国当代文学批评中，这种分歧、对立或争论，上世纪五六十年代主要是发生在同一政治规范和艺术规范之内，即以政治为主导的意识形态和以现实主义为主导倾向的艺术原则，是在服从或奉行这种统一的政治规范和艺术规范的前提下，不同批评家对批评对象的理解和评价的差异与对立。这期间不同或对立意见的双方，分歧和争论的一个焦点常常是所谓"真实性"问题，即这样的艺术描写"是真实的吗"之类。因此，"我们社会（包括一些具体组织机构）是这样的吗，我们广大干部群众（包括一些具体个人）是这样的吗"，常常成为一个基本的问式。在这个问式背后，隐含的是争论的双方对"真实性"的不同理解。认同文学应当反映"社会生活的本质"的批评家，会认为作家的艺术描写，只要符合社会主义时代社会生活的本质和发展趋势，或"大多数"是这样的，就是"真实的"，反之就是"不真实的"或歪曲、丑化现实的。持不同的或对立意见的批评家，则认为文学是通过具体个别的形象反映社会生活的，只要这些具体个别的形象是生活中存在的，是一种生活现象，就是社会生活的反映，就是"真实的"，就能反映社会生活的某些本质方面。二者都持统一的政治标准，都主张文学反映社会生活的现实主义观点，都认为文学应当真实地反映社会主义时代的现实生活，只不过对真实性和现实主义创作方法的理解不同，因而对同一批评对象有不同的甚至对立的评价罢了。典型的如这期间对王蒙的《组织部新来的青年人》的批评，一种意见认为作品"严重地歪曲了现实，把我们的党委机关写成一团糟"，质问："难道党委机关就是这样的事务机关吗？区委就不管大小事情一概包办代替吗？"[①]"是不是我们党和国家的机关里的情况都是这样的？是不是目前我们的参加工作较久的干部和参加工作不久的干部情况都是这样的？"[②]另一种意见则认为作品是"忠实于生活的"，"谁也不能说我们的党组织和老干部都象王蒙

① 增辉：《一篇严重歪曲现实的小说》，《文艺学习》1956年第12期。

② 马寒冰：《准确地去表现我们时代的人物》，《文艺学习》1957年第2期。

同志的小说所写的那样,但是谁也不能否认有这样的党组织和老干部”,因而作者并“没有歪曲这个作为典型环境的党组织”,而是“逼真的,准确地写出了这里所发生的一切”。[1]

“文革”结束以后的新时期,虽然在一段时间内,当代文学批评不同或对立意见的争论和辩驳依旧是在统一的意识形态规范和艺术规范内展开,但却逐步转向对突破这种统一规范的文学革新和艺术实验问题的关注和争论。从“伤痕文学”到“朦胧诗”问题,再到现代派和先锋文学实验等等,都是如此。在这个过程中,不同或对立双方所持的某种统一的判断标准,如上述“本质的真实”和所谓“现象的真实”等,逐渐让位于批评家个体对批评对象独立的判断和评价。随之而来的是,如上述“是这样的吗”这种统一的问式,也逐渐让位于体现批评家个体主体性的“我批评的就是我自己”的原则,因此这期间,不同批评个体之间的争论和辩驳就显得异彩纷呈、错综复杂。如对王蒙的小说《风筝飘带》的艺术手法的理解,有的仍持传统的“本质真实”的尺度,认为它对某些生活现象的“揶揄”是不“公正”的:“如果对于生活的本质和主流作一些全面的观察,是不会在气节与友谊、政治理想与经济活动之间安上一个挨得很挤的惊叹号的。”[2]有的虽不一定反对这种评价尺度,但却将这种“揶揄”理解为作家的一种“幽默感”,说“这种幽默而冷隽的发现”,不等于作家“对人的阴郁看法”,认为它也是“基于生活的真实”,其“艺术效果是积极的”。[3] 有的把这种手法理解为有别于传统的象征主义,说这篇小说“一反我国小说重叙述(讲故事),重描写的传统表现方式,大胆地运用了象征主义的暗示、隐喻、微讽的间接表现技巧,使小说意境幽深,含蓄而微妙”,“给读者的思考和想像提供了十分宽广的园地”。[4]有的把这种手法理解为一种“试验”,说“我们太执着于

---

① 刘绍棠、丛维熙:《写真实——社会主义现实主义的生命核心》,《文艺学习》1957年第1期。

② 计永佑:《幻灭者的微末的悲凉》,《北京日报》1980年8月7日。

③ 曾镇南:《需要有一点幽默感——也谈〈风筝飘带〉》,《北京日报》1980年9月18日。

④ 何新:《他们象征着未来——试析王蒙短篇新作〈风筝飘带〉》,《北京文艺》1980年第7期。

对小说原有的欣赏习惯，太拘泥于‘传统’的写法，而对这样的时空跳跃、思绪流动、语句诡奇，时而象诗、时而象散文的写法，有的同志一时难于适应和接受，这不足为奇，然而，切莫存有偏见，视为异端”。[①] 王蒙则表示尊重上述不同或对立的意见对此所作的“解释”，并对这些不同或对立的意见作了一种折中的理解，认为：“象征是说生活本身往往提供出大有深意的形象，这种深意却是相当含蓄而且因人而有不同的解释的，具有某种多义性的。”[②]凡此种种，在这种“各师成心，其异如面”的争论和辩驳中，新时期以来的文学批评也逐渐获得了多元的价值取向和独特的批评个性。

争论和辩驳式的论辩批评，有时候也发生在作家和批评家之间。作家与批评家的关系，文学批评行使创作反思的职能，前面已经讲到，我这里要说的，主要是在作家与批评家之间发生的针对具体作品和创作问题的争论和辩驳。这种争论和辩驳，在中外文学史上屡有发生。在中国当代文学史上，较有影响的，如上世纪50年代，在对路翎的小说《洼地上的“战役”》的批评中，有人认为该作品的主题是“纪律和爱情的冲突”，而且认为“这种爱情是为部队的政治纪律所不容许，是不利于战斗，因之也是和国际主义的精神实质相背驰的。想通过这样与纪律相抵触的事件来描写中朝人民用鲜血结成的友谊是不可想象的事情”。[③] 路翎既作为作者也作为持不同意见的另一方，对这种批评意见进行了反驳，他认为小说的主题是：“人民的愿望和血腥的帝国主义的根本对立，以及我军战士的自觉精神。”而且这个主题正是通过金圣姬母女对志愿军战士王应洪的感情表现出来的，“金圣姬母女为战争付出了牺牲，付出着忠诚的劳动，这样的人民对志愿军战士是会抱着更热烈的感情的。她们的感情的发生和发展，表现了部队和人民，中国人民

---

① 章仲鄂：《广阔天地任飞翔》，《北京日报》1987年8月7日。

② 王蒙：《关于〈春之声〉的通信》，《王蒙文存》第21卷，人民文学出版社2003年版。

③ 侯金镜：《评路翎的三篇小说》，《文艺报》1954年第12期。

志愿军和朝鲜人民的血缘关系——这就是小说里所写到的爱情的社会内容”[1]。又如上世纪60年代,在对柳青的《创业史》(第一部)的评论中,严家炎认为柳青中塑造得“最成功的”人物形象,不是梁生宝,而是梁三老汉,指出梁生宝的形象塑造存在“三多三不足”的问题,即:“写理念活动多,性格刻划不足”;“外围烘托多,放在冲突中表现不足”;“抒情议论多,客观描绘不足”。[2] 对此,柳青则提出了针锋相对的反驳,他认为“批评者不分析这部小说的内容,强使内容服从形式,根据他自己关于英雄和‘尖锐的矛盾冲突’的特殊理解和特殊爱好,就批评这部小说主人公不真实”,这种批评与作品本身“也存在着不可调和的矛盾”。[3]

不同或对立的批评意见之间的争论和辩驳,除了在各自的立场上争辩“是”“非”外,也有相互激活的意义。在文学批评史上,新的批评意见的出现往往是以已有的批评意见为前提,并且总是以前一种批评意见的谬误和局限作为阐发新的批评意见的激发对象的。尤其是对影响深远的文学作品的批评,更充满了论辩色彩。如国外对莎士比亚戏剧的批评和研究,从文艺复兴经新古典主义、浪漫主义到19世纪及于现代,几近四百年的历史,就是由不同形式的肯定—否定、否定—肯定的批评论辩完成的。我国对《红楼梦》的批评研究自清末以来,大抵也是一部不同时代的红学家之间相互批评、相互否定同时也相互激活的历史。从上述意义上说,这种形式的论辩式批评是最富活力的一种批评方式,它往往能为理解和评价同一对象提供具有较大反差的理论参照,并因此而丰富对该对象的理解和评价,使文学批评真正成为一种自由论辩的学术活动。

此外,论辩式批评另有一种形式是不同批评模式或批评方法之间

---

① 路翎:《为什么会有这样的批评》,《文艺报》1955年第1—4期。

② 严家炎:《关于梁生宝形象》,《文学评论》1963年第3期。

③ 柳青:《提出几个问题来讨论》,《延河》1963年第8期。

的相互竞争。因为模式和方法的不同,对同一对象的观照重点和摄取角度也有差别,而且往往很难在同一性质的问题上构成理论交锋。如社会历史批评注重对文学作品的价值判断,因而分析的重点在作品的思想内容所表现出来的社会历史价值;但结构主义等形式主义批评却排斥价值判断,因而其批评分析就不免也要排斥作品的思想内容而专注于作品的语言和结构模式。这两种不同模式和方法的批评用之于同一对象,虽然可以并行不悖,但事实上任何一方的存在都是对对方的一种理论挑战,其中包含的差异和对立,无论见之于直接的争论与否,都是显而易见的。如果说前面讲到的论辩式批评是以不同意见之间的直接争论和辩驳的形式出现的,那么,这种形式的论辩式批评则是以潜在的差异和对立表现出相互之间实际存在的论辩关系的。因为这种形式的论辩式批评的存在,同一文学对象才不仅仅因为社会历史的变化和批评个体的差异而显现出不同的价值和意义,同时也因为批评模式或批评方法的不同而在不同的意义上不断地得到新的阐释和评价。

与此相连的是,论辩式批评有时也发生在不同模式或方法的批评理论之间,表现为这些理论模式或方法的相互否定和更替。例如浪漫主义的批评理论对古典主义的批评理论的否定,形式主义的批评理论取代浪漫主义和实证主义的批评理论等等,都伴随着激烈的理论论争。虽然这些理论论争不一定是围绕某一具体对象展开的,却都是关于理解和评价具体对象的观念、方法和手段的不同看法。关于不同批评理论之间的否定和更替,韦勒克认为是批评史上存在的一种"观念的辩证关系",即"一种思想很容易给推向极端或转向对立面","对前此或流行的批评体系的反作用(即批评、否定)乃是思想史上最常见的推动力"。[1] 正因为如此,各民族的文学批评史常常因为不同批评理论之间的这种否定和更替而带有强烈的理论论辩色彩。

此外,在批评理论的论辩中,也有大量问题不属于不同批评模式或

---

① 〔美〕韦勒克:《近代文学批评史》,上海译文出版社1987年版,第10页。

方法之间的理论差异和对立，而是影响批评实践的各种基础的文艺理论和美学理论问题。如上世纪80年代我国理论批评界围绕“形象思维”问题、典型问题、现实主义和艺术的真实性问题、歌颂与暴露的问题、艺术的审美特征和形式问题、文学观念和文学研究的方法论问题，以及人物性格的组合原理和主体性问题等展开的争论和讨论，都直接影响到文学批评的理论和实践，有些问题本身就是从批评实践中直接提出而且是批评理论的更新亟待解决的，因此这些争论的结果往往直接见于当时的批评实践，或争论本身就是通过批评实践表现出来的。如上述涉及文艺的歌颂与暴露功能问题的争论，即是围绕上世纪70年代末、80年代初一大批“伤痕文学”作品展开的，并且这些争论就是对这些作品的批评实践的重要组成部分。批评离不开文艺理论和美学理论的发展和进步，对这种发展和进步起促进作用的理论讨论和争论，也必然要密切地联系和关注批评实践中提出的新问题。

从以上所述种种我们不难看出，在文学批评范畴内，就论辩式批评的功用而言，论辩的各方是可以共存而且是互补的。对同一对象的每一种对立的批评意见，都表达了某一批评个体、某一文学时代和批评的某一理论观念、模式或方法对文学的理解和评价。在同一规范内，对同一问题的不同批评意见可能有深浅正误之分，因而批评的论辩就常常带有深化认识和扬弃谬误的性质，在不同规范之间，则是不同性质的批评实践和批评理论的共存和互补，由于规范不同，很难在其间分别深浅和正误。真正有害于论辩式批评的共存和互补的，是那种非文学的政治或宗教的批判，这种批判有时也以文学批评的形式参与批评的论辩，但这种论辩往往是非文学的力量取胜，因而严格说来是不具备文学批评的性质和功能的。如上世纪五六十年代当代文学所遭遇的许多严厉的政治批判，就常常是以文学批评的名义出现的。在这种情况下，不同意见没有发表的可能，批评者和被批评者之间、不同批评意见之间，不能构成论辩关系，更谈不上平等的对话，是有悖于文学批评的基本准则的。以下讲批评的批评的第二种类型。

反思性批评作为批评的批评的第二种类型，有诸多表现。就其主要工作对象而言，大体有两个方面。

第一个方面是对活动在某一时期的批评家及其批评论著的反思和评价。例如王蒙的论文《读评论文章偶记》即是对上世纪 80 年代初我国新起的一代中青年文学批评家的批评活动的反思和评价。该文从总体上肯定了这批批评新人“锐意进取，思想活跃，知识更新”给批评带来的“焕然一新”的面貌和“前所未有的”“活跃与繁荣”，又具体指出了他们各有侧重的批评活动，在“当代作家作品论”“对于当代文学现象的综合研究”、对作家的“文学创造的秘密”的“探讨”，以及对“与创作相关的理论问题”和“关于创作方法与研究方法的思考”等等方面的突出特征和成就，并对相关的批评论著作出评价，同时也对“某种不满足”提出了“进一步探讨的愿望”。[①] 就文章所涉及的内容看，这是一篇对一个时期有代表性的批评家和批评论著“散点透视”式的批评文字。同王蒙一样，陈骏涛对这一代批评家也作过类似的“印象”式评价，说他们“思想敏锐，长于和善于发现问题”，“能够从总体、从全局、从多维、多向、多层次观照问题和思考问题”，“注重横向借鉴，特别注意吸取现当代西方哲学、美学和自然科学方面的最新成果”，“具有相当强烈的主体意识”[②]等等，同时也指出了他们的弱点和不足，对他们的未来发展寄予厚望。在对这个群体作上述总体判断的前提下，又对十位有代表性的青年批评家逐一进行“印象”式点评。这类文字一般比较活泼自由，是一种适于及时地跟踪和总结不断发展变化着的批评实践的形式。

在这类文字中，也有就一个时期文学批评某一个方面的特征和成就进行专题阐发、做专门化研究的，例如刘再复的论文《文学研究思维空间的拓展——近年来我国文学研究的若干发展动态》，即“谈的是近

---

① 王蒙：《文学的诱惑》，湖南文艺出版社 1987 年版，第 20—30 页。

② 陈骏涛：《“第五代”批评家印象》，《文坛感应录》，解放军文艺出版社 1996 年版。

年来我国文学研究领域中新出现的一些比较重要的发展态势”，主要是“方法论发展趋向”，“也涉及一些文学观念的变迁”。围绕这一题旨，该文集中指出了从上世纪70年代末以来，文学研究方法除“从破到立”这个“总趋向”外，另有“由外到内”“由一到多”“由微观分析到宏观综合”“由封闭体系到开放体系”四个引人注目的趋向，并列举了这四个趋向七个方面的“具体表现”，即“文艺美学的发展使文艺研究从外部向内部掘进”“文艺研究的心理学方法引起重视”“比较文学研究的蓬勃发展”“西方文学批评流派和批评方法的引进方兴未艾”“运用系统方法研究文艺现象的尝试渐露头角”“文学研究与自然科学互相渗透的开始”“侧重于宏观考察的综合研究提上议事日程”等。[①] 较之前一种形式，这种专门化的研究便于把握一个时期文学批评的突出特征，具有较强的理论穿透力和概括力。

此外，则是对一个时期的文学批评全面系统的描述和评价，即对一个时期的文学批评作全局性观照。如何西来为1984年、1985年《中国文学研究年鉴》所写的“前言”——《1984年的中国文学研究》《1985年的中国文学研究》等，即是这种带有宏观色彩的反思性批评。前者指出，“1984年的文学研究，有两个趋势值得特别注意：一个是文学观念更新的步伐加快了，一个是研究方法、批评方法的问题成了热门话题。这两大趋势几乎反映在文学研究的所有学科，许多重要的突破和进展，都与之有关”。后者指出，1985年的文学研究有如下一些“大体接近的特点”，即：“（一）文艺学方法论受到了普遍的重视；（二）文学观念的变革进一步走上自觉；（三）研究角度和研究参照系的多元化趋势变得明显了；（四）宏观性、整体性、规律性的研究在加强；（五）对近几十年来文学研究本身的反思在深化”等。[②] 这些带有宏观色彩的反思性批

① 刘再复：《文学研究思维空间的拓展——近年来我国文学研究的若干发展态势》，《读书》1985年第2—3期。

② 何西来：《文学大趋势》，湖南文艺出版社1987年版，第68、77页。

评不但从总体上展示了一个时期文学批评的总貌，而且它的连续性形式已经具有对文学批评做“史”的研究的雏形。上述从 1984 年到 1985 年的文学批评就明显地存在着一种连续性关系，尤其是对文学观念和方法论的探索，更显示出一种承前启后的发展趋势。

以上我列举了反思性批评对一个时期理论批评活动的思考和评价的三种主要形式，即对批评家、批评论著的具体评价，对批评活动的专门化研究和对一个时期的批评概貌的总体评述。这三种形式在上述例证中还只限于对“当前”批评的反思，即所思考和评价的还只是批评家正在进行中的批评活动及其成果，事实上，上述任何一种形式都具有远比观照“当前”的对象更为广大的活动领域和范围。下面仅就这三个方面可能涉及的更广大的活动领域和范围，略作延伸论述。

就上述反思性批评对批评家的研究而言，除了批评家正在进行的批评活动外，还应该研究批评家的全部批评活动及其历史发展，并因此而涉及批评家的个性、气质、习惯、趣味、文化教养、艺术修养、人生道路、思想倾向及对之发生影响的传统和社会环境等等因素。这种研究类似于作家论和作家评传，事实上，在对批评家的研究中，确实存在着批评家论和批评家评传等比较稳定的研究形式。例如韦勒克所著《西方四大批评家》一书，即是四篇关于克罗齐、瓦勒里、卢卡契、英格尔登的批评家论，作者分别列举了这四位批评家的主要批评活动及有代表性的批评论著，对其理论观点进行了系统深入的阐述和评价，并以克罗齐—瓦勒里、卢卡契—英格尔登等两两对比，对他们的理论体系进行比较分析。这种批评家论兼有一般批评家论和对不同派别的批评家进行比较研究的特点，是批评家论中具有理论创造性的研究形式。其他批评家论和批评家评传，一如作家论和作家评传，也主要是论述其批评活动的主要特征和成败得失，评价其批评活动的价值和意义，并对其批评活动的历史和发展道路进行系统的描述和评价。

就上述反思性批评对批评论著的研究而言，也不仅仅限于“当前”的批评文本，实际上也要推及对文艺的基本理论、美学理论乃至文学史论著的研究和评价。因为文艺理论实质上是文学批评的实践经验的结晶,因而是批评论著中那些带有实质性和规律性的理论观点的创造性表现,是这些理论观点在文艺学的基本范畴中系统化和条理化的形式。美学理论除了在哲学母胎中以及在非艺术的自然和社会的审美活动中涉及的那些范畴外,其经验的基础也主要来自对文学艺术的鉴赏和批评活动。对文艺理论和对美学理论论著的研究和评价,必然会涉及大量的文学批评和对批评有重要影响的理论问题,因而也是对文学批评的一种或直接或间接的反思形式。至于文学史研究,如前所述,本身就是对过去时代的文学的一种批评形式,而且文学史同样也容纳了丰富的"当代"批评经验,因而对文学史论著的研究和评价也带有反思性批评的特征。

就反思性批评对批评活动的专门化研究和全局性观照而言,其性质和形态与批评理论和批评史研究十分接近。所谓专门化的研究,实质上是对批评活动中那些普遍的和成熟的经验作理论提升,其结果是为批评的基本理论提供一些新的概念和范畴,如上述刘再复对文学批评中的方法论问题的反思和研究,即已成为新时期文学批评中一个重要的基本理论问题。所谓全局性观照,实质上是在跟踪一个时期的批评发展的基础上对之作出的研究和评价,这已经是"史"的单元,而且如前所述,它的连续性形式即已具备"史"的雏形。当然,这只是问题的一个方面,我这样说,并不是说反思性批评的这种专门化研究和全局性观照就能代替批评理论和批评史研究,相反,无论是批评理论抑或是批评史研究,都有更完善的形式和更完整的规模。这种完全意义上的批评理论和批评史研究,即是我们下面要讲的反思性批评第二个方面的表现。

反思性批评第二个方面的表现,是文学批评理论和文学批评史研究。下面依次讲来。

反思性文学批评对文学批评理论的反思和研究大致可以分为如下两个层次:其一是对具体的批评理论问题的思考和研究。大而言之,如批评观、批评标准、批评方法、批评的主体性等等，小而言之则是批评写作中应当正确处理的各种关系。上世纪80年代，我国理论批评界在这方面的思考和研究十分活跃，大的问题除前述对西方各家各派的批评方法、模式的引进外，对"什么是批评（批评观）"的反思也十分引人注目，尤其是那些凸现和强化批评家的主体意识的批评观点，更为人们所奉行和提倡。如沿用印象主义批评的"我批评的就是我自己"的说法，以及"批评即选择"，即是这种反思的一个突出成果。关于后者，吴亮的《批评即选择》、黄子平的《深刻的片面》、南帆的《选择的进步》及周介人的《批评与描述》等，都作了系统而全面的阐发。这种思考和研究对发挥批评主体对批评模式、方法和批评对象的积极能动的主导作用，无疑是极有意义的。其他如缪俊杰的《文艺评论工作者的品格与修养问题浅谈》《评论的热情与清醒》，何西来的《评论工作者的知识准备》《文学评论的情与理》，南帆的《文学批评的有机整体意识》《文学批评中美学观念的现实感与历史感》，黄子平的《当代文学中的宏观研究》，吴亮的《综合：研究当代文学的一种途径》《对文学确定性的寻求——文学批评中的几个认识论问题》《文学批评与文采》，李陀的《概念的贫困与贫困的批评》，李庆西的《文学批评与"文化——心理"意识》，许子东的《文学批评中的"入"和"出"》，宋耀良的《浅说批评流派》[①]等，仅

---

① 上引文章原文依次参见：吴亮：《批评即选择》，《当代文艺探索》1985年第2期。黄子平：《深刻的片面》，《读书》1985年第8期。南帆：《选择的进步》，《读书》1986年第4期。周介人：《批评与描述》，《读书》1985年第7期。缪俊杰：《文艺评论工作者的品格与修养问题浅谈》、《评论的热情与清醒》，《新潮启示录》，陕西人民出版社1987年版。何西来：《评论工作者的知识准备》、《文学评论的情与理》，《文艺大趋势》，湖南文艺出版社1987年版。南帆：《文学批评的有机整体意识》，《理解与感悟》，浙江文艺出版社1986年版；《文学批评中美学观念的现实感与历史感》，《文学评论》1985年第1期。黄子平：《当代文学中的宏观研究》，《文学评论》1983年第3期。吴亮：《综合的研究当代文学的一种途径》、《对文学确定性的寻求——文学批评中的几个认识论问题》、《文学批评与文采》，《文学的选择》，浙江文艺出版社1985年版。李陀：《概念的贫困与贫困的批评》，《读书》1985年第10期。李庆西：《文学批评与"文化——心理"意识》，《读书》1986年第5期。许子东：《文学批评中的"入"和"出"》，《文学评论》1984年第3期。宋耀良：《浅说批评流派》，《文学评论》1983年第3期。

从文章的标题即不难看出,这些论述都是对具体的批评理论问题,尤其是当代批评实践中提出的理论问题的思考和研究。这种思考和研究在文学批评发生大幅度转换和更新的时代,尤见突出。不仅是我国新时期的理论批评,欧洲从古典主义批评到浪漫主义批评的转变、20世纪初及其后各种形式主义批评的崛起,都是如此。对具体的批评理论问题的研究虽然不一定全部具有基础理论建设的意义,有些更多地只是一个时期批评所面临的主要问题,但这些思考和研究无疑为文学批评理论的基础建设提供了重要的经验依据。其二是对文学批评的基础理论的思考和研究。这是对文学批评实践的最高层次的反思形式,它所面对的不是具体的批评活动及其结果的是非曲直和成败得失,也不是某一个时期、某一种形态的批评需要解决的具体问题,而是文学批评作为一种文学实践活动在文艺学中的学科属性,以及文学批评所属学科的基本理论构造和范畴。从这个意义上说,文学批评的基础理论建设所思考和研究的是"元批评"问题,是从根本性质上对批评规则的反思和探讨。对文学批评的基础理论的反思和探讨在不同形态的批评那里可能有不同的形式、表现为不同的结果,如形式主义的批评和各种非形式主义的批评派别对文学批评的各种基本问题的理解即存在着很大差别,因而这些批评派别对文学批评的基本理论规定(表现为基本概念和范畴)也各有不同。但无论存在何种差别和不同,这些基础理论都将从根本上影响批评实践的性质和方向,对批评的基础理论的反思也因此成为促进批评发展的基本动力和形式。下面讲批评史研究。

反思性批评对批评史的研究,是反思性批评的一种广义形式。韦勒克说:"完全中立的纯粹说明性的历史这一想法我认为是一个幻象。没有方向感、没有对于未来的感受……没有某种标准……因而没有某种后见,就不可能有任何历史。"[1]因此,对文学批评史的研究从根本上说是反思性的,只不过对文学批评史的反思不但要完成对于既往时代

① 〔美〕韦勒克:《近代文学批评史·译者前言》,上海译文出版社1987年版,第6页。

的文学批评活动、文学批评家及其批评论著的分析和评价，而且更重要的是要在这种分析和评价的过程中凸现不同时代的文学批评思想的特征及内在联系，以及文学批评作为一种思想形式在历史文化运动中发展演进的内在规律。按照韦勒克的说法："批评史是一个有其内在意义的课题"，"它完全是思想史中的一个分支，跟当时所产生的实际文学关系并不大"。[①] 韦勒克这一说法完全否认文学批评与文学创作的关系，显然有失偏颇，事实是，在文学批评史上，新的批评理论(包括方法)的出现，常常与对新的文学对象的批评需要密切相连。但是，将批评史作为"思想史中的一个分支"，却表明对文学批评史的研究主要不是面对具体的批评活动，而是通过这些活动表现出来的理论思想。而探讨这些理论思想的形成和发展变化无疑将要涉及一定时代的历史和社会环境以及文学以外的更广泛的意识形态领域。正如韦勒克所说："批评是一般文化史的组成部分，因此离不开一定的历史和社会环境"，"学术空气的普遍化、思想史、甚至某些哲学思想都会对批评产生影响"，"笛卡尔的唯理论、洛克的经验论和莱布尼茨的唯心论的影响给这三个先行国家的批评留下了烙印，而且似乎是法、英、德三国之间批评上差异的主要原因"。[②] 我国古代文学批评思想受儒教、禅宗和道家哲学的影响，也是一个众所周知的事实。郭绍虞就说："儒家尚文尚用的主张和墨家尚质不尚文的主张，都透露了一些批评的理论，而后来的批评理论之所以能建立，还是以这种思想作依据的。"[③]在社会发生激烈变动的时代，文学批评思想更多地要受到那一时代各种复杂的社会文化思想包括文学思潮的影响，如19世纪俄国革命民主主义的文学批评和我国五四时期及其后的新文学批评等。有论者说，近百年中国文学理论批评，"是在中国近百年来社会内部发生历史性转折、变动的

① 〔美〕韦勒克：《近代文学批评史》，上海译文出版社1987年版，第9页。
② 同上书，第10页。
③ 郭绍虞：《中国文学批评史》，上海古籍出版社1979年版，第2页。

条件下,在与世界文学潮流相一致的、具有真正现代意义的新文学实践的基础上,广泛地接受了外国哲学人文思潮、文艺美学思潮、文学理论批评的影响,在传统的和外来的、历史的和现实的宏大背景下形成的"[1]。此外,在现代批评中,语言学和某些自然科学理论正在改变批评思想的性质,也是一个不容忽视的因素。

凡此种种,这些决定文学批评的性质并影响文学批评的历史发展的重要因素,都是对文学批评史的反思必须顾及的问题。虽然韦勒克反对"孤立地指出一个特殊的原因"来说明文学批评史的变化,或是"始终清楚地区别原因和结果",但离开了这些因素的作用,就很难说明某一时代(包括这一时代的批评家)的文学批评思想是怎样形成的和为何具有这样的而不是那样的性质,同样也不能说明这一时代与那一时代(或者这一批评家与那一批评家)的批评思想的差别和联系。从这个意义上说,对文学批评史的研究即是要在上述背景下,"集中叙述、分析以及评论各种思想见解",指出某一批评家(或某一时代)的批评理论"意味着什么,他的言论是否言之有理,他的理论产生的情况和背景以及对别的批评家(或另一时代)的影响又是什么"[2],等等。韦勒克的《近代文学批评史》即是根据这一宗旨,把对某一时代核心的批评观念(或称"单元思想")的探本寻源与专章叙述和评价大批评家的批评思想结合起来,展示了"现代批评思想的发展"和"批评观念的演化"的历史。郭绍虞的《中国文学批评史》也近似于这一方法,它以文学批评的理论思想变化为核心将中国文学批评的发展大致分为三个时期,即"从周秦到南北朝是文学观念演进期","从隋唐到北宋是文学观念复古期","这两个时期的批评理论","是跟着它对于文学的认识而改变它的主张的";"从南宋一直到清代,才以文学批评本身的理论为中

① 黄曼君主编:《中国近百年文学理论批评史(1985—1990)》,湖北教育出版社 1997 年版,第 4 页。

② 〔美〕韦勒克:《近代文学批评史》,上海译文出版社 1987 年版,第 9 页。

心”,是中国封建时代的“文学批评的完成期”。[1] 在这些核心观念(“单元思想”)构成的总体框架中,再分述不同时期和各家各派批评思想的性质和特征。其他批评史也可能采用别一种结构方法,但无论采用何种方法,对文学批评史的反思,相对于文学批评理论研究而言,都是对文学批评的性质和规律的实证性研究与探讨。

① 郭绍虞:《中国文学批评史》,上海古籍出版社 1979 年版,第 2—3 页。

第九讲　文学批评家

在“文学批评与文学接受”一讲，我讲了文学批评如何从一般的文学接受活动、文学批评家如何从一般的文学读者中分离出来的历史。这一讲要讲的是，从一般的文学读者中分离出来，独立从事文学批评活动的批评家，是怎样的一些人，应当具备哪些条件。

文学批评家是文学批评活动的主体，说白了，就是从事文学批评活动的人。当然，这主要是指那些以文学批评为职业或相对集中地兼职从事文学批评活动的人。有些从事文学活动或与文学相关的职业活动的人，如文学作家，文学编辑，文学教师，文学书刊的销售、发行和广告制作者，以及其他从政治、经济、历史、文化、哲学、美学、艺术、道德、宗教，和心理学、社会学、民俗学、人类学等各自领域专业活动的角度谈论或研究文学问题的学者和专门家，有时候也被人视为文学批评家，或以近似于文学批评家的身份看待，但那都是就其专业活动中与文学批评有关的这一部分活动而言，并非指他的职业身份。我在这里所讲的文学批评家，是指前一种类型，即职业的或相对集中地兼职从事文学批评活动的人。虽然那些不具职业身份的人们在涉及文学问题的谈论或研究中，也必须遵循文学批评活动的一般规定，合乎文学批评的基本原则和要求,因而也必须兼具文学批评家的某些条件,但相对于完全意义上的文学批评家来说,无疑是有很大差别的。这种差别不是等级性的,也不完全是宽严程度的不同,而是主体性质的差异。一般说来,凡有兴趣和需要谈论、研究文学的人,多少都兼具从事文学批评活动的某些素质和能力。正如马克思所说:"如果你想得到艺术的享受,你本身就必须是一个有艺术修养的人。如果你想感化别人,你本身就必须是一个能实际上鼓舞和推动别人前进的人。"[①]但这种素质和能力不过是人的一般素质和能力,包括从事某些专业活动的素质和能力,用之于谈论或研究文学中的表现而已,并非完全意义上的批评家的素质和能力。完全意义上的批评家的素质和能力,不是由谁派定的,也不是自然生长的,而是由文学批评的工作对象和工作性质决定的。就像工人做工、农民种地一样,是他的工作对象和工作性质要求他有这样的素质和能力,否则就不能适应这样的工作,就不能胜任这样的工作。同时,这种素质和能力也不是静态地养成了以后才用之于文学批评的,而是在文学批评活动实践中逐渐锻炼和养成的。先天的素质和一般的教育习染所提供的,只是作为批评家和从事文学批评活动所具备的一般条件,就像人们从事其他职业所必备的主体条件一样。真正对文学批评有意义的主体条件,总是在批评实践中,由批评对象的性质以及与之相适应的"本质力量"的性质决定的。马克思说:"每一种本质力量的独特性,恰好就是这种本质力量的独特的本质,因而也是它的对象化的独特方式,它的对象性的、现实的、活生生的存在的独特方式。"[②]这个所谓"本质力量",具体到文学批评家来说,就是文学批评家的主体素质和能力。文学批评家的这种主体素质和能力,只有在他的"对象性的"活动即文学批评实践活动中,才能得到确证,才是"现实的、活生生的存在",而不是脱离文学批评实践,静止地、孤立地构造的一个抽象的文学批评的主

① 马克思:《1844年经济学哲学手稿》,人民出版社1985年版,第112页。

② 同上书,第82页。

体模式。

这个问题看起来似乎很复杂,其实道理很简单。如同人类在其他领域的主体活动一样,文学批评的主体活动也不是孤立的和抽象的存在,而是与他的对象密切相连,受到他的对象制约和限制的一种历史的和具体的行为。批评总是针对具体对象的批评,因此批评主体首先必须能够适应他的对象、能够把握他的对象与相关事物的关系和联系,然后才能够感受和理解他的对象,并对他的对象的各种本质关系作出分析和评价。为此,他就必须具备能够感受、理解、分析和评价他的对象所必需的素质、知识和能力等诸多方面的主体条件,否则,对象就不成其为主体的对象,主体的活动也就失去了存在的价值和意义。正是在这个意义上,我才说,对文学批评的主体构成诸多方面的要求,不是出于某种人为的规定,而是受制于他的对象,是被他的对象的性质以及与之相适应的文学批评活动的性质所限制、所规定的。因此,讨论文学批评的主体构成,即批评家的主体素质和能力问题,就不能不从批评对象的性质出发,就不能不注意批评对象和与之相适应的批评活动本身所具有的特殊性。

我在下面将努力贯彻这一基本思路,力求从一个动态的角度,在文学批评活动的过程中,通过"对象化"的活动,使批评的主体构成体现出与批评对象和批评活动本身相适应的性质,以便批评的主体构成更接近批评活动的实际,更具实践性的特征,也更便于读者理解批评主体在批评实践中积极、能动的主体作用,使文学批评如同文学创作那样,真正成为一项具有高度自觉的主体性的文学活动。以下分别从文学批评两个主要阶段的活动性质和要求,讨论批评家的主体构成问题。先讲第一个阶段,即文学批评的感受和认知阶段对文学批评家的素质和能力的要求。

要说明这个问题,首先要弄清楚文学批评对象的特殊性。这个特殊性问题,在"文学批评与文学接受"一讲也曾有所涉及,但那主要是从文学批评指导文学阅读的角度论及的。文学批评对象的特殊性,还可以从其他不同参照角度得到说明，但作为文学批评的主要对象，即文学作品，它的显在表现，即它的外在表现层面的特征，就在于它作为一种感性存在、作为批评主体的感觉对象，是以文学语言这种特殊的感性材料显现自身的存在并以此为媒介诉诸批评主体的感受活动的，却是一个基本事实。因此，作为主体的批评家，首先必须具备对于文学语言特别敏锐的感受能力和深入、细致的辨析能力。

文学语言作为文学的感性形式，是一种“有意味的形式”。如果不拘泥于某一派美学理论的解释，文学语言这种“有意味的形式”可以说既作为文学的物质媒介传达一种“意味”（思想和感情），又作为文学的形式美（艺术美）的表现，本身也包含一种“意味”。在有些文学体裁那里，例如诗歌，文学语言形式本身的“意味”甚至就是作品的主要含义和它的全部艺术魅力之所系。在另一些文学体裁那里，例如叙事性的小说，文学语言形式本身的“意味”虽然不像对于比较抽象的抒情文学那样重要，但文学语言的叙述方式、语调、话语结构等等，也常常是决定作品的艺术风格、作家的创作个性乃至艺术水平高低的一个重要因素。在一些带有前卫倾向的小说家和先锋派的实验小说那里，对叙事话语是否具有明确的意识和追求，甚至成了在艺术上是否具有先锋性和前卫意义的衡量标志。如同抒情性的作品一样，先锋派和前卫小说家同样十分重视文学语言形式本身的“意味”；他们甚至不仅仅把这种形式的“意味”看作是一种文体意识的表现，同时也看作是一种生命意识的表现。文学语言作为文学的感性材料，它诉诸文学批评主体的，已经不仅仅是文学本身的感性存在，同时也是作家的个体生命的感性显现了。

文学语言这种特殊形式的“意味”，对批评家的语文素质和语言感受能力提出了很高的要求。批评家不必都是语言学家，但是，他必须对他的批评对象所使用的语言的性质、构造、功能和各种表达方式及表现形态有比较充分的了解和比较丰富的经验，尤其是对那些在语言方面表现出很强的民族特色、地方特色的文学作品来说，批评家在语言方面的这种知识和经验就显得特别重要。这种知识和经验，不但是批评家进行有效的文学阅读和准确地理解文学作品的先决条件，而且也是批评家深入、细致地感受文学作品和创造性地阐释文学作品的前提保证。如叶圣陶在评论老舍的《骆驼祥子》的语言特色时说：第一，“尽量利用口头语言”。“再进一步，在气势与声音上，在表现意思是否正确显明上费心血，使文章不仅是口头语言，而且是粗择的口头语言”，这种“粗择的口头语言”，不“过分在一两个字眼上推敲”，以免“弄成纤巧，不自然”，而是从“大处落墨”。第二，具有“幽默的趣味”。这种幽默，“不只是‘笑’，不只是‘事事有趣’，从‘心怀宽大’这一点更可以达到悲天悯人的境界”，因而在幽默中内含着“温厚”。[①] 这就是从老舍作品的语言入手读出他的幽默风格的。不能设想对北京方言一无所知或知之甚少的人，能够真正读“懂”老舍及其他“京派”作家“京味”十足的作品，也不能设想对中国农民的语言缺乏了解或了解不深的人，能够真正领会鲁迅笔下阿 Q 的深刻讽刺意味和赵树理等“山药蛋派”作家独特的喜剧风格。这还仅仅是指能否读“懂”作品，即能否通过阅读作品真正“进入”作品创造的艺术世界，识得其中的人物、谙熟其中的情境而言，至于说到从作品的字里行间读出别一种“意味”，即从作品的语言形式本身获得一种超出字面意义之外的审美愉悦和艺术享受，则除了有关语言的知识和经验之外，还需要批评主体对文学语言所展示的形象的世界有一种特殊的领悟能力和想象能力。

以抒情文学为主要对象的中国古代文学批评，对批评家这方面的素质和能力有着更高的要求。中国古代基于文学在言与意的关系方面存在着的某种永恒的矛盾（“言不尽意”），认为构成诗的语言形式是有限的，而诗所传达的意蕴却是无穷尽的（“言有尽而意无穷”），主张读者和批评家在有限的语言形式之外去追求诗的无限的“言外之意”，并把这种“言外之意”看作是一首好诗的最高艺术境界。读者和批评家要达到这种境界，不但需要识得声音、文字，能够领会作品字面的意义，

---

① 叶圣陶：《老舍的〈北平的洋车夫〉》，《新少年》第 2 卷第 8 期，1936 年 10 月。

而且需要张大自己的感官,以全部身心充分地感受和体会作品所呈现的"实在"的艺术情境,进而发挥自己的想象和联想乃至幻想的能力,由体验作品的"实境"移情入内,经过一个创造性的审美活动的过程又出乎其外,飞升到一个由想象和幻想构造的超出于作品"实境"之上的"虚幻"的艺术境界。只有在这个境界中,读者和批评家才能真正体会到作品的全部艺术真谛;也只有依据这样的审美经验,批评家才能对作品的意义和价值作出正确的判断和评价。刘勰说"夫缀文者情动而辞发,观文者披文以入情,沿波讨源,虽幽必显"①,就是这个意思。虽然这已经不仅仅是对批评家的语言感受能力的要求问题,而是同时还要求批评家有较高的领悟能力和想象能力,但这种领悟能力和想象能力就直接经验的层面而言,毕竟还是通过语言的感受能力实现的。依靠这种感受能力,批评家在一次又一次地反复阅读作品的过程中,不断深化对于作品的审美感受,直到真正进入一种出神入化的境界,才能最终"品"出作品的"滋味"。清人沈德潜说:"诗以声为用者也,其微妙在抑扬抗坠之间。读者静气按节,密咏恬吟,觉前人声中难写、响外别传之妙,一齐俱出。"②严羽也说,读屈原的《离骚》,"须歌之抑扬,涕洟满襟,然后为识《离骚》"③。朱熹则主张:"须是先将诗来吟咏四五十遍了,方可看注。看了又吟咏三四十遍,使意思自然融液浃洽,方有见处。"④用今天的话说,就是在不依靠辅助手段的"裸读"状态下,通过反复"吟咏"诗句,获得对作品的感受和体悟。不能设想一个拙于感受的人,能够领会一首诗的声音、文字抑扬抗坠之间的"微妙",更不能设想一个缺乏想象力或想象力贫乏的人,能够领悟一首诗"声中难写、响外别传之妙"。

---

① 刘勰:《文心雕龙·知音》,《中国历代文论选》第1册,上海古籍出版社1979年版,第299—300页。

② 沈德潜:《说诗晬语》,《清诗话》(下),上海古籍出版社1978年版,第524页。

③ 严羽:《沧浪诗话》,《沧浪诗话校释》,人民文学出版社1961年版,第170页。

④ 转引自魏庆之:《诗人玉屑》,古典文学出版社1958年版,第267页。

这不但对古代文学批评家而言是必需的，对现代文学批评家也是一样。中国现代白话新诗草创之初，沈尹默的散文诗《三弦》的艺术价值，就是时人的批评从语言、音韵方面识得的。胡适说："这首诗从见解意境上和音节上看来，都可算是新诗中一首最完全的诗。"对这首诗的音节，他有一段很重要的评价："看他第二段'旁边'以下一长句中，旁边是双声；有一是双声；段，低，低，的，土，挡，弹，的，断，荡，的，十一个都是双声。这十一个字都是'端透定'(D，T)的字，模写三弦的声响，又把'挡''弹''断''荡'四个阳声的字和七个阴声的双声字(段，低，低，的，土，的，的)参错杂用，更显出三弦的抑扬顿挫。"[①]愚菴(康白情)在评价这首诗时也说，它"最艺术的地方"，是上述"一长句"32个字中，"有两个重唇音的双声，十一个舌头音的双声，八个元韵的叠韵，五个阳韵的叠韵，错综成文，读来直像三弦鼓荡的一样"。[②] 不管这些音节是否真的是作者"有意用的"，它在事实上确实收到了上述效果。茅盾后来把这种效果归结为"诗人的'烟士披里纯'(灵感)"的作用，而这"灵感"又是来自"诗人写作前深刻的实感"。[③] 也就是说，这种由双声、叠韵造成的"自然的音节"的生命，是来自对于三弦的声浪的自然摹写。由于双声、叠韵等旧体诗词的音节运用于新诗创作中能起到加强"自然的音节"、增加文字的优美和摹写自然物事的作用，经过批评的阐发，后来仿效的人很多，以至于双声、叠韵问题成了尝试期新诗音节的一个中心话题。沈尹默在创作中成功地运用双声、叠韵所作的示范，对于新诗文体在音节方面的试验和探索也起了重要的推动作用。这些都与当时的批评家对该诗语言文字的独特感悟和深入发现分不开。

对批评家的语言感受能力的要求，不独抒情文学的批评如此，任何

---

① 胡适：《谈新诗》，《中国新文学大系·建设理论集》，上海良友图书公司1935年版，第303页。

② 《康白情新诗全编》，花城出版社1990年版，第236页。

③ 茅盾：《论初期白话诗》，《中国现代诗论》(上)，花城出版社1985年版，第310页。

其他形态的文学的批评也是这样。因为文学批评作为一种认识活动，如同人类其他认识活动一样，都是以对于认识对象的感觉活动为起点的，而且认识的进一步升华还有赖于对于对象的感觉活动所积累的丰富的感性资料。只不过文学批评直接的感觉对象是文学作品的语言形式；这个特殊的感觉对象要求于批评家的，是批评家不但要有能力直观它的感性形式，领略它的形式的"意味"，而且要有能力感受它所创造的形象的世界，体会它所传达的艺术的意蕴，因而相对于其他认识活动的主体而言，批评家须具备一种特殊的感性活动的素质和能力罢了。

对批评家的语言感受能力的要求，丝毫也不排斥批评家同时须具备对文学作品的语言形式的分析能力和知解能力。上述对沈尹默的《三弦》的批评，就包含这种分析能力和知解能力。这种颇带科学色彩和理性色彩的分析能力和知解能力，不但是深化批评家的审美直感的重要辅助，而且也是批评家到达理性思考的必要前提。中国古代在发展偏重直观的审美感受的"品味"式文学批评的同时，也十分注意对作品的语言形式所作的知性分析，并把这种知性分析看作是批评家阐释文学作品的一种基本能力。后来更发展成一种以辨析字、词、句法、音韵、结构和体裁特征、表现技巧为主的"形式主义"文体批评。西方20世纪以来的文学批评，从强调"细读"的英美新批评，到俄国形式主义批评和风靡全球的结构主义批评，各种形式的文本批评都十分重视对文学作品的形式所作的知性分析，文学批评对批评家这种知性的分析能力的要求也因此而被提到了一个特别的高度。相对于偏重直观感受性的文学批评强调批评家要有良好的审美素质、敏锐的感受能力和丰富的想象能力而言，这种知性的分析能力则是建立在批评家对构成文学作品诸要素的性质、功能和相互关系的透彻了解和深入把握基础上的。它要求批评家通过"细读"，对文学作品作详尽的分析和诠释。"好像用放大镜去读每一个字，文学词句的言外之意、暗示和联想等等，都逃不过他的眼睛。他不仅注意每个词的意义，而且善于发现词句之间的微妙联系，并且在这种相互关联中确定单个词的含义。词语的选择和搭配、句型、语气以及比喻、意象的组织等等，都被他巧妙地组织起来，最终见出作品整体的形式。”[1]或者反过来，通过细致地分析作品的语言形式和各种艺术要素的相互关系、表现技艺和组织结构，找出那些隐含于各种“言语”形式之中的“深层结构”和那些最能表现作品的“文学性”、使文学作品成为“文学”的东西。不管是哪一种情况，这种对文学作品的形式分析或形式主义的文学批评，都要求批评家对文学的语言形式具有条分缕析的解剖能力，由此及彼、由表及里的推想能力，以及整体贯通、融会化合的功夫。

例如，有的批评家从“抽象化、情绪化、原始化、陌生化四种美学倾向”，对新时期小说的“语言变异现象”进行系统分析，把“抽象化”归结为对“形、音、义统一体的超越”和对“客观现实性的超越”两个方面，把“情绪化”归结为“直觉意识的延伸”“生命意识的延伸”两个方面，把“原始化”归结为“语象呈现方式”“语义转换方式”两方面的变化，把“陌生化”归结为“叙述的并置结构”“叙述的圆形结构”两种表现，并结合诸多作家的作品作了具体的分析和论证。在谈到王蒙的小说《来劲》的语言对“形、音、义统一体的超越”时说：“文本一开始就呈现给我们一个可以无限延伸的语符链。直至作品结尾，这个理想角色（按：指作品主人公）究竟是谁，仍然不得而知……在小说的情绪高峰，即由四十四个选择问句一气而下，构成的‘天问’段，主人公叫 xiangming（注意：两个音节都没标调号），这个连续发问的语段中最出色的一问，也许是‘向明与祥命哪个更像我自己？’在另一个语段，主人公叫项茗香茗 xiangming，至小说结句，主人公变成了 xiangmiang……孳生出无限延伸的语符链的‘母体’——‘xiangming’，由于‘xiang’‘miang’的碰撞而指向 0……小说开头主人公的名字被繁化至‘无穷’。小说结尾主人公的名字被简化成‘无’。当无穷转化为无以及这一转化由经验层次进入审美层次时，小说语言的抽象化获得了艺术实现……从而使小说强

---

[1] 张隆溪：《二十世纪西方文论述评》，三联书店 1986 年版，第 43—44 页。

烈的现实感获得非现实成分。”[①]这种分析可能稍嫌繁琐,但却把握了《来劲》的语言特色,也说出了作品的形式“意味”。这种既有宏观把握、也有微观分析的批评,同时也是一个批评家对文学语言所应具有的知解能力和分析能力的表现。

以上,我们讨论了批评家在文学批评初始阶段所必须具备的两种基本能力,这两种基本能力在不同形态的文学批评那里,虽然强调的侧重点各有不同,但都是批评家进行文学阅读、深入文学作品的艺术世界、积累文学批评所必需的经验材料。而且在实际的批评进程中,这两方面的能力又是相互为用、不可分割的。缺乏直观的审美感受的知性分析,很可能偏离文学批评的审美特质,使批评家对于文学作品的“形式美”的感受活动变成对于文学的某些形式和技巧的僵硬的解释和说明:利用自然科学的研究方法进行文学分析的批评家,常常容易出现这样的偏差。同样,缺乏知性分析的纯粹直观的审美研究,又很容易使文学批评流于批评家对文学作品的浮光掠影的印象和游离于文学作品之外的主观随想:中外文学批评史上某些印象式和主观化的文学批评就常常难免这样的弊病。从这个意义上说,批评家在这方面的主体素质和能力比较合理的结构应当是:就内在的素质而言,他对于文学作品的语言形式和形象世界应当是敏于感受和富有想象力的,与此同时,他又应当有丰富的语文知识和对于文学作品的艺术形式的审美经验,以及建立在这种知识和经验的背景之上的对于文学作品的语言形式细致的辨析能力和整体的把握能力。具备这样的主体素质和能力结构,批评家才能有效地感受和分析文学作品的语言形式,才能获得对于文学作品的“形式美”和形象世界的丰富而又切近的感性经验。在这个基础上,批评家对文学作品进一步的阐释和评价才是可靠的和有效的。以下讲第二个阶段,即文学批评的阐释和评价阶段对文学批评家的素质和能力的要求。

---

① 谭学纯、唐跃:《新时期小说语言变异现象描述》,《小说评论》1988年第4期。

对文学的阐释和评价是文学批评活动的终极归宿。阐释是对文学作品的意义的阐释;评价是对文学作品的价值的判断。二者都是高度理性化的活动。就思维方式而言,属于抽象的逻辑思维或理性思维的范畴。文学批评的阐释和评价因此要求批评家具备对于文学形象深入的理解能力、对于美感经验高度的提炼能力和对于文学价值深刻的判断能力。如果把批评家对于文学的语言形式的感受能力和领悟能力看作是批评主体的感性活动能力的两种基本构成要素的话,那么,上述诸种能力的综合就构成了批评主体的理性活动的基本能力结构。先说批评家对文学形象的理解能力。

文学的意义是隐含在文学形象之中的,对文学形象的理解因而是阐释文学的意义的必要前提。“批评之所以存在,就是为了说明隐藏在艺术家创作内部的意义。”[①]如同一般意义上的阐释活动,文学批评的阐释也需要从理解对象入手,而后逐步深入探究对象的意义之所在。所谓理解,从思维心理学的角度看,“理解一个对象或一个现象,所指的不是别的,而是形成关于它们的概念”[②]。批评家对于文学作品的意义的理解也是如此,他必须善于从文学作品所描写的那些具体个别的艺术形象和纷纭繁复的生活现象中,通过去粗取精、去伪存真、由此及彼、由表及里的思维的加工制作功夫,抽象出那些带有本质的规定性的概念或命题,然后依据这些艺术形象和生活现象所显示的关系,进一步深入把握它们之间的内在逻辑和本质联系,才能获得对于文学形象的认识和理解。杜勃罗留波夫曾以艺术家和思想家作比较,说明了这个抽象概念的形成过程。他说,一个事物最初出现在思想家面前,也许不会引起他的注意,“产生生动的印象”,但当“许多同类的事实集中在他的意识里的时候”,他就会抓住“不知不觉地在他的意识里安顿下来

---

① 〔俄〕杜勃罗留波夫:《黑暗的王国》,《杜勃罗留波夫选集》第1卷,新文艺出版社1957年版。

② 〔俄〕乌申斯基:《人是教育的对象》第1卷,转引自曹日昌主编:《普通心理学》(上),人民教育出版社1964年版,第295页。

的"丰富多样的"个别现象","用它们来组织一个普遍的概念","这样一来,这个新的事实,就立刻从生动的现实世界中,转移到抽象的理性领域里去了。而接着他就能在一排排别的观念中,替这个新的概念寻到一个合适的位置,去解释它的意义,根据它得出许多结论,等等"。批评家对于艺术形象的抽象概括也是如此。通过这种抽象概括,不但使"艺术家所创造的形象,好像一个焦点一样,把现实生活的许多事实都集中在本身中,它大大地推进了事物的正确概念在人们之间的形成和传布"[①],而且同时也便于"向那些还不曾习惯在文学上集中他们的思想的人,把作家作所谓扼要的叙述,从而使他们能够容易理解他的作品底特色和意义"[②]。今天的读者对古今中外那些得以广泛流传的文学作品的思想和艺术、内容和形式、手法和技巧的理解,都与批评家通过对艺术形象的抽象概括所形成的相关概念和命题有关。例如,今天的读者只有通过批评家抽象概括所形成的诸如"国民性批判""精神胜利法"和"白描手法"之类的概念,才能理解《阿Q正传》的主题思想、人物性格和写作手法。虽然这种抽象概括在不同的批评家那里,有程度的不同和深浅的差别,以及因作品内涵的丰富复杂而导致抽象概括的"多义"或"歧义",但缺乏这种抽象的概括能力和逻辑思维能力,只满足于对文学形象作就事论事的介绍说明,不是对文学形象真正的理解,也不可能真正理解文学形象。

文学批评对文学对象的理解,除了要求批评家具有提炼概念的抽象思维能力外,同时还要求必须具有丰富的社会生活经验或人生阅历,包括以各种间接的方式获取的知识和经验,而且他对这些直接的或间接的知识和经验要有深入的感受和体会,不只是流于一般的知见和了解。要求批评家具备这样的条件,不是说批评家是什么特别人物,也不

① 〔俄〕杜勃罗留波夫:《黑暗的王国》,《杜勃罗留波夫选集》第1卷,上海译文出版社1983年版。

② 〔俄〕杜勃罗留波夫:《黑暗王国中的一线光明》,《杜勃罗留波夫选集》第2卷,上海文艺出版社1959年版,第340页。

是要把批评家当哲学家看待,而是因为批评家对文学形象的理解,需要个体经验的参与和帮助。与科学家对科学研究对象的理解不同,文学批评家不是以纯粹客观的态度和科学实验的方法(实证的方法)处理他的对象,而是带着自己的全部过去经验和主观意识参与对文学形象的理解。在批评家的理解活动中,被批评家所抽象概括的文学形象往往不是或不完全是由文学的本文提供的那些形象的描写,而是叠印了批评家类似的人生经验、糅合了批评家独特的人生感受的一种主、客交融的混成体和审美创造的再生物。我在前面讲"文学批评与文学创作"一讲时,已经涉及这个问题。批评家观照这样的对象,那些与他的过去经验和人生感受完全一致或有些类似,抑或以这样那样的方式构成某种直接间接联系的文学形象,即能为他的经验系统所接受,获得认知和理解,反之,则被他拒之门外,不被接受和理解,甚或招致贬损和曲解。批评家对文学形象的认知和理解,从来就不是或不完全是依据文学的本文提供了什么和所提供的多寡,而是依据自身对文学本文所提供的东西是否有过类似的经验和对这种经验有过何种性质的感受,以及经验的丰啬和感受的深浅程度如何。郭沫若曾说:"同是一部《离骚》,在童稚时我们不曾感到什么,然到目前我们能称道屈原是我国文学史上第一个有天才的作者。同是一幕旧剧,在旧式的戏迷尽可以叫好连天,而在陶醉于舶来品的人却自始至终一点甚么也感受不得。这可见文艺的感动力也要看受者的感受性丰啬如何,受者的教养程度如何了。"[1]郭沫若在这里所说的"感受力"和"教养",无疑也与"受者",包括批评家的社会生活经验和人生阅历有关。

强调社会生活经验和人生阅历对文学批评家的作用,并不是说社会生活经验不足和阅历不深的人就不配当文学批评家,而是说批评家作为一个特殊的经验主体,只有拥有较为丰富的社会生活经验和人生阅历,才能更好地面对文学作品所描写的纷纭复杂的生活现象,从各种

---

① 郭沫若:《艺术的评价》,《沫若文集》第10卷,人民文学出版社1957年版,第79页。

类型的文学形象中结识更多“熟悉的陌生人”,从不同形态的生活故事中领会更多似曾相识的生活细节和场面。批评家的知识和经验的系统容纳文学形象的范围愈广泛、层次愈深入,他对文学形象的认知的范围和程度也随之扩大和加深,因此对文学形象的意义也获得了更多理解的可能性。反之,以狭隘的个人经验和有限的社会知识去阐释丰富多彩的文学形象,或者对社会人生了无识见,只满足于搬用一些现成的理论教条,是既不可能真正理解文学形象,更不可能阐释文学形象的真正含义的。前面讲到上世纪五六十年代,某些批评家动辄以“难道是这样的吗”、“这难道符合某某的原则精神吗”之类问题来向文学形象诘难发问,其实往往不是文学该不该“这样”描写和从“这”种意义上来描写这样的文学形象,而是表现出这样向文学诘难发问的批评家自身识见的浅陋和独立的理解能力的匮乏。如同作家要借助一定的文学形象表达自己对于社会生活的见解,就不能不调动自己的全部生活积累、知识和经验、感受和体会从事文学形象的创造一样,批评家对文学形象的理解,也是借助作家所创造的文学形象,阐发自己对于社会人生的看法,因而丰富的生活阅历、广博的社会知识和独特的人生体验,同样也是批评家理解文学形象的客观依据和经验基础。

以上我讲了阐释与评价阶段的理解问题。理解是一种相对内在的思维活动,在这个基础上,对批评对象的阐释则是一种因内而外、见之于理性分析的一种说明性的陈述活动。虽然二者互为表里,具有某种同质关系,但在文学批评实践中,相对而言,理解更多地是批评家个人对文学对象的接受,阐释更多地是批评家把个人对文学的接受拿出来面对广大受众的接受。因此,相对于理解活动要求批评家有丰厚的主体蕴涵而言,阐释活动则要求批评家有充足的言说依据。这种言说依据,亦即批评家所应具备的理论修养。因此,一定的理论修养也就成了批评家的阐释活动不可或缺的思维利器。这种理论修养应当包括艺术理论的修养和其他社会科学、人文科学的理论修养两个主要方面。以下依次讲来,先说批评家的艺术理论修养。

一定的文学形象总是作家运用一定的文学技巧描写和刻画完成的,而任何一种文学技巧的运用又都离不开作家有意无意地奉行或主张的某种文学创作方法和观念,都要受这种创作方法和文学观念的作用和影响。特别是那些有着强烈的文体意识和创新精神的作家,一定的创作方法和文学观念更是他们在创作实践中尊奉不移并为之身体力行的理论圭臬,他们的创作对艺术理论更为倚重,更显理论上的自觉,以至于他们的某些作品和所创造的文学形象直接就是他们所主张的艺术理论的演绎和具体化。批评家如果不具备一定的艺术理论的修养,就不可能通过种种文学方法和技巧,去认识和把握文学作品的意义的特殊构成方式和存在方式,也就不可能理解和阐释文学作品所创造的艺术形象。而且,一般说来,批评家的艺术理论修养愈深厚、艺术观念愈开放、艺术视野愈广阔,他对于各种不同流派、不同风格、不同类型的文学作品,就愈有可能获得更大的阐释能力和自由度;相反,如果批评家拘守某一门派的艺术理论,不能取各家之长兼收并蓄,或者艺术理论的知识结构陈旧,不能随文学的发展而变化,以"一隅之见"而"欲拟万端之变",则在新的创作面前难免束手无策、捉襟见肘、窘态毕露,或者张冠李戴、南辕北辙,闹出驴唇不对马嘴的笑话。尤其是在那些实验、探索性的作品和具有先锋、前卫倾向的作品面前,更是如此。如上世纪80年代初,中国作家开始把西方现代派的"意识流"手法引进小说创作,有人就斥之为一塌糊涂的"泥石流",表示不能接受和理解,这自然是对现代主义的艺术理论和这一新的艺术表现技巧缺乏了解,或囿于固有的艺术理论,不愿接受新鲜事物所致。但也有人虽然接受了这种新的艺术手法,却用古人论诗的"意境"和"情景交融"说去阐释这一外来的艺术表现手法,同样也是对现代派的艺术理论和"意识流"的表现手法与现代心理学的关系及其形成和发展的历史缺乏基本的常识和了解。莫泊桑说,一个批评家"他应该没有先入之见、预定的看法、门户观念并且不依附任何艺术流派,他应该了解、区别和解释一切最相反的倾向,最矛盾的气质,还应该容许最多样的艺术探讨","一个真正名实相符的批评家,就只该是一个无倾向、无偏爱、无私见的分析者,像绘画的鉴赏家一样,仅仅欣赏人家请他评论的艺术品的艺术价值”。[1] 刘勰也说“操千曲而后晓声,观千剑而后识器”“无私于轻重,不偏于憎爱”[2],也要求批评家具备开放的艺术观念、广阔的艺术视野,以便适应各种各样的文学对象,并以与对象的艺术创造相适应的方式理解和阐释对象。

讲完了批评家的艺术理论修养,再讲讲批评家的社会、人文科学理论修养。其他社会科学和人文科学的理论修养,像艺术理论修养一样,对批评家来说同样重要。这是因为,文学作品所描写的人物形象和社会生活,如同现实中的人物和生活本身,是一个处于各种社会矛盾之中、反映了各种社会关系的“总和”,凝聚了各种社会意识整体的有机的存在,可能侧重从某一方面显示它所描写的人物形象和社会生活的意义,例如古典的通俗小说往往比较注重作品的道德含义,而现代的“问题小说”则更多地是从社会学的角度显示作品的思想意义。但是这并不排斥批评家的阐释取不同的角度。事实上,如古代的通俗小说,在道德的含义之外,也包括哲学的、宗教的甚至政治、经济的内涵;现代的“问题小说”所提出的诸多社会“问题”,有许多直接就是政治、经济、道德等等范畴的“问题”,这些“问题”同时还会引发许多关于人生哲学和宗教观念的思考,因而对这种“问题小说”的阐释所取的角度可能更多。特别是像巴尔扎克的历史“书记”式的现实主义小说和《红楼梦》那样的“百科全书”式的小说,以及某些题旨隐晦、含蕴深厚的现代派大家的作品,例如艾略特的《荒原》、普鲁斯特的《追忆逝水年华》之类,其意义的结构更是多层次的、多维度的和向历史开放的,批评家只有具备多学科的理论知识的修养,才有可能从多种不同的理论角度透视文

---

① 〔法〕莫泊桑:《小说》,《文艺理论译丛》1958 年第 3 期。

② 刘勰:《文心雕龙 · 知音》,《中国历代文论选》第 1 册,上海古籍出版社 1979 年版,第 299—300 页。

学作品的丰富内涵，充分地阐发文学作品的多样化题旨，使文学作品的意义通过批评的阐释得到最大限度的开掘和发挥。反之，如果批评家的社会人文知识欠缺、理论修养不深、见识水平有限，则有可能把一部内涵丰富的作品的题旨理解得过于狭隘，或者把个人的某种褊狭理解强加于作品，甚至歪曲作品的意义，使批评的阐释限入片面性和主观性的歧途。如当代文学史上屡屡发生的对于文学作品的政治批判，除了各种社会因素的影响作用之外，与批评家对文学作品的理解只取单一的政治角度，缺乏多学科的综合的理论知识修养不无关系。而且，文学作品的全部意义是历史地“累积”的结果，任何一个时代的批评家，只能依据他那个时代的现实和社会意识理解文学作品的意义，他接受并且审察前人对作品的意义的理解，同时又根据自己的理解对作品的意义作出新的阐释。正因为如此，文学批评的阐释活动对批评家在社会、人文科学方面理论知识修养的要求，就不但是多方面的、综合性的，而且是开放的和具有历史性意识的。他既不可能拒绝前人对文学作品的意义的所有理解，又不可能无视后人对文学作品的意义新的理解的可能性。他只有将自己置于这个阐释活动的历史链条上，以开阔的知识背景和开放的理论眼光审视文学作品的意义，才能对文学作品的意义获得真正具有历史的创造性的理解与阐释。正是在上述意义上，普列汉诺夫说，批评家“应该既是美学家，又是思想家”[①]。下面讲讲文学批评的评价活动对批评家的要求。

如果说文学批评的感受活动和阐释活动对批评主体的素质和能力的要求主要是出自文学作品特殊的形式构成和意义结构的话，那么，文学批评对文学作品的价值判断和评价活动，对批评主体与之相适应的能力和素质的要求，则来自文学与社会和读者公众之间所结成的效应关系。价值的概念不是单质的，它不像物质的属性那样，凭借自身的各种特征就可以显示出来，而是需要结成一定的关系，在这种关系中判明

---

① 〔苏〕普列汉诺夫：《车尔尼雪夫斯基的美学理论》，《文艺理论译丛》1958 年第 1 期。

某物对某物是否是有作用的和有意义的，才能确定“价值”存在与否和评价其大小。文学的价值是存在于它与社会和读者公众所结成的施、受关系之间的。一部作品是否有价值和价值的大小，取决于它是否以它深广的内容和独特的形式感动过读者公众和对社会发生过影响，以及这种感动力和影响力的程度、范围、持续性的状况如何，而这一切一方面取决于作品本身的力量——思想的力量和艺术的力量，另一方面则取决于社会和读者公众的需要。别林斯基说：“读者群是文学的最高法庭、最高裁判。”[①]文学批评的评价活动必须洞察施、受两极的特殊状况，深刻把握二者之间的效应关系，才能对文学作品的价值作出正确的判断和评价。从这个意义上说，批评家一方面确如普列汉诺夫所说，应当“既是美学家又是思想家”，另一方面又如车尔尼雪夫斯基所说，“批评的使命在于表达优秀读者的意见”[②]，他同时又应当是社会的发言人和读者公众的代表。他一方面必须能够以自己独特的审美能力深入地感受文学作品的美感“意味”，深刻地体验文学作品的美学奥秘，并且能够运用自己成熟的理解能力和思考能力将这种美感经验提升到理性的高度，进一步思索文学作品的思想意义和理性内涵，另一方面又必须能够以自己对社会生活的深切了解和运用广泛的社会历史知识，把握现实生活的脉搏，洞悉一个时代的总体精神和文化潮流对文学提出的要求，以及读者公众因为传统和现实的驱动对文学所产生的普遍需要，然后才能根据这种要求和需要及其受满足的状况，对文学的价值作出判断和评价。如“文革”结束后的新时期文学批评家，就是从肯定作家的思想解放、艺术革新和这期间的文学满足读者的历史反思、社会变革等精神文化需求这两个具有效应关系的角度，高度评价“伤痕文学”“反思文学”和“改革文学”的思想价值和艺术价值的。今天的文学

---

① 〔俄〕别林斯基：《1840 年俄国文学》，《别林斯基论文学》，新文艺出版社 1958 年版，第 250 页。

② 〔俄〕车尔尼雪夫斯基：《论批评中的坦率精神》，《车尔尼雪夫斯基论文学》（中），人民文学出版社 1965 年版，第 164 页。

批评对文学的评价,同样也离不开作家的思想艺术追求和读者的精神文化需求两个基本向度。文学批评的评价活动这种特殊性质要求于批评家的,是一种综合的整体的能力和素质,无论是作为社会生活实践的主体、审美判断的主体抑或理性思考的主体,批评家都应当是一个成熟而健全的个体,否则,他既没有能力"裁判"作品,更不可能在对文学作品的"裁判"中充当社会和读者公众的代表。

这当然是对批评家的主体素质和能力提出的极高要求,甚至只是批评家的主体构成的一种理想的模式。毫无疑问,并非每一个批评家的主体素质和能力都能达到这样的要求,也不是只有具备这样的条件才有资格参与对文学作品的价值的判断和评价。但是,也不能否认,在中外文学批评史上,那些堪称"伟大"二字的批评家,确实都能站到这样的高度。例如以车尔尼雪夫斯基、别林斯基、杜勃罗留波夫为代表的19世纪俄国革命民主主义的文学批评家,就既是那个时代的时代精神和社会思想方面的优秀代表与反对沙皇专制、争取民主自由的革命民主主义的先锋战士,又是掌握了那个时代最先进的美学思想、具有敏锐而深刻的审美判断力的艺术鉴赏家,具备这样的主体条件,他们对文学作品的评价才能实现"历史的批评"和"美学的批评"的高度统一,真正体现那个时代的现实生活和社会公众对文学的普遍期望和要求。与此相反,在中外文学批评史上,也有一些批评家完全无视历史时代和社会公众对文学的愿望和要求,或者出于某种狭隘的功利目的,囿于某种刻板的教条,不愿意去了解这种愿望和要求,他们既不能站到历史和时代的高度,深刻把握历史趋势和时代精神,又无法集中社会公众的要求和意见,对文学的评价因而也就失去了客观的依据和普遍性的标准。这样的批评家对文学作品的评价就不能不带有很大的主观性和随意性,批评的评价活动也因此而偏离了理性的轨道,失去了它所独具的理性思考和判断的特征。

文学批评的主体构成是一个十分复杂的结构。其中既有批评家的先天禀赋,也有批评家通过后天的学习和实践所得的知识和经验;既有为批评的感性活动所要求的素质和能力,也有批评的理性活动所不可或缺的思想和理论的修养,而且这些因素在批评的主体结构中是互相渗透、相与为用的,表现出一种整体的有机性和统一性,并没有一个截然的功能上的界线和区分。为了与一般的阅读主体的主体构成相互区别,以及避免静止地、孤立地构造批评主体,我所取的是一个动态的角度,而且力求使批评的主体构成体现出与批评对象和批评活动本身相适应的性质,以便使批评的主体构成更接近批评活动的实际,更具实践性的特征。但无论如何构造批评的主体模型,批评的对象和批评活动本身要求于批评主体的,都应当是一个基本完善和基本健全的主体结构。批评家在批评实践中不但应当努力补足知识和经验方面的缺陷,而且应当努力克服一己在艺术趣味上的"偏嗜""偏好"和"劣癖""劣趣",以及思想理论方面的成见和偏颇。只有批评家的主体构成在社会实践和批评实践中逐步趋于健全和完善,乃至臻于博大精深之境,文学批评家才能真正像刘勰所要求的那样,在批评活动中做到"平理若衡,照辞如镜",成为作家的"知音"和"诤友"。

第十讲　文学批评的主体性

上一讲讨论的是文学批评家，主要讲文学批评家作为文学批评的主体，是怎样的一些人，应当具备哪些条件。但具备了这些条件的批评家，并不等于说，他在批评活动中，就一定能发挥出文学批评的主体性。如果批评家在批评活动中，不能使自己所具备的素质和能力得到自由而充分的发挥，也就起不到应有的作用。这样的批评家，条件再好，对文学批评主体性的发挥而言也是没有意义的。批评家在批评活动中，不能自由而充分地发挥自己的主体条件，除了某些外力作用和环境因素的影响，更主要的原因，是批评家对自己在文学批评中应有的主体作用缺乏明确的自我意识，以及因为这种自我意识的缺乏而在批评实践中没有很好地发挥自身的主导作用。这就要提到本讲要讲的文学批评的主体性问题了。

先说说与文学批评的主体性有关的文学批评家的主体性问题。如同一般性地讲主体问题，即人的问题，通常要讲到人的自然属性和社会属性一样，在讲完文学批评的主体问题之后，也要讲到文学批评家的主体性问题。这个主体性，再稍微通俗一点讲，也就是批评家的主体属性。这种主体属性属于人的社会性范畴，是批评家在从事文学批评这种社会性的实践活动中所表现出来的“本质力量”的性质或本质属性。在文学批评活动中,批评家对自身的这种“本质力量”的性质或本质属性有自觉的意识,并且在这种自觉意识的作用下,充分发挥批评家在批评活动中的主观能动作用,这样的文学批评就可能具有主体性,反之,则缺少主体性或无法体现文学批评的主体性。这样说来,文学批评的主体性就不能不取决于文学批评家的主体性。批评家主体意识的有无和自觉性的强弱,以及在批评活动中把这种主体意识的作用发挥到何种程度,都关系到文学批评的主体性问题。正因为如此,当我们说文学批评的主体性问题,实则是说文学批评家的主体意识和主体作用在文学批评活动中的表现问题。根据这样的理解,下面我就对文学批评的主体性作一点必要的界定。

所谓文学批评的主体性,是指作为文学批评主体的批评家在文学批评活动中所表现出来的主观能动性,及其在批评活动的过程和最后结果中所留下的个体的精神印记。如同人类在其他精神文化领域和艺术创造领域的活动无一不是以人为主体,体现着主体的意志、愿望和需求,是一种烙印着主体的意识倾向和个性特征的主体活动一样,在艺术的审美鉴赏和文学接受领域,文学批评也是由主体的人所从事的一项具有很强的主体性的人类活动。如前所述,它是以文学创造的产品——文学作品为对象,通过对文学作品的感受、理解、阐释和评价,把文学作品“改造”成一种新的产品形式和价值形态,实现其对于社会的价值和功用。在这个过程中,同时也显示了批评主体的个性特征及对于宇宙人生、社会历史和文学艺术本身的观点和看法,文学批评的主体性也因此而得以充分地体现出来。从这个意义上说,文学批评既是批评主体积极能动地“改造”和改变批评对象的实践活动,同时又是批评主体借对批评对象的“改造”,并通过批评对象,确证和实现自我的“本质力量”的一种自我意识或自我认识活动。前者是文学批评的主体性的客观表现,主体的作用和意义只有通过批评的客观实践才能显现出来;后者是文学批评的主体性的主观形式,主体的存在和价值取决于批评活动中主体对自我的“本质力量”的体验和意识。严格说来，文学批评的主体性应当包括这互相依存的表里两个方面的内容和含义。这是对文学批评的主体性内涵整一的和有机的理解，二者不可分割，缺一不可。没有前者，文学批评的主体性只是批评主体的一种主观意念，失去了它应有的现实性品格和客观依据；没有后者，也就没有了文学批评主体的理性意识和行动自觉。

对文学批评的主体性作了必要的界定之后，再来看看主体性形成和发展的历史。在中外文学批评史上，文学批评对主体性的意识和自觉并不是一开始就有的，而是经历了一个漫长的历史过程。在这个过程中，也出现过许多实际的曲折和认识的偏颇。如前所述，当文学批评尚处于哲学、政治学、历史学和伦理学乃至宗教神学和语言修辞学的襁褓之中，或者还只是停留在人们对于文学的一般性谈论的原始阶段，文学批评自身尚未得到独立自主的发展，尚未出现独立自主的批评主体，自然谈不到对文学批评主体性的意识和要求。只有当文学批评作为一种文学鉴赏与对文学的阐释和评价的专门化活动，开始从其他学科的母体中独立出来，得到自主的发展，作为主体的文学批评家也开始以一个文学的鉴赏者、阐释者和评判者的专业身份，在一般人文科学、社会科学的学者和普通读者之外，得到独立自主的发展并日渐走向成熟，对文学批评主体性的意识和要求才开始凸现出来并在实践中逐步得到巩固和强化，以至最终达到一种理性的自觉，成为文学批评理论的一个重要范畴，同时也是文学批评实践的一种重要追求。由此可见，文学批评的独立发展和独立的批评主体的出现，是文学批评主体性问题提出的历史前提和客观基础，文学批评实践对主体性的追求也是这种理性自觉的历史结果。

以上是从起源学或发生学的角度来看这个问题。事实上，文学批评主体性的形成和发展还要克服自身许多认识上的偏颇。在中外文学批评史上，某些时代或文学批评的派别认定文学批评的工作只在阐释作品的含义和作者的意图，致力于追究作品的“原义”和作者的“原意”,将文学批评变成了被动地注释作家、作品的手段和工具。我在前面已经讲到,古老的阐释批评,如西方中世纪以阐释《圣经》的方式阐释文学作品的宗教神学的阐释学,中国古代某些经学派别拘守“我注六经”的理念阐释文学作品的经学的阐释学等,即是这种唯作者的意图和作品的原意是从的文学批评。不能说这种文学批评完全没有批评主体的能动作用,但因为主体的活动完全受制于客观对象,听命于客观对象的规定,因而其主观能动作用是极为有限的,尤其是很难见出批评主体的创造精神和个性特征。与此相反,在文学批评史上,另一些时代或文学批评的派别则视文学批评为一种纯粹主观的精神活动。他们把批评对象当作自我表现和精神探险的场所,完全不顾或很少顾及作为一种客观存在的批评对象固有的特征和含义,也无意遵从超出于个人主观趣味之外的某种普遍的判断原则和标准。前述西方印象主义的文学批评,在主体性问题上即存在这种偏向。中国古代偏重审美感受的“品评”式文学批评,有时也存在类似的问题。虽然这些方式的文学批评表现了批评主体强烈的个性特征和创造精神,但极端者因为常常游离于批评对象之外,与文学批评的旨趣无缘,或把文学批评等同于文学创作,有悖于文学批评的原则精神。

西方阐释学由古典向现代的转变,在西方近代人本主义突出强调人的主体性的基础上,为文学批评主体性的确立和克服各种认识上的偏颇提供了新的理念。这个问题,我们在前面也已经有所接触。“新的阐释学充分承认人的历史存在对人的意识活动的决定作用,否认恒常不变的绝对意义和唯一理解,把阐释看成作品与读者之间的对话,同时注重读者对意义的创造作用。”[①]文学批评的主观能动性由此得到了充分的发挥,文本作为阐释的对象同时也得到了应有的尊重。在这个基础上建立的文学阐释学和接受美学等文学批评理论,进一步肯定了主体性在文学批评理论和实践中的作用与意义,同时也提供了正确地

---

① 张隆溪:《二十世纪西方文论述评》,三联书店 1986 年版,第 195 页。

运用主体性、有效地发挥主体作用的观念和方法论依据。文学批评的主体性因此而在现代文学批评活动中受到了高度重视,得到了长足发展,成为文学批评理论的一个重要范畴和文学批评实践的一个重要追求目标。

在中国当代文学史上,这个问题的提出还与一种现实性的需求有关。在“文革”及之前一个相当长的时期内,当代文学批评被定义为“文艺界开展思想斗争的工具”或“武器”。“文艺界的主要的斗争方法之一,是文艺批评。”[①]要求文艺批评像整个文艺活动一样,“从属于”特定时期的政治,为特定时期的政治服务,以后又演变为阶级斗争的工具。在这种情况下,批评的主体性为群体的政治意识所替代或淹没,自然谈不上批评家个体的主体性,批评家作为文学批评的主体,在文学批评活动中的主体作用十分微弱。这样的文学批评自然不利于文学创作和文学发展,甚至还会起一种阻碍和破坏作用。当代文学史上就有过许多教训。“文革”结束以后,从极“左”的禁锢下挣脱出来的文学,在开始创作的自觉的同时,也开始了批评的自觉,文学批评的主体性问题由此提上议事日程。刘再复在这期间发表的“文学的主体性”理论,较有代表性。他说:“文学中的主体性原则,就是要求在文学活动中不能仅仅把人(包括作家、描写对象和读者)看做客体,而更要尊重人的主体价值,发挥人的主体力量,在文学活动的各个环节中,恢复人的主体地位,以人为中心,为目的。”[②]文学批评的主体性,则是文学的“主体性原则”在文学批评活动中的具体表现。许子东则把这期间文学批评所进行的一些观念和方法的更新与探索,如“批评中感性因素、个性色彩乃至主体意识的强化;批评方法变革中的科学主义、理性主义倾向;以及社会学批评朝文化、历史研究方向的拓展”等,都看作是“企图在争

---

① 毛泽东:《在延安文艺座谈会上的讲话》,《毛泽东论文艺》,人民文学出版社 1992 年版,第 56 页。

② 刘再复:《论文学的主体性》,《文学评论》1985 年第 6 期、1986 年第 1 期。

取和维护文学批评自身的独立性，而且有意无意直接曲折地都在导向主体意识、主体力量的强化”。[1] 这说明主体性问题在当代中国文学批评中，确实是应运而生，也因此带来了新时期文学批评的繁荣和发展。今天，重提文学批评的主体性问题，重视文学批评主体性理论建设，同样有很强的现实针对性。这种针对性，主要是指从上世纪90年代以来，日益严重的商业化倾向对文学批评的主体性的破坏和侵蚀。这种商业化倾向往往把商品的价值观念和市场行为强加给文学批评，把文学批评变成推销文学产品的商业广告，把批评家变成书商和出版商的代理人。这种商业化倾向实际上是把文学批评变成了另一种性质的附庸和工具，同样谈不上有什么主体性。因而加强文学批评的主体性建设，同样是今天文学批评的当务之急。本课的开设，在普及文学批评基本理论知识的同时，亦兼有这样的义务和责任。

以下讲文学批评的主体性在文学批评活动中的表现。

文学批评的主体性在文学批评活动中的表现，是一个十分复杂的问题。这种复杂性首先就在于，它常常容易与实践活动中的主体行为相混淆。例如，一个被强制劳动的人，虽然丧失了独立自由，但不论如何强制，他毕竟还是劳动行为的主体，劳动行为仍然是由他发出的。同理，比如我们前面说到文学批评的工具化问题，无论文学批评怎样成为政治或商业活动的工具，但在实际的批评活动中，批评行为毕竟还是由批评家这个主体发出的，这样就很难对主体性的有无和强弱作出判断。其次就在于，对文学批评的主体性的理解存在差异。把文学批评的主体性理解为人的解放和人的价值的实现，很容易以抽象的普遍的人的主体性代替具体的文学的主体性和文学批评的主体性，如上述刘再复的观点。相反，把文学批评的主体性理解为个别批评家的主体素质和能力，又容易以批评家的主体构成取代批评活动的主体性。凡此种种，正是基于这样的原因，如上所述，我把文学批评的主体性定位在“作为

---

① 许子东:《文学批评中的“我”》,《我的批评观》,漓江出版社1987年版。

文学批评主体的批评家在文学批评活动中所表现出来的主观能动性，及其在批评活动的过程和最后结果中所留下的个体的精神印记”。我所强调的是批评家在批评活动中主观因素的作用和能动性、个性的表现，以此来说明文学批评的主体性在文学批评活动中的表现问题。基于这样的理解，我把文学批评的主体性在文学批评活动中的表现归纳为以下几个方面：一、批评主体对批评对象的主观选择；二、批评主体对批评对象的内在期待；三、批评主体与批评对象的对话关系；四、批评主体的个性特征。以下讲文学批评的主体性第一个方面的表现。

在实际的文学批评活动中，文学批评的主体性首先表现为批评家对批评对象的主观选择。虽然在现实生活中，批评家具体选择怎样的批评对象，往往受制于批评活动作为一种社会职业所规定的工作性质、所限定的工作范围以及预设的工作目的和要求等等外在因素，如书评作为文学批评的一种最常见的形式，就因为这种职业的原因，使得职业的书评家常常只能在文学作品的出版、发行和宣传、评介部门所给定的条件下进行工作。这种工作方式自然限制了批评家选择批评对象的自主和自由。但是，即使是在这种情况下，也并不等于说批评家对文学作品的阐释和评价一定要完全听命于这些外在力量的意志和要求。恰恰相反，一个优秀的书评家总是在上述给定的条件下，凭借自己的兴趣、识见和才力，从对象中找出那些最有光彩或最有特点的东西加以阐发，以显示出对象独特的意义和价值。这样的书评家因而具有极高的权威性。其他某些职业的或半职业性的批评家，如今天人们所说的在各级作家协会或相关学术、文化机构供职的所谓“协会批评家”，或在各种媒体供职的“媒体批评家”，甚至也包括某些在高校供职的“学院批评家”等，都存在类似情况。这种情况说明，在文学批评活动中，批评家选择批评对象的自主和自由，并不完全取决于环境的因素和外力的作用，在给定的条件下，同样有发挥主观能动性的空间和余地。即使是我在上面说到的某些极端政治化的时期，文学批评极少选择的自由，但对作家作品的阐释和评价仍有逸出统一的政治规范和要求的现象发生，

“十七年文学”中某些不同意见的对立和争论，就大多是由此引起的。

当然，我在这里重点要讲的，不是这些“戴着镣铐跳舞”的情况，而是在普遍意义上和一般情况下，文学批评对批评对象的选择问题。在一般情况下，批评家是应该拥有这种选择的自主和自由的。尤其是当批评家作为一种自由职业者和独立写作人的时候，这种选择的自主性和自由度更大。他选择何种类型、何种性质的批评对象，一般来说，主要取决于他对文学的兴趣、爱好和文学批评的写作专长。一个从事文学批评的人，首先必须具备对于文学对象热烈爱好和深入探究的兴趣，这是使对象成为主体的对象而不是外在于主体、与主体无关的纯粹客观自在之物的重要条件。不能设想一个对文学毫无爱好之心的人会自动地亲近文学的对象，成为观照文学对象的主体；也不能设想一个把文学对象等同于一般的感性对象，或者怀着狭隘的功利之心用纯粹实用的眼光去看待文学对象的人，会对文学自身的问题发生热烈探究的兴趣，并且最终引发真正属于文学批评意义上的对于文学对象的解释和评价。文学批评的主体活动首先总是发生在那些对文学有着强烈的自然需求和浓厚的探究兴趣，以及因为职业的关系而接近和关注文学的人们中间。对文学对象的兴趣，不但会左右文学批评的选择意向，而且是批评家与批评对象之间会心会意、达成“知音”的重要条件。刘勰在谈到文学批评中的一种“偏好”现象时，曾说：“慷慨者逆声而击节，蕴藉者见密而高蹈，浮慧者观绮而跃心，爱奇者闻诡而惊听。会已则嗟讽，异我则沮弃。”[①]这种批评同时也说明，只有那些与批评家个性相投、气质相合的对象，才能引起批评家的心灵或情感反应，才能激发批评家的鉴赏兴趣，才能成为批评的对象。

当然，也应当看到，这种兴趣和爱好只是批评家选择批评对象的一个前提条件，并不能保证批评家就一定胜任这些对象的批评。批评家

① 刘勰：《文心雕龙·知音》，《中国历代文论选》第1册，上海古籍出版社1979年版，第299页。

对批评对象最终要作出明智的、有效的选择，还得在忠于自己的兴趣、爱好的基础上，本着这种兴趣和爱好的驱动，发挥自己的文学批评写作专长，调动自己的文学批评写作经验，才能使这种选择真正具有现实性。正因为如此，在一般意义上的文学批评家的名目之下，我们才会看到，还有一些具有某种专业标志的文学批评家，如诗评家、剧评家、小说批评家等等。某些以流派或方法、模式为标志的批评家，如 20 世纪西方诸多现代批评流派和方法、模式的批评家，习惯选择某种特定的批评对象，也往往与这种专业兴趣和专业能力有关。

有的人或许要说，批评家选择批评对象，也不能光凭自己的兴趣、爱好和写作专长，有时候还有一种责任和义务的驱使，如常见的政治的责任和义务等。但即便如此，也得有一个心理机制上的转换，即将这种责任和义务转化成批评家对具体对象的兴趣和爱好，才会有批评家对批评对象的主动选择。否则，就可能是在被动地接受和完成一项政治任务，是谈不上批评家个体积极能动的主体作用的。当然，也不排斥某些批评家的兴趣、爱好本身就是政治化的，但这种政治化的兴趣、爱好只能结出政治批评的果实，而不是文学批评，因而仍不属文学批评的主体性范畴。以下讲文学批评的主体性第二个方面的表现：批评主体对批评对象的内在期待。

文学批评主体对批评对象的积极能动的选择，从根本上说，是根源于批评主体对于批评对象的一种内在的心理期待。一般来说，批评主体在进入批评活动之前，对于他即将接触或正在面对的批评对象，总有一种预设的心理动机、悬拟的目的意向以及期待实现的愿望和要求。这种心理期待的向度通常有如下几个方面的表现：其一，是期待获得某种性质的阅读经验和审美感受，以及这种经验和感受所应达到的深入性和持续性的程度；其二，是期待发现某种形式的意义结构，以及这种意义结构所应具备的普遍性和深刻性的程度；其三，是期待显示某种方面的价值效用，以及这种价值效用所能实现的现实性和持久性的程度；其四，是期待适应某种模式的批评方法和思维方式，以及这种批评方法和思维方式切入对象所能得到的自主性和灵活的程度。这四个方面虽然在具体的批评活动中,不一定都有这么系统完整的体现,但任何一个方面心理期待的意向性及其“实现”的程度和以何种方式“实现”,都决定着批评家对批评对象的阐释和评价。姚斯说:“一部文学作品,即便它以崭新面目出现,也不可能在信息真空中以绝对新的姿态展示自身。但它却可以通过预告、公开的或隐蔽的信号、熟悉的特点或隐蔽的暗示,预先为读者提示一种特殊的接受。它唤醒以往阅读的记忆,将读者带入一种特定的情感态度中,随之开始唤起‘中间与终结’的期待,于是这种期待便在阅读过程中根据这类文本的流派和风格的特殊规则被完整地保持下去,或被改变、重新定向,或讽刺性地获得实现。”[①]以下,我们就以恩格斯1859年在致斐·拉萨尔的信中对拉氏剧本《济金根》的批评,来分析一下批评主体在批评活动中这种内在的心理期待及其“实现”过程:首先,恩格斯在再三再四地阅读剧本《济金根》的过程中,获得了一种“情绪上”的“激动”,因而满足了他对于“美的文学”和“有价值的东西”以及“德国民族的戏剧”的心理期待。而且这种阅读感受持续了很久,经过了时间的间歇,“印象仍旧是一样的”,说明达到了相当深入的程度。但是,接下来恩格斯却发现剧本在处理济金根的悲剧主题的问题上,“忽视了在济金根命运中的真正悲剧的因素”,没有正确地显示恩格斯所期待的“历史的必然要求和这个要求的实际上不可能实现之间的悲剧性的冲突”[②]这一本质的意义,因而剧本在对德国历史上的农民运动和平民运动的认识方面的价值和现实作用都是极为有限的。而且,由于作者常常“为了观念的东西而忘掉现实主义的东西”,“为了席勒而忘掉莎士比亚”,因而剧本在艺术上与恩格斯所期待的“较大的思想深度与意识到的历史内容,同莎士比亚剧作的情节的

---

① 〔德〕H.R.姚斯、〔美〕R.C.霍拉勃:《接受美学与接受理论》,辽宁人民出版社1987年版,第29页。

② 《马克思、恩格斯、列宁、斯大林论文艺》,人民文学出版社1981年版,第96—101页。

生动性和丰富性的完美的融合”的目标也相去甚远。在上述方面,可以说剧本都有违于恩格斯在文学批评中作为批评主体的心理期待。而这一切,又与恩格斯期待剧本能够适应他所运用的“美学观点和历史观点”①,即社会历史的批评方法密切相关。正是因为借助这一批评方法,才使恩格斯得以把他对德国悲剧艺术的独到思考,成功地运用于拉萨尔描写德国农民运动的历史悲剧剧本的分析和评价,从而在与这种方法相适应的批评对象中,获得了批评的极大的自主和自由。

批评主体对批评对象的心理期待,是文学批评内在的驱动力量,其中既凝聚着主体从事批评活动的欲望和动机、目的和意志、愿望和要求等等个体的心理因素,同时又体现了主体在批评活动中所奉行的各种思想观念、理论原则和价值标准等等具有客观普遍性的社会意识因素。因而在批评对象身上,主体的心理期待是否能够实现和在批评活动中最终能够实现到何种程度,事实上也就直接关系到主体对于对象的终极判断和评价。

在这个问题上,批评主体性的发挥也存在两种对立的倾向。优秀的批评家总是根据自身的主体条件,根据自己过去的经验和知识储备,根据自己对社会历史和文学创造的理解,充分发挥自己的主观能动作用,把自己对于批评对象的期待和要求贯彻于对批评对象的具体分析,从中去寻找、发现与批评对象或契合或抵牾甚至矛盾冲突之处,并据之作出判断和评价。另有一些批评家却习惯于用一些固定的标尺刻板地衡量批评对象的尺寸,合则褒扬之,不合则鄙弃之,把文学批评变成了一种简单的机械操作或无情的法律裁判。朱光潜曾说,有一种文学批评家,他们“自居‘法官’地位”,用“‘纪律’强行律人”。“这班人心中预存几条纪律,然后以这些纪律来衡量一切作品,和它们相符合的就是美,违背它们的就是丑。”②这个所谓“纪律”,就是某些硬性的批评标

① 《马克思、恩格斯、列宁、斯大林论文艺》,人民文学出版社1981年版,第100—101页。

② 《朱光潜美学文集》第1卷,上海文艺出版社1982年版,第480页。

准。批评固然不能不要标准,但这种标准应该是批评家进行判断的一些理性原则,如马克思主义经典作家所坚持的"历史观点和美学观点"等,而不应该是一些生硬的条文。只有将这种理性原则贯彻于批评的过程,批评家对批评对象的心理期待才能收获理性的结果,否则,只能是一纸道德或政治裁决的结论。中国当代文学史上,有一个时期的文学批评就习惯于用一些生硬的政治标准去衡量作家作品,结果造成了许多"误读""误评",也把批评家的心理期待导入了一个误区,影响了批评主体性的正常发挥。以下讲文学批评的主体性第三个方面的表现:批评主体与批评对象的对话关系。

强调批评主体的心理期待的"先决"作用,当然不是要把文学批评变成一种脱离对象的主观先验的冥想活动,也不是要使批评对象成为主体的先在观念的注脚和实证材料,把文学批评变成一种刻板的验算和证明。恰恰相反,真正积极能动地在批评活动中实现主体的心理期待,充分体现批评主体在批评活动中积极能动的主体作用,有赖于主体和对象之间达成一种相互的"对话"关系,以及在此基础上形成主体与对象之间的相互融合和双向交流活动。如果说主体的心理期待只有在对象身上并通过对象才能得到实现,因而才能显示主体在批评活动中的意义和价值的话,那么,对象的意义和价值也只有通过实现主体的心理期待才能获得现实的阐释和评价;主体期待于对象的,也正是对象对主体的"期待",二者通过"对话"达到彼此之间的交流和融合。而新的一轮"对话"的发生又总是根源于主体的一种新的心理期待的驱动,主体的这种新的心理期待通过与对象的新的一轮"对话",反过来又把对象的"期待"导入一个更为深广的意识结构和观念世界。如此循环往复,在对于批评对象的阐释和评价的历史中,批评主体始终是处在一种主导的地位上发挥着积极能动的主体作用。

为了帮助同学们更好地理解这种"对话"关系,在这里,我要对这个所谓"对话"作一点说明。我在这里所说的"对话",不是一般意义上的两个人之间的对话,即批评家与作家之间的对话,而是批评家与批评对象之间的“对话”。因为批评对象主要是文学文本或曰文学作品，当然，有时候也是表现文学思想的理论文本，因而批评家与批评对象之间的“对话”关系，实际上是发生在批评家与文学文本，多数情况下是发生在批评家与文学作品之间。从这个意义上说，批评家的“话语”是从批评家对批评对象的感受和理解发出的，而批评对象的“话语”则是文本中所存在的种种感受和理解的可能性或者阐释和评价的空间，即我在前面讲到的接受美学所说的文本“空白”或“未定点”。批评家对批评对象最初的感受和理解，是批评“对话”的起点，这种感受和理解在批评对象中得以实现，则是对象对批评家的“话语回应”。对象的回应再度引发批评家对批评对象更加深入的感受和理解，这种感受和理解在批评对象中再度得到“回应”，则是批评家与批评对象之间“对话”的继续延伸。如此循环往复，批评对象的意义就是在这个过程中，通过与批评家反复深入的“对话”阐发出来的。也只有在这种反复深入的“对话”中，批评对象的价值才能得到恰当的评价。霍埃说：“理解总是一种对话形式：它是个其中发生交流的语言事件……若要解释这些文本，便是与它们进入一种对话。”[①]伽达默尔说：“谁想理解某个文本，谁总是在完成一种筹划。一当某个最初的意义在文本中出现了，那么解释者就为整个文本预先筹划了某种意义。一种这样的最初意义之所以又出现，只是因为我们带着对某种特殊意义的期待去读文本。作出这样的一种预先的筹划——这当然不断地根据继续进入意义而出现的东西被修改——这就是对这里存在的东西的理解。”[②]

从这种“对话”关系中，我们也可以看出，批评主体不是被动地接受批评对象所给定的东西，而是在与批评对象反复深入的“对话”过程中创造了新的东西。这也就是我在前面讲到的批评的“增殖”和“再创造”现象。“文本的意义超越它的作者，这并不只是暂时的，而是永远

① 〔美〕D. C. 霍埃：《批评的循环》，辽宁人民出版社 1987 年版，第 80 页。
② 〔德〕伽达默尔：《真理与方法》（上），上海译文出版社 1999 年版，第 343 页。

如此的。因此,理解就不只是一种复制的行为,而始终是一种创造性的行为。"[①]这种"创造性的行为",类似于胡风所说的作家在创作过程中与创作对象的"相生相克"过程:"主体克服(深入、提高)对象,对象也克服(深入、提高)主体",在这个过程中,"对象的生命被作家的精神世界所拥入使作家扩张了自己;但在这'拥入'的当中,作家的主观一定要主动地表现出或迎合或选择或抵抗的作用,而对象也要主动地用它的真实性来促成、修改、甚至推翻作家的或迎合或选择或抵抗的作用,这就引起了深刻的自我斗争。经过了这样的自我斗争,作家才能够在历史要求的真实性上得到自我扩张,这是艺术创造的源泉。"[②]胡风所说的这个"艺术创造的源泉",同时也是文学批评再创造的"源泉"。他自己就是通过这样的一个与对象"相生相克"的过程从事文学批评实践活动的,无论是对鲁迅等文学大家的批评,还是对路翎等青年作家的批评,他都倾注了全部心智和激情,把自己的全部主观精神都投入到对象中去,与对象作"相生相克"的"斗争",从中收获许多创造性的发现,对对象作出创造性的阐释和评价。胡风因而是中国现当代文学批评史上个体主体性最为鲜明突出的文学批评家。有论者称他为"三四十年代少有的热情专注而又个性显明的批评家","文学批评对他主要不是一门职业,是吸引他全副身心投入的严肃的事业,是他生命升华的一种方式",从他的文学批评中"可以真切感受到某种诗人的真诚与理论家的执拗","他的文章时常渗透着耿直的人格气质,不掩饰的棱角血性"。[③] 下面讲文学批评的主体性第四个方面的表现:批评主体的个性特征。

以上我们分别从不同角度和不同方面讨论了批评主体在批评活动中所表现出来的积极能动的主体作用,这些表现基本上都是属于一个

---

① 〔德〕伽达默尔:《真理与方法》(上卷),上海译文出版社 1999 年版,第 380 页。

② 《胡风全集》第 3 卷,湖北人民出版社 1999 年版,第 237、188 页。

③ 温儒敏:《中国现代文学批评史》,北京大学出版社 1993 年版,第 240 页。

完整的批评活动行程中不同阶段、不同环节上的主体性问题，是文学批评主体性的一种普遍性的表现形式。与此同时，在这种普遍性表现形式中也留下了批评家个人很深的个体精神印记，这也就是文学批评的主体性另一种重要的表现形式：批评主体在批评活动中的个性特征、风格类型以及与之相关的批评的群体和流派的集合问题。

文学批评的主体活动虽然具有很强的理性色彩，就思维的形式而言，属于抽象的逻辑思维的范畴，但却不排除它如同文学创作的主体活动那样，同时也表现出鲜明的个性特征。尤其是当批评主体在进入理性判断之前，尚且处于对批评对象的感性经验的阶段上，这种个性特征显得更为突出。但是，由于在这一阶段，批评主体对批评对象的感性经验，如同一般读者对文学的感性经验一样，尚属纯粹个体经验的范畴，是文学欣赏或审美鉴赏的趣味性表现，不属于严格意义上的文学批评的理性判断，因而这种个性还不属于严格意义上的文学批评的个性范畴。只有当批评家既作为普通读者，又把作为普通读者的感性经验用于文学批评的理性判断，这种个性才与文学批评活动发生联系。严格意义上的文学批评的个性，因而主要是指批评家在文学批评活动中所表现出来的理性活动的特征，如思想观念、方法模式、思维方法、写作方式等等方面所表现出来的个性特征。下面讲讲这种个性特征的几种主要表现。

一般说来，注重主观感受性和实证分析的批评家，往往倾向于选择具体的作家、作品作为批评对象和作家论、作品论及与之相近的批评类型。他们的特征是以敏锐的艺术感受和精细的艺术分析见长，能够迅速及时地跟踪、反映作家的创作动向和作品的艺术信息，他们的批评与创作几乎具有同等的时效性。这类批评家对当代作家作品有很深的爱与知，唯其如此，他们的批评，无论褒贬都有强烈的激情，指点评说皆源于真切的感受。他们是批评主体中最具活性的分子，他们的批评是最具当代性和现实性的批评，当代批评家大多具有这样的个性特征。如近期比较活跃的雷达、曾镇南、孟繁华、贺绍俊、李敬泽、王干、何向阳、汪政、施战军、李建军、洪治纲，以及谢有顺、李云雷、李遇春、贺桂梅等一批“70后”的青年批评家，同学们可以去看看他们的批评文章，对这类批评家的批评个性，增加一点具体的感性认识。

与此相对的是，长于思辨和知性分解的批评家，则往往热衷于探究批评对象所提出的或由批评对象客观地显示出来的诸多社会的、文化的、思想的、意识的抑或艺术的和美学的问题，而不是批评对象本身的性质和状态。这类批评家善于以小见大、见微知著，从批评对象尚且处于萌芽状态的东西，透视大千世界和思想、文化、艺术及美学的征候，而后沿隐至显，因内符外，把这种透视引向对一些普遍的和永恒的问题的思考。比较而言，他们虽然也亲近批评对象，但都缺乏前一类批评家对批评对象本身的爱好和兴趣，只从批评对象身上猎取一些思想的火种，即遁入沉思和冥想的世界，在那里孕育和完成他的思想。如果说前一类批评家提供的更多是关于批评对象的感性经验的话，那么，这一类批评家提供的则更多地是关于批评对象的思想资料。虽然同样作为当代批评，这类批评家的工作难免给人以超然物外之感，但对于强化文学批评的思想力度、凝聚新的思想结晶，却有着不可替代的重要作用。这两类批评家都属于比较严格意义上的当代批评家的范畴，就其活动的性质和对象而言，无疑也是比较严格意义上的当代文学批评。如南帆、吴亮、陈晓明、王彬彬、张清华等，同学们也可以去看看他们的批评文章，比较一下他们的批评个性与上述批评家的区别。

此外，另有一类批评家则善于对批评对象作系统化、条理化的分类研究和客观的、历史的综合归纳。相对于上述两类批评家而言，这类批评家具有更多的一般人文学科学者的特征，他们的工作也基本上属于科学研究的范畴，而不是严格意义上的文学批评，尤其不是一般性质的当代文学批评。基于这样的原因，这类批评家往往比较关注那些既往形态和具有相对稳定性特征的批评对象。他们也不像上述两类批评家那样，完全倚赖一己感受力的敏锐和思想的创造能力，而是像注重实证的自然科学家那样，热衷于搜集和占有关于批评对象尽可能详备的原始材料，然后进行分门别类的整理和分析，从有关批评对象的这些分散的、零乱的原始材料中，找出其内在的整体的关系和联系，为批评对象构造一个有关它自身的知识的系统和秩序，并把这种关于某一批评对象的知识的系统和秩序纳入到一个更大的历史系统和文学秩序的背景之内，从更为深广的联系和更具本质性的关系中，显示批评对象的价值和意义。这类批评家因而常常选择各种性质的“史”论或“传”论（评）作为主要的写作类型。文学史和创作实践中的宏观问题是他们重点关注的批评对象。他们虽然很少为作者和读者提供有关批评对象的具体而微的分析和评价意见，但对于文学的总体发展和文学史的建设却提供了极为重要的经验参照和极为宝贵的理论借鉴。如白烨、李洁非、吴义勤和陈思和、丁帆、张志忠、樊星等一批在大学中文系执教的当代文学批评家，这类批评家的文章，同学们在专业学习中接触较多，但仍可以就他们的批评个性与上述两类批评家做些比较。

还可以从更多方面讨论批评主体的批评个性种种不同形式、不同类型的表现。由于文学批评的独特的思维性质不同于文学创作的思维，因而文学批评主体的个性表现在形式、范围和程度等诸多方面，与文学创作主体的个性表现也有所不同。一般来说，批评主体的个性特征主要不是表现在批评家的性格、气质、习惯、爱好、趣味以及情绪和情感的类型等等被心理学称为“个体差异性”方面，而是表现在他的思想观念、思维活动独特的形式与方法。因此批评主体的个性表现又总是以遵循普遍的思想观念和思维原则和具体的思维形式如方法、模式的规范为基础的。这就使得批评主体的个性表现更具类型学的意义，而较少纯粹个体性的色彩。所谓批评主体的风格，也只有在这个意义上把它看作是一种思维的风格或思想的风格，才是一种实质性的理解。否则，很可能使它成为类似于印象主义批评那样的“恶劣的个性化”，或者不过是指批评家的一种语言修辞的习惯和作风，把批评主体的风格替换成一种批评话语的风格。从这个意义上说，批评家的群体和流派的集合，也主要是因为某种关于文学和文学批评的普遍的思想观念和思维方法，尤其是某些具体的文学批评方法和模式的凝聚作用。在批评家的群体和流派的集合中，文学批评的主体性不是表现为某些批评家的独特个性和他们之间的个体差异，而是由他们共同遵奉的某种普通的思想观念、思维活动的原则，以及具体的方法、模式运用于批评活动的有效性和创造力显示出来的。因而在文学批评史上，各种批评观念的形成、批评原则标准的确立、批评方法和模式的区分，本身便是文学批评个性的重要表现形式。这些关于文学批评的理论观念、原则标准、方法模式，既是文学批评主体活动的产物，又是文学批评主体活动的依据，无论是作为原因还是作为结果，它们都以一种成熟的理论形态在文学批评史上显示了文学批评主体性的重要地位和作用。

当然，在这个前提下，也存在不同批评家之间的个体差异。甚至在持有同一批评观念、运用同一批评方法和模式的批评家之间，这种差异性依然存在。如中国现代文学批评家周扬和胡风，所持文学观念和文学批评观念大体一致，都遵奉现实主义（社会主义现实主义）的文学原则，持社会历史批评的方法，但二者的具体观点和批评活动的实践却有很大差别，甚至长期处于一种对立状态，因而也显示了不同的批评个性。又如前面说到王蒙对“文革”结束后新时期崛起的一批年轻批评家的评价，也说他们各有个性。他说南帆的批评文字“写得简约而又充实，见解独到，既富艺术感觉又善探讨哲理，无空论、泛论，更无八股，有新的观点却不滥用新名词术语”；说吴亮的文学批评善用“对话文体”，认为“这种古老而又新鲜的辩证文体帮助了作者更加巧妙有时是相当圆熟地发表自己的见解。新颖、含蓄、留有余地、让读者自己思考，构成了吴亮的评论文章的独特风格”[①]，如此等等。也因为如此，有些文学批评史家常常利用这种个性差异，构造某一时期文学批评的历史秩序。如温儒敏所著《中国现代文学批评史》，在众多现代文学批评家中选择十四位批评家，构成一个完整的历史序列，就是“注重他们的理

① 王蒙：《读评论文章偶记》，《王蒙文存》第23卷，人民文学出版社2003年版。

论个性与批评特色”[1]。

如同人类在其他领域的主体活动一样,文学批评的主体活动也要接受一定的客观力量的制约和限制。因而文学批评主体性的表现也就不可能是任意的和无限度的,而是有条件的和受限制的。首先,文学批评主体作为一种专业化的文学读者和特殊的文学受体,不能不接受批评对象的制约和限制。如前所述,文学批评主体可以超越批评对象和对批评对象进行批评的“再创造”,但是却不可以脱离批评对象、不能不在批评对象所提供的条件和范围内进行活动。也只有在这个基础上,文学批评的主体性才能在对象身上并且通过对象得到现实的确证。其次,文学批评主体作为一种社会力量的喉舌和一个时代的社会意识的代言人,又不能不“听命”于某种社会需要的意志,以及由这种需要决定的某些普通的价值观念和判断标准的“主宰”。文学批评的主体性因而又不是某些个人的声音和某种孤立的、偶然的意识现象,而是体现了一定时代某些社会群体的意志、愿望和需要,代表着一定时代某种普通的理性思考对文学所作的判断和评价。正因为如此,文学批评主体性的高扬,就不应当把来自对象的客观制约和主体自身所承担的义务看作是一种束缚和负担,更不应当把主体和客体、主体的个人意志和社会的普遍要求对立起来,而应当把它看作是主体的创造激情和创造才能的一种激发机制。只有在对象中活动同时体现了一定时代的社会群体的意志、愿望和要求,文学批评的主体性才是历史的,才具有现实性品格,才能体现“普遍的理性”活动的意义和价值。

---

① 温儒敏:《中国现代文学批评史·自序》,北京大学出版社1993年版。

附 录

且说文艺批评的异化

记得上个世纪 80 年代，有一场关于异化问题的讨论，持续的时间虽然不长，但对立的或不同的观点之间，争论却很激烈，影响也颇深广。这场讨论的起因，其实并不复杂，说白了就是对“文革”及之前的一段历史失误，反思的结论有所不同，一方认为主流是好的，本质是对的，大方向没问题，只是出现了偏颇和失误，一方则认为这期间也出现了马克思所说的异化现象，有政治的异化、经济的异化、思想的异化、文化的异化，甚至也有整体的社会制度的异化。结果自然可想而知，后者受到了前者的批评和批判，几乎酿成了一场政治事件。

撇开当时一些复杂的政治因素不谈，其实异化并没有某些人想的那么可怕。从学者给它的定义来看，无非是说人自己的创造物成了异己的力量。这就好比有人养了个逆子，专跟自己作对，自己生的儿子成了异己的力量一样。马克思在谈到“异化劳动”时也说“他给予对象的生命作为敌对的和异己的东西同他相对立”，大抵也是这么个意思。这当然只是一个比方，异化的概念自然也没有这么简单，在它的产地欧洲,历史上也经历了许多变化,最后才锁定到异己化的意思上来。中国学者所用的,大抵都是这一层意思。其实,除这层意思之外,它还有出让、疏离、分裂之类的意思,无非也是说某人某物把自己的所属出让给他人他物,致使与自己疏离、分裂,最后成了自己的对立面,成了异己的力量。

由此,我便想到了当今的文艺批评。如果用这个异化的概念来衡量,我想,说当今文艺批评存在着许多异化现象,甚至出现了某种程度的深层意识的异化,应该是可以成立的。当然,这个过程是逐渐发生的,经历了由克服政治性的异化到出现市场化的异化的复杂变化。

众所周知,中国当代文艺长期以来是为政治服务的。换一句话说,也就是受制于政治的。人民的政治本来是人民的创造物,结果却成了限制和压抑人民文艺创造的异己力量,包括以政治为第一标准的文艺批评的处境也是如此,这当然是一种异化。这种异化因为源于一种政治的原因,可以称之为一种政治性的异化。

"文革"结束后,放弃了文艺为政治服务的口号,标志着这种政治性的异化已经或逐渐被新的文艺实践所克服,也包括这期间文艺批评所发生的变化。上个世纪 80 年代,文艺批评在政治上"拨乱反正"的过程中,大胆突破禁区,解放思想,在更新观念的同时,又从西方引进各家各派的批评模式和方法,得到了长足发展,经历过一个相对繁荣的时期。说这个时期的文艺批评是当代文艺批评的黄金时代,可能过于理想化了一些;但该时期的文艺批评,环境相对宽松,观念相对开放,探索新模式、新方法的热情高,批评的主体性大为加强,各文艺门类的批评发展也相对平衡却是事实,因而给人们留下了美好的印象。

进入 90 年代以后,情况发生了很大变化。首先,是文艺为适应市场经济潮流,出现了市场化、商品化倾向。这种倾向,既动摇了文艺作为一种精神文化产品的根本,也动摇了文艺批评作为文艺产品的再生产或再创造活动的根本,文艺批评一时难以适应这种潮流,被迫处于"缺席"状态。其次,是市场经济造就的消费文化环境,和由这种环境所催生的大众文化潮流，造成了文艺创造的思想、艺术价值的迷失，也迷失了文艺批评的价值尺度和判断标准，在文艺批评的观念和方法没有得到相应的调整之前，文艺批评不能不处于“失语”状态。再次，是社会的多元化和文化的多元化，造就了多元的文艺创作格局，也造就了多元的文艺批评话语，文艺批评在自由的言说中，缺少一个时代所应有的精神同一性，或一个艺术门类所特有的艺术同质性，因而难以形成一种对话关系，往往流于自言自语、自说自话，失去了启悟文艺创作和引导读者观众的有效性，处于一种话语“自闭”状态。最后，是文艺批评活动的无序和文艺批评方式的泛化，破坏了文艺批评的环境，败坏了文艺批评的伦理，文艺批评或廉价吹捧，或恶意棒杀，或沦为广告，或炒作新闻，总之是陷入了论者所批评的“三俗”状态。凡此种种，批评既因为“缺席”“失语”或话语的“自闭”而与自己的对象隔离、疏远、分裂，又因为商品化和大众文化的影响而将自己的职责、功能出让给商业广告和大众传媒，经由这样的过程，文艺批评最终成了失去其特质的非批评、打着批评旗号的伪批评，甚至是与批评活动对立的“反”批评。在我看来，这都是文艺批评日渐走向异化的表现。

进入新世纪以来，这种状况不但没有多大改变，而且，在某些方面还变本加厉，批评因为这种异化而失去了它应有的性质和功能，蜕化为一种无效的劳动，以至于近年来人们不能不关注文艺批评的有效性问题，呼吁文艺批评回归本位，提倡有效的文艺批评。

以上所说的种种异化现象的发生，虽然有市场化、商品化等外部环境的影响，但批评自身的异化，即批评的自我意识的异化，却是一种根本性的异化，也是上述异化现象发生的主要原因之所在。这种自我意识的异化，也可以大致归纳为如下几个方面：

第一个方面，是文艺批评主体意识的异化。文艺批评是批评家的一项独立自主的精神创造活动，如同文艺创作一样，具有极强的主体性。论者常说，创作与批评，如鸟之双翼、车之两轮，就是这个意思。这种主体性，一方面表现为，批评家在批评实践中，通过积极能动的作用，对批评对象作出独立自主的阐释和评价;另一方面,在这个过程中,同时也显示批评家所特有的气质和个性。近一个时期,文艺批评主体意识的异化主要表现为批评家在文艺批评活动中,有意无意地改变了自己的主体身份,将自己由作家、艺术家的“知音”“诤友”和“超然的评判者”,变成了作家、艺术家的“侍从”或“仆人”。德国浪漫主义文学运动的前驱批评家赫尔德曾说:批评家应当是作者的“友人和超然的评判者”,“他应当努力去认识作者,将其作为主人一般地做一番彻底的研究,但不要让他成为你的主人”。文艺批评在丧失其主体身份的同时,也失去了以主体身份阐释和评价文艺作品的独立自主性,批评家往往为各种个人的和社会的力量所左右,或迎合作者,或附和公众,或迁就媒体,或追逐时尚,从观念到方法,从思维到表达,都受制于这些非主体性的因素,而不是个人独立自主的选择,因而也看不到批评家的独特个性和个人风格。甚者则视文艺批评为宣传和推介文艺作品的手段,把文艺批评变成文艺作品的宣传和推销工具,失去了文艺批评所应有的独立品格。

第二个方面,是文艺批评再创造意识的异化。文艺批评主体意识的异化,同时也导致了文艺批评再创造意识的异化。相对于文艺创作而言,文艺批评是一种独立的再创造活动。文艺创作是以社会生活为对象的创造活动,文艺批评则是以文艺创作的最后结果,即文艺作品为对象的创造活动。因此,相对于文艺创作而言,文艺批评是对文艺作品的再创造。这种再创造活动,一方面通过将“艺术的言语,译成哲学的言语;从形象的言语,译成论理学的言语”,将艺术的“直接认识”转换成批评的“哲学认识”(别林斯基语),使文艺创造活动的结果即文艺作品,由“可能性的产品”变成“现实性的产品”(马克思语),使文艺创造活动的价值得以最终实现;另一方面,在这个过程中,也因文艺批评的这种再创造而使文艺作品出现意义的增殖和价值的增殖。所谓“有一千个读者就有一千个哈姆雷特”“一代人有一代人的莎士比亚”“仁者见仁,智者见智”,就是这种增殖的表现形式。这种增殖的结果,不但使文艺作品具体个别的艺术形象能与不同时代不同个体的经验相沟通,而且也因为揭示了这些具体个别的形象与某些“一般精神法则”之间的联系而具有普遍性的意义和价值。根据美国学者韦勒克的说法,文艺作品的意义和价值就是由文艺批评的这种再创造活动“累积”起来的。近一个时期,文艺批评的这种再创造意识也出现了不同程度的异化。按照作家、艺术家提供的创作意图去阐释作品的本义和艺术特征,或根据读者对文艺作品的感受和反应去评论文艺作品的价值,成了近期文艺批评的一个基本的判断模式,文艺批评成了作家、艺术家创作意图被动的传声筒和读者趣味、社会时尚的机械的反应器,陷入了英美新批评所说的“意图的谬误”和“感受的谬误”。与此同时,又因为批评家普遍忽视自身的思想修养和艺术修养,个体经验和思想资源相对匮乏,不能对文艺作品的内涵作创造性的阐发、对文艺作品的题旨作普遍意义上的升华,包括对文艺作品的形式意味有深入高远的体悟,如此等等。结果既无法真正实现文艺作品的创造价值,更无法求得文艺作品的意义增殖和价值增殖,失去了文艺批评所应有的社会效用和艺术效用。更有甚者,是借阐释文艺作品之名,印证某些流行的文化理念(包括哲学的、宗教的、道德的、政治的等等)和艺术理念,将文艺批评的成果由一种新的精神创造物、一种独立于文艺创作之外的精神文化产品,变成某些流行的文化理念和艺术理念的实证材料,失去了文艺批评所应有的创造性品格和再创造功能。

第三个方面,是文艺批评审美意识的异化。文艺批评作为对文艺创作及其结果的一种评价活动,自然离不开理论阐释和价值判断。根据别林斯基的说法,“判断应该听命于理性,而不是听命于个别的人”,批评家“必须代表全人类的理性,而不是代表自己个人去进行判断”,文艺批评活动无疑具有鲜明的理性特征。但同样是别林斯基,又把文艺批评称为“运动着的美学”。按照苏联学者鲍列夫的解释:“这句话的含义是:只有在批评过程中调动审美范畴、对艺术篇章的研究依靠着‘经过扬弃的’人类艺术经验——美学,批评分析活动才可能卓有成效。”可见文艺批评又离不开审美经验和审美感受。二者的统一，也就是人们常说的人类认识活动从感性认识到理性认识的升华。就常识而言，离开了感性认识，所谓理性认识就成了无源之水、无本之木，同样，在文艺批评活动中，离开了对文艺作品的感性经验或曰审美经验和审美感受，文艺批评的理性判断也只能是沙上城堡、空中楼阁。近一个时期，文艺批评审美意识的异化就主要表现在无视文艺批评的这种审美特质上面。一些批评家在文艺批评活动中，往往无心细读作品，更无意倾注全部身心、调动所有“过去经验”对文艺作品进行深入细致的感悟和体验，以便积累足够的感性经验或审美感受，在这个基础上，对文艺作品作出合乎“美学观点”的审美判断，相反，却热衷于从某种先验的理论出发，用黑格尔的方式，从文艺作品的艺术描写中去寻找这种先验理论的“感性显现”，而不顾及文艺作品的感性形式本身。结果，所得的自然依旧是这些先验的理论所预设的结论，而不是审美感悟或感性经验的升华和结晶。同样忽视文艺批评中的感性经验或审美感受，另有一些批评家则有意无意地把文艺作品视作自然科学研究对象，热衷于将文艺作品的题材和主题、思想和艺术、内容和形式分解为各种不同的构成要素，然后对这些分类切割的碎片进行理论上的说明，指出其性能和特点，而不顾及文艺作品的有机整体性，以及它给人们带来的整体的有机的艺术感觉或审美感受。

克服文艺批评的异化，抵抗异化的文艺批评，有多种多样的方式和途径。改善文艺批评的环境，消除可能引起文艺批评异化的种种外部因素，自然是一个很重要的先决条件，但与此同时，文艺批评意识的自我回归和对批评对象的重新占有，对文艺批评克服自身的异化来说，却更具现实性和可能性。就批评意识的自我回归而言，我以为，需要加强文艺批评的基础理论建设上个世纪 80 年代，文艺批评的基础理论建设曾有过一个兴盛的局面，出现了数量繁多、各有建树的理论论著，对文艺批评观念、方法的更新和文艺批评意识的自觉起了积极的推动作用，带来了文艺批评的繁荣。历史上，文艺批评的繁荣也大多与批评理论的建设有关。被论者称作“文学的自觉”，包括文艺批评的自觉的魏晋南北朝时期，文艺理论包括文艺批评理论建设，就有相当的成就。西方20世纪文艺批评的繁荣，也与这期间文艺批评理论流派纷呈，各种方法、模式先后迭起有关，说明文艺批评的繁荣确实离不开基础理论建设。就对文艺批评对象的重新占有而言，我以为，重要的是在文艺批评活动中，确立以文艺作品为本位的批评观念。中国传统的文艺批评原本就十分重视对文艺作品的品味、细读，在这方面积累了丰富的经验，留下了宝贵的理论遗产。20世纪西方各种形式主义文学批评固然有这样那样的偏颇，但从批评对象出发，重视对作品的分析解读，却是对作品本位的一种坚守。凡此种种，这些理论和方法都足供今人学习、借鉴，同时也是救治当今某些偏离、游离乃至脱离批评对象的文艺批评的一剂良方。

（原载《文艺争鸣》2012年第9期）

漫议文学批评的有效性问题

文学批评的有效性，最近成了一个热点话题。就其字面的意义而言，所谓文学批评的有效性，无疑是指文学批评活动应当产生实际效果。这种效果包含文学效果和社会效果两个方面。前者说的是文学批评活动与它的工作对象，即作家、作品、文学思潮和创作现象等批评对象之间的关系，看文学批评活动相对于这些对象而言，是否具有针对性，是否是对该对象的思想和艺术或内容和形式所作的阐释与评价，更进一步说，则是这种阐释与评价是否有效地揭示了该对象所显示或隐含的意义与价值。后者说的是文学批评活动与文学的读者，也包括文学批评的读者之间的关系问题，看文学批评活动及其结果，是否对读者产生影响，以及这种影响的深广程度、性质与结果如何。前者说的是文学批评活动作为一种文学活动的有效性，后者说的是文学批评活动作为一种社会文化活动的有效性；前者是文学性的效用，后者是社会性的效用。二者既有联系，又有区别，后者是通过前者的效用而发生效用的。谈论文学批评的有效性，不能不注意二者之间的这种依存关系。

以上是就文学批评的有效性的字面意义或词语（概念、范畴、命题）意义而言，如就其现实性而言，则提出这个问题，是因为当今文坛存在太多无效的批评或缺少有效性的批评。以我粗浅的观察，这种无效批评或缺少有效性的批评，主要有以下几种表现：

第一种表现，是不读作品的空头批评。说完全不读作品，可能冤枉了这类空头批评家，但粗粗浏览一下作品的梗概，或借助推介材料了解一点作品的大意，或抽读一些作品的章节段落，就开展批评，却是这类批评家的通病。更有甚者，是借助他人的转述，在他人的文章或发言中掠取若干情节或命意，借鸡生蛋，就汤下面，假争鸣、商榷或多义、歧见之名展开批评，如此等等。对作品的精细阅读、对批评对象的深入了解，原本是文学批评的起点和依据。中国古代文学批评就十分强调对文学作品的精细阅读，留下了许多丰富的经验。20 世纪初兴起的英美新批评，甚至以“细读”二字为其派别的标志。这类空头批评却对文学创造的产品置若罔闻，仅凭大致的印象和一己的揣测作徒手的操练，结果既无益于创作，又有负于读者，是一种典型的无效批评。

第二种表现，是专在外围作战的迂回批评。这类批评又有不同的表现。其一，是赞扬作家的创作精神，常有甘于寂寞、潜心创作、数年磨一剑之类的赞词。其二，是述说作家的创作经历和已取得的成就，借当代文学史或文学界公认的评价称颂作家的水平和能力。其三，是讲说与该作家作品或批评对象相关的理论或文学常识，以之为导引，作意欲具体评论该作家作品或批评对象的趋向和态势。其四，更有甚者，是搜罗作家的生平、创作轶事或与作家交往的见闻，间有与作品相关的本事、原型，随意铺张，大肆渲染，迹近文学“八卦”。如此等等，这类所谓文学批评，最终都不直接深入文学作品或批评对象，而是点到为止，或在需要涉及文学作品或批评对象时，绕开正道，行走两厢，顾左右而言他。文学作品或批评对象，在这类批评文章中，如草蛇灰线，时隐时现，或如神龙见首不见尾，无论是作者还是读者，都无法把捉其对文学作品或批评对象的阐释和评价，因而也是一种无效的批评。

第三种表现，是大帽子底下开小差的宏大批评。这类批评假学术界在相当长的一个时期内流行的宏观研究之名，且借助这种宏观研究的方法和观念，动辄高屋建瓴，以西方某家某派的理论为蓝本，构造一个宏观的理论框架，而后从文学作品或批评对象中寻找适合证明该理论的具体例证，又以该理论的观念和方法加以阐释和说明，结果所得的不是或不完全是对文学作品或批评对象的独立自主或客观公允的判断与评价，而是证明了该理论的正确无误和应用于批评对象的普适性。这类文学批评虽然不拒绝阅读文学作品和深入批评对象，但因为这种"主题先行"的批评观念和方法，以及各取所需的实用主义的批评态度，割裂了文学作品的有机整体性或批评对象所特有的现实性，对阐释和评价文学作品或批评对象同样是无效的。即使这类批评家所运用的理论对阐释、评价文学作品或批评对象可能存在某种有效性，这种有效性也只限于与该理论对应的部分，而非对文学作品或批评对象整体阐释和评价的有效性。

第四种表现，是缺少经验和感悟的纯理性批评。这类批评源于学院派长期形成的一种学术著述传统或论文写作方式，这种著述传统和写作方式不重视作者对文学作品的感觉和经验，相反，却认为这种感觉和经验有害于学术研究的理性判断和理论表述。批评对象尤其是文学作品，在这类批评家眼里，不是一个感觉经验的整体，而是依各种构成要素，诸如题材、主题、结构、语言、方法、技巧等分类切割的碎片。批评家的工作，就在于将这些分类切割的碎片进行理论上的说明，指出其性能和特点，而不顾及它在整体上给人带来的审美经验和艺术感受。文学批评与一般的社会文化批评的不同之处，是它十分重视审美感悟或感性经验。虽然它最后也要像别林斯基说的那样，形成一种"哲学的认识"，转换成"论理学的语言"，即我们通常所说的上升到理性认识，但却是从感性经验出发的，离不开审美感悟的基础。正因为如此，中国古代文学批评十分讲究体味、参悟、品评之类的感性活动，以此追求艺术感受过程中无穷的意境和韵味。西方文学批评在一般认识论的意义上重视感性经验的同时，也有偏重感性经验的印象主义批评，都说明文学批评离不开对批评对象尤其是文学作品的经验和感悟。无视文学作品的感性特征,在文学批评中放逐经验和感悟,自然不能对文学批评对象作出有效的阐释和评价。

第五种表现,是以新闻、广告为手段的炒作批评。新书或新作评介,本来是近现代文学批评的一种初级形态,在近现代文学批评史上,也是最早独立的一种文学批评样式。在常态下,这种批评的主要功能,是通过对文学作品及相关背景知识的介绍、说明,向读者推荐新书新作,帮助读者进行阅读选择,充当一种"导游"角色,其形式和内容虽然比较简要,但却包含文学批评基本的写作要素。以新闻、广告为手段的炒作批评,虽然也大多以新书、新作推介的形式出现,但目标往往不在忠实地引导读者的阅读选择,而在其活动的商业目的或其他功利目的。这类炒作批评往往善于借助名人或某些文学组织、出版机构的社会效应,利用纸质或电子媒体制造新闻热点,或通过销售渠道用广告的形式进行商业包装。虚张声势,华而不实,夸大一点,不计其余,无实事求是之心,有哗众取宠之意,招徕看客,吸引眼球,是这类炒作批评的一个共同特点。结果既不能对文学作品作出客观评介,又不能对读者的文学阅读进行正确的引导,失去了应有的文学效用和社会效用。

文学批评的有效性问题,不仅是一个现实问题,同时也是一个理论问题。中外文学历史上,任何一种文学批评理论,包括文学批评的观念、方法和模式的产生,都不是向壁虚构的,也不是冥思玄想的结果,而是针对某些具体的批评对象,或从某些文学理论和相关学科,如社会学、伦理学、心理学、人类学、文化学、语言学等的理论派生出来的。前者是因为要回答某些具体的文学批评对象提出的问题,并对之作出相应的阐释和评价。有些问题是文学创作中出现的新问题,是此前的文学批评无法回答或不能解决的,故必须构造一种新观念、新方法,创建一种新模式,以适应文学批评阐释和评价新对象的需要,因而这些批评理论的产生都是具有一定的针对性的。如美国学者韦勒克就认为,西方浪漫主义文学批评取代新古典主义文学批评,一方面是由于创作"转向艺术的情感效果而引起的冲击",另一方面则是由于创作"日益强调艺术家的自我表现”的倾向造成的。上世纪 80 年代,我国当代文学批评一度重视精神分析和神话—原型,以及结构主义和各种形式主义批评理论,也是因为新时期文学创作,尤其是当时的先锋文学实验中,出现了新内容和新形式。后者则是因为文学作为一种精神文化现象,其中包含丰富的社会学、伦理学、心理学、人类学、文化学、语言学等精神基因和思想元素,需要文学批评去感知和发现,并给予恰当的阐释和评价。因而从这些学科的理论中,就派生出了专门的文学批评理论。如社会历史批评之于社会学,道德批评之于伦理学,精神分析批评之于心理学,神话—原型批评之于人类学,文化批评之于文化学,结构主义和各种形式主义文学批评之于语言学等等。有些学科的理论,如属于社会学范畴的孟子“知人论世”的理论、丹纳影响文学生产的种族、时代、环境三要素的理论等,因为包含一种普遍性的意义而见之于不同的批评理论,被广泛应用于不同的批评实践,成了文学批评最基本、也最普遍的原则和方法。可见由这些学科派生的文学批评理论,同样是为了适应批评对象的需要,因而对具体的批评对象而言,也是具备有效性的。

文学批评有效性的丧失有很多原因,市场和商业化环境的影响,以及某些功利性社会因素的作用,只是其中之一,而且是显而易见的,所造成的不良后果容易引起关注,得到矫正。此外,还有一个很重要的原因,是从上世纪 90 年代开始,当代文学批评在顺应市场化、商品化潮流的过程中,缺少必要的自我反思和在此基础上的理论重建。“文革”结束后的新时期以来,在我的印象中,当代文学批评先后经历过两次较大的自我反思和理论重建。每一次反思和重建,最终都对当时的文学创作和当代文学发展起了重要的推动作用。第一次是上个世纪七八十年代之交,当代文学批评在拨乱反正、解放思想的过程中,对长期形成的政治标准第一的文学批评进行了历史的反思,促成了这期间文学批评标准的改变,以真实性为核心的文学批评标准不但对正在兴起的伤痕/反思文学潮流起了积极的保护和有力的促进作用,而且对其中所表达的真情实感和真诚思考也作了有效的阐释和评价。第二次是在上世纪80年代中期前后,随着当代文学革新潮流的迅猛发展,尤其是先锋文学实验的广泛展开,进一步更新文学批评观念,改变文学批评方法,就成了当代文学批评的当务之急。短短数年间,域外各种批评流派的观念和方法,尤其是西方20世纪以来各种新的文学批评模式纷纷被引进,在此基础上,同时也开始了文学批评理论的基础建设,1985年甚至因此被称为文学批评的观念和方法年。这期间文学批评的自我反思和理论重建同样有效地保护和促进了当代文学革新和先锋文学实验潮流,造就了新时期文学和新时期文学批评的一个黄金时期。鉴于这样的历史经验,我认为,当下文学批评有必要进行一次新的自我反思和理论重建,庶几能尽快改变这种无效的批评局面,使当代文学批评能为当代文学的繁荣发展发挥更大的作用。

(原载《文艺报》2012年7月25日)

重建批评的感悟

前些时参加一个文学论坛,有学者说,学术研究的一个基本要求,是把话说通,意谓当今许多学术论著,连这个基本的要求都没有做到。这话虽然说得有点儿偏激,却让我想到了当今文学批评普遍存在的一个严重问题,这就是批评者对批评对象缺少起码的艺术感悟。

记得上个世纪 80 年代闹文学批评的方法热时,西方浪漫派和印象主义、表现主义的批评观曾风行一时。这一派的文学批评,注重对文学作品的直觉感悟和批评家主观情志的抒发,把文学批评看作是灵魂在杰作中的一次“探险”,认为在文学批评中,“我所讲的就是我自己”(法朗士语)。这些说法,在当时颇激动了一部分人,对当代文学长期以来所奉行的一种政治化的教条主义的批评模式形成了巨大的冲击,并由此出发掀起了一股文学批评的观念和方法更新的热潮。其实,在中国现代文学史上,已有李健吾(即刘西渭)式的印象主义批评存在过,虽然李氏的批评风格也是西方影响的结果,但其中也包含中国古代重直觉感悟的批评传统。李氏的文学批评因而在这一轮文学批评观念和方法更新的热潮中再度引起重视,乃至受到格外推崇,重主观印象和直觉感悟的文学批评也因此而成了一时的风气。虽然在实践的层面上,终究未出现李健吾式的批评家,但年轻的批评家好谈“我批评的就是我自己”已然成了一种时尚,也是一个事实。加上当时方兴未艾的美学热的理论“支援”和推波助澜,当代文学批评终于由高高在上的政治裁判变成了平易近人的良师益友,感觉和经验终于取代了抽象的政治和艺术标准,重新成了文学批评的根据和起点。虽然上个世纪80年代的文学批评,因为过分强调方法论,难免要受某种模式化和技术主义的影响,但至少在观念上,感性经验和审美感悟又回到了文学批评的本位。

说感性经验和审美感悟,是文学批评的本位,或曰根据和起点,原本是一个常识问题。往大处说,从认识论的角度讲,在文学批评活动中,文学作品作为批评家的一种认识对象,需要批评家通过审美感官,从感性认识入手,取得对文学作品最初的感性经验,而后才能对这种感性经验加以理性的提升,像别林斯基所说的那样,将文学作品“从艺术的言语,译成哲学的言语;从形象的言语,译成论理学的言语”。往小处说,具体到一部(篇)文学作品,批评家不但要对其中的人物、情节、细节、场景有深入的情感体验,而且要对它的文体和修辞、形式和技巧有精细的审美感悟,在此基础上,方才谈得到对文学作品的理论分析和价值评判。否则,文学批评活动就可能流为一般的认识活动或技术性的操作,失去其应有的审美判断的性质和功能。

但是,曾几何时,文学批评的这个本位又为一种新的力量所动摇。这股力量,就其现实性而言,主要是来自以下两个方面:一方面是所谓“传媒批评”,另一方面则是商业炒作。所谓“传媒批评”,在我看来,主要是指通过媒体的传播手段,而不是运用批评的审美判断完成的与文学批评有关的一种文学接受活动。这种文学接受活动,虽然旨在对文学作品进行推介宣传,但其中却包含最初的阅读经验和价值评判,尤其是与该作品有关的作家的创作活动和作品的发表情况,等等,这些都是文学批评不可或缺的前提条件和背景材料。从这个意义上说,媒体参与文学作品的传播和接受活动,也兼具文学批评的性质。但是,媒体对文学作品的推介宣传,主要目的不在审美判断,而在新闻效应,其出发点往往是该作品或作家的创作活动中那些最引人注意的“焦点”“热点”或敏感问题，而不是批评家对文学作品的感性经验和审美感悟。又因为媒体常常要突出所谓“新闻眼”，对对象做某些重点的强化处理，更不可能把一部（篇）作品作一个整体的有机的对象去看待，即使有“感”、有“悟”，也不可能像鲁迅所说的那样“顾及全篇”和“顾及全人”。

如果说“传媒批评”因为上述原因仍可视作一种批评形态的话，那么，同样是通过传媒实现的商业炒作，就纯属文学作品传播、流通过程中的一种商业行为，与严格意义上的文学批评无涉。但这种商业炒作，又往往要假文学批评之名以实行，结果就难免鱼目混珠，给人们造成一种错觉，仿佛各式各样的“新书预告”“书讯发布”“专家推荐”“书榜排行”，包括某些以研讨会的名义进行的商业炒作，都是文学批评的价值判断和审美评价的结果或与文学批评有关的文学活动。究其实，这些商业炒作所依据的基本原则，是商业利润和市场规则，而不是文学批评的审美判断和评判标准，因而也就无须顾及对文学作品的感性经验和审美感悟。

在一个资讯发达和高度商业化的现代社会，传媒参与文学接受原本是一件正常的事情，文学作为一种精神文化产品，它的物质存在形态也具有某种商品的属性，在生产、流通和消费的过程中，运用某些商业手段介入某些商业行为，也是题中之义，不值得大惊小怪。但问题是，当今的文学批评，传媒和商业活动的介入不但以其所特有的社会影响力和巨大的经济效益左右了文学批评的取向和“舆情”，而且也对职业的文学批评家和所谓学院派批评家产生了诸多影响。一些职业的和学院派的批评家，不但热衷参与传媒批评和商业炒作，而且往往在其中充任主要角色。结果就使得文学批评的感性经验和审美感悟的失落日益加剧，某些批评家的表现甚至令人怀疑他们对文学作品是否具备起码的经验和感悟能力。加上当今职业的和所谓学院派的文学批评，由于受某种学术体制和治学方法的影响，本来就习惯于以西方某家某派的学说为依据,居高临下、高屋建瓴地构造某种理论框架,往其中填充具体的作家作品,或从某种新潮的社会学、文化学、哲学和宗教神学抑或艺术学的理念出发,从文学作品中寻找具体的例证。这样的文学批评,不论作者的主观愿望如何,最终只在证明某种先在的或预设的理论学说(前提)的正确性,并不在乎也不可能对具体的作家作品作出正确的判断和评价,因而也就无须顾及也不可能得到对文学作品的审美感悟和感性经验。从这个意义上说,职业的和学院派的批评家漠视批评的感悟,并不亚于传媒批评和商业炒作,常见某些批评家大谈某部(篇)作品属某种"主义"或某"化"、某"性"写作,却未见言及这种判断源于何种阅读经验和审美感悟,失去了这个基础,这样的判断就无异于空中楼阁,是不可能对作品作出恰当的阐释和评价的。

笔者曾做过一个试验:某作家穷数年之功,创作了一部堪称厚重的长篇小说,传媒和评论界齐声叫好,笔者有意查阅了十余位评论家的评论文章和部分传媒的推介文字,得到的结果是两个方面,一是说这部小说是创新之作,二是说这部作品属"狂欢化"写作,至于如何创新,如何"狂欢化",除引用相关理论外,大多语焉不详,更少有对作品的经验阐述和具体分析。笔者的结论只能是,关于这部创新之作,某些批评家并未细读,或未曾读出自己的心得和体会,因而对这部作品缺少应有的感性经验和审美感悟。在这种情况下,说该作创新,是基于一种简单的比较:与作者此前的作品或他人的作品比较,包括篇幅的长短这些极直观的参照系数;说该作属"狂欢化"写作,显然是硬套巴赫金的"狂欢化"理论,根据也只是该作想象和联想的自由无拘、文体和风格的奇崛诡异这些极直观的表现,并无基于切实的感性经验和审美感悟的实证分析作支撑。如此这般,笔者只能说,关于这部作品的批评,是传媒和职业批评家(包括学院派批评家)一次成功的"协作","协作"的基础便是二者不约而同地都无视批评的感性经验和审美感悟。不同的只在于,传媒所要的结果是新闻效应,职业的和学院派的批评家所要的结果则是证明某种西方理论在中国的可行性。

批评的感悟失落久矣，有感悟的批评有血有肉，无感悟的批评徒剩筋骨，有血肉呵护，生气贯注，无血肉滋养，神萎形枯。鉴于当代文学批评的现状，有必要重建批评的感悟，提倡有感悟的批评。问题似乎又回到了上个世纪80年代，但不是一个简单的重复，而是一个螺旋式的上升。上个世纪80年代文学批评观念和方法更新，冲击的是日趋僵化的政治化的教条主义文学批评，凭借的理论资源是西方20世纪以来从俄国形式主义、英美新批评到结构主义、精神分析—神话原型理论等一系列新的批评方法和模式，但这些批评方法和模式无一例外地都不重视对文学作品的感性经验和审美感悟，只满足于演绎理论模式或对作品的形式作纯粹的技术分析，甚至视读者（包括批评家）对文学作品的阅读感受为一种“谬误”（即英美新批评派所说的“感受的谬误”），要割断读者与文学作品的联系，封闭文学作品作纯粹的文本（形式）分析。如此等等，对这些方法、模式的实验，虽然在一个时期造就了文学批评的短暂繁荣，但却未能留下多少积极的有建设意义的成果，相反，却培养了一种唯理论模式、方法技巧是从，不注重感性经验和审美感悟的空疏文风。今人好言批评的失语或缺席，其实，失语和缺席的是真正从感性经验和审美感悟出发的批评，相反，所谓“传媒批评”、商业炒作式的“批评”和由职业的或学院派的批评家以学术研究的名义开展的文学批评，并不寂寞，甚至称得上众声喧哗，热闹异常。但问题是，这些批评在实现了各自的功利目的，满足了批评家的个人兴趣之后，既未能让文学批评真正成为“教人阅读的艺术”（克罗齐语），也未能对作家作品作出“好处说好，坏处说坏”（鲁迅语）的评价，更未能使文学批评真正成为“揭示文学艺术作品的美和缺点的科学”（普希金语）。被西方人称为“第一个浪漫派批评家”的郎加纳斯认为，“一个敏锐而有修养的人”对文学作品的个人感受能够判断文学作品是否是真正“崇高”的榜样，而且肯定了不同的个人对真正“崇高”的作品的共同感受具有判断的准确性和权威性。问题是，这些个体必须对文学作品具备足够的艺术鉴赏力。当今文学批评的感悟的失落，除了环境因素的影响，说到底，是批评家个体修养的不足，因为一个人的艺术鉴赏力，是与他的“想象、敏感和知识成正比例而增长的”（狄德罗语）。从这个意义上说，重建批评的感悟，还得从批评家做起。

（原载《光明日报》2009 年 12 月 11 日）

重建文学批评的时代

——文学评论家於可训访谈

李遇春:当前文学批评表面上看起来很繁荣,但实际上却又很贫乏,这里面肯定存在着某些问题。请问您怎么看待当前文学批评的现状?

於可训:我认为当下中国文学批评的这种病象并不是今天才开始出现的,以前我们把它叫做"批评的失语"或者是"批评的缺席",这好像是20世纪90年代初期的一种说法。最近几年,如果仅仅从现象层面来看,文学批评还是很热闹的,还处在一种众声喧哗的状态。但是大家为什么又感到批评很贫乏呢?我觉得有两个很重要的原因:一个是现在的文学批评很少注意学理上的根据。因为真正严格意义上的文学批评,是一种带有"科学研究"性质的活动,普希金甚至把它叫做"揭示文学艺术作品的美和缺点的科学"。因此,必须要有一种学理上的根据,你得有一种比较自觉的理论观念或批评意识,依据某种评价尺度、评价标准,运用某种方法论手段从事批评,包括以前曾经流行过的模式化的方法等。这些东西也许有局限,但文学批评如果缺少了这些东西,就成了一种即时性的、随意的感想、体会和意见。而即时性的、随意的、片段的、凌乱的感想、体会和意见，不是严格意义上的文学批评。别林斯基曾经有一个很极端的说法，说当你对事物的判断涉及文学艺术等问题时，“仅仅根据自己的感受和意见任意妄为地，毫无根据地进行判断的所有一切的我，都会令人想起疯人院里的不幸病人”。

李遇春：现在有些文学批评家可以叫做“意见领袖”，或者叫做“话语明星”，只满足于到处发表“意见”和“感想”，到处抢占“话语”高地，并不考虑什么学理不学理的问题。

於可训：如果没有学理上的根据，这些批评家的“意见”和“感想”、“话语”和“观点”都是靠不住的。批评缺少理论的自觉和学理的根据，我认为这是个很大的问题。文学批评与一般读者意见的区别也在这里。否则的话，一个家庭妇女、一个普通读者读了一些作品之后发表一些意见和感想，就成了文学批评。我想这是不能称为文学批评的。20世纪80年代的文学批评在文章数量和热闹程度上都远远不及现在，但为什么我们觉得那个时候的文学批评很繁荣，也很有力度？那是因为当时的批评家都有自己的批评观念和理论依据，所运用的批评方法也比较明确。他们的批评文章一般都有一种学理上的根据，不管你是否同意他们的判断和结论，但他们所说的基本上都是有理有据的。因为学理上的根据往往是某种带有普遍性的东西，不是某些个别人的看法，还是别林斯基的话：批评的“判断应该听命于理性，而不是听命于个别的人，人必须代表全人类的理性，而不是代表自己个人去进行判断”。

造成文学批评乏力的另外一个原因是，现在的文学批评界存在着大量的不怎么细读作品的现象。一个批评家如果不细读作品，如果他对批评对象的阅读不深、感受不深、研究不深，仅仅是从那些粗枝大叶、浮光掠影的概要、评介或转述来评论作品，那么这种评论文章本身就丧失了存在的合理性，当然也就不可能产生文学批评所应该具有的效应。现在有些批评家没有阅读作品的耐心，很多作品根本就没有细读，或者凭着一点新书评介甚至封底或者腰封上的文字做评论，这样的批评自然说不到点子上去。有的批评家说了半天，结果和作品所写的不一样，或者打一些外围战，言不及细节，语不涉技艺，说明他根本就没有细读作品。这样的批评文章再多，又有什么用呢？我认为这是一种典型的泡沫批评。由这些不读作品或不细读作品的批评文章所造成的繁荣，是虚幻的，是一种假象，不是真正的文学批评的繁荣。

至于商品化、功利主义、物质主义这些东西影响文学批评，就没有必要谈了，因为整个社会风气就是这样的，文学批评肯定也会受影响。要紧的是文学批评自身的东西，包括自身的理论建设、自觉意识的培养、方法与能力的训练等，都是更为重要的东西。

李遇春：您刚才说到，20世纪80年代的文学批评有理论的自觉。应该说，20世纪90年代以来，包括21世纪以来，中国文学批评界也一直在翻炒各种西方理论，我印象中比较流行的理论有现代性理论、民族国家想象理论、文化研究理论、疾病隐喻理论之类，这说明我们在引入西方的文学理论方面并没有中断过，也算是有理论的自觉。但为什么当年引入西方理论那么有冲击力，对文学批评的繁荣起了很大的促进作用，而现在的理论却没有起到这样的作用呢？

於可训：现在与那个时候是有区别的。那个时候引进的西方理论大都是和文学批评相关的，主要是文学批评理论，比如精神分析批评、神话—原型批评、英美新批评、俄国形式主义文论、结构主义、阐释学、接受美学和读者反应批评等，它们本身就是批评理论，对文学批评直接发生作用，适用于当时的文学批评对象，满足了文学批评观念和方法革新的要求，因而对当时的文学批评是起促进作用的。但你说的这些理论，就其自身来说，当然有它的意义和价值，但对文学批评而言，我觉得有四个字可以概括，那就是“大而化之”。在文学和文学批评的范畴内，这些理论大多是对文学问题的“外部研究”，是文学批评的“外围理论”，是社会学理论或文化学理论，而不是文学理论，更不是文学批评理论。它与文学有关系，与文学理论和文学批评理论也有一点关联性，但因为隔着社会学或文化学的障壁，“沟通”不好、“融会”不够、“转换”不力，容易发生问题，要么隔靴搔痒，不着痒处，要么大而化之，不得要领,很难直接对文学批评发生作用,弄不好还会消解文学批评。

李遇春:您当年大学毕业留校的时候是在文艺理论教研室,教过多年文学概论,也参与编写过文艺理论教材,比如《艺术生产原理》中的"受体论"就是您写的。您能结合自己的文学批评经历谈谈文学批评理论与文学批评实践之间的关系吗?

於可训:关于这个问题,近年来我的确有一些想法。我认为,要纠正目前文学批评的一些弊病,一个很重要的方面就是加强文学批评基础理论建设。最近二十年来,文学领域消解得最厉害的就是文学基本理论和文学批评基础理论,以我的陋见,较系统完备的文学基础理论著作,除了童庆炳主编的《文学理论教程》等少数论著以此外,就没有多少像样的文学基础理论著作,更不用说文学批评基础理论著作了,这些年来基本上就是一片空白。但 20 世纪 80 年代不是如此,文学基础理论和文学批评基础理论著述都十分丰富。一方面,以前的文学基础理论著作还在发生作用,比如蔡仪主编的《文学概论》、以群主编的《文学的基本原理》等,另一方面又从西方引进很多文学基本理论著作,最著名的如韦勒克、沃伦的《文学理论》等,所以 20 世纪 80 年代的文学基本理论建设是比较发达的。这就为当时的文学批评提供了很多学理上的依据,提供了理论上的声援和支持。但这方面在最近一二十年做得比较差。因为文学理论大面积地转向文化理论,文学基本理论建设遇到了很多障碍、很多问题,包括大学开设文学理论课程,也没有以前那么重视,那么正宗。我觉得这是影响当今文学批评的一个问题。

李遇春:其实在文学基本理论上,我们现在还停留在 20 世纪 80 年代的理论水平上,但这似乎也没有什么不好,因为那时候的一些基本的概念、命题到现在还是十分实用的。我们不能美化 20 世纪 80 年代,但那个时代的文学基本理论和文学批评基础理论的建设确实为我们今天的文学批评打下了良好的基础。20 世纪 80 年代并不是一个单质化的时代,那是一个充满了内部冲突和思想转型的时代,文学的自觉和文学批评的自觉是那个时代给我们的当代文学史留下的最珍贵的遗产。可惜文学批评的自觉还未走向成熟就被新的时代环境和学术语境给中断了。

於可训:我们这个时代不仅仅是文学基本理论建设比较薄弱,影响文学批评最直接的文学批评基本理论建设更为薄弱。我记得20世纪80年代中期,文学批评基本理论建设是很热闹的,王先霈、陈晋、贺兴安、潘凯雄等都写过这方面的著作。我个人收集到的就有十来种,说明当时在文学批评基本理论建设上是非常活跃的,取得了很多好的成果。我个人也写过一些文章和书稿,今天并没有觉得过时,最近北京还有一家出版社要我把这些书稿整理出版。那个时候的文学批评基础理论建设作用很大,首先就是促使批评家自身去反思文学批评实践,因为写这些书的基本都是批评家,他们既有实践经验,同时又能反思实践中的得失,由此形成一种理论的东西,反过来又促进了当时的批评实践,是一种互动的关系。但最近一个时期就看不到这种现象,现在似乎都没有这个热情,都不去进行理论的反思,不去总结实践的经验,不愿做文学批评基础理论建设的工作。有些年轻的文学批评家从事文学批评,主要靠自己的天分,或靠相关学科的知识支撑,一讲就是现代性等宏大问题。现代性是个社会学概念,可以用来研究和评论文学,但问题在于怎么用、怎么转化为文学的东西,我觉得这一点是做得不够的。有的批评家则用相关学科知识的操练代替文学评论。如评《白鹿原》就大谈儒家文化、谈儒学历史,评《心灵史》就谈宗教问题,评《务虚笔记》就谈哲学问题等。相反,文学自身的问题却谈得很少,或一笔带过,凡此种种,都可以看出,文学理论和文学批评理论的知识准备有明显的欠缺。20世纪80年代的批评家虽是临阵磨枪,但也是边学边干。当时"文革"刚结束,一些批评家没有准备好,很多批评家处于转换之中,年轻的批评家大多是一边向前人和西方学习,一边在实践中摸索着做文学批评。这样虽有缺陷,总比既无充足的知识储备,又无反思和反省的自觉要好。所以我认为目前很有必要强化文学批评基础理论建设。批评家应该有这样一种理论准备,应该有批评理论的自觉,如果没有的话,就容易陷入盲目性。

我倒不觉得20世纪80年代是什么黄金时代，但有时候是有必要重温一下20世纪80年代的文学批评环境，当时的那种文学气氛，当时的那些批评家的状态，批评家与作家、批评与创作之间的关系，对于今天而言，倒是有不少可以值得借鉴的地方。

李遇春：说到作家与批评家、创作与批评的关系，我觉得目前也存在一些问题，也影响文学批评的发展。您能谈谈这个问题吗？

於可训：在这个问题上，确实有一些不正常的现象，不利于文学批评的健康生长。在文学活动领域，提高创作的地位，推崇文学原创是对的，但是如果因此而贬低批评、忽视批评的话，文学创作不但缺少了应有的价值评判，就其本身而言，也是未完成的。马克思在讲到物质产品的生产时曾说，消费是生产的“最后目的的结束行为”。虽然文学批评不能等同于物质产品的消费，但任何文学创作，如果不经过文学批评的阐释和评价，其意义和价值是得不到体现的，因而作为一个精神产品的生产过程是没有最后完成的。所以也有人认为，批评是对文学作品的再创造，它本身也是一种创作。批评家的话不是金科玉律，但文学批评却能发现黄金美玉。中外文学史上，许多重要作家作品，包括我们今天称之为经典的作家作品，都是经由历代文学批评的阐释和评价认定的。19世纪俄国别林斯基等人的文学批评为什么那么受人重视，是因为他们发现了一些作家的价值，比如果戈理，别林斯基后来虽然严厉地批评过果戈理，但没有他对果戈理独具慧眼的发现、深刻的阐释和高度的评价，果戈理作品的意义和价值也许就得不到正确的认识，果戈理的伟大也许就会被埋没。又比如“中篇小说”这种文体，也是被那个时代的批评界定的，一直影响到今天的创作，这就是批评的力量。这说明文学批评对文学创作不是可有可无的东西，更不是有害的东西。德国戏剧家莱辛曾说：“如果在我较晚的作品中有些可取之处，那我确知是完全通过批评得来的。”“批评据说能把天才窒息，而我自谓从批评得到了一些类似天才的东西。”

但今天对文学批评似乎没有这样的认识。正因为对文学批评是干什么的、有什么用、有什么意义、有什么价值认识不够,大家都不去想这个问题,所以一方面文学批评被商业化的大潮淹没了,另一方面又因为片面地强调创作,批评的作用则被有意无意地忽略了,以至于在有些人的眼里,文学批评不过是作品的广告,是作家的吹鼓手,是朋友间的捧场,是领导宣扬政绩的工具,而不是像前人所说的那样,是烛照作品的"镜"与"灯",是作家的"知音""诤友"与"超然的评判者"。这就是我说的批评的异化。

说到这里我想起了一件事。前不久,我和一位老作家聊天,他说他在美国认识的一位著名作家出了一本新书,他祝贺他的新书出版,但那个美国作家却苦笑一下说,"还没有到你祝贺我的时候",因为他还在等《纽约时报》的书评。几百字的书评,有那么大的权威,不仅决定了作品的社会影响,而且还决定了一个作家对自己的能力的评价。只有书评出来之后,作家才有信心,觉得自己创作力还没有衰竭,还可以继续写下去;只有到那时候,才值得祝贺。

李遇春:这说明在美国那种商业化的国家里,文学批评依旧有很重要的作用,有很大的权威性。

於可训:文学批评还有一个很重要的作用,是造就一个良好的文学环境。一个良好的文学环境,有利于文学的生长发育,反之,则不利于文学的生长发育,这个大道理大家都知道。但今天的实际情况是,文学批评没有发挥这样的作用。由于对文学批评的性质和功能缺乏正确的认识,所以今天的文学批评,除了上面说到的好打不着边际、凌空蹈虚的外围战,就是很多批评家不在作品的阐释和评价上下工夫,而是热衷于追新逐异,炫艳猎奇,或作惊人之论,抢占话语先机。常见的是一个作家搞了一点与众不同的东西,就被称为"创新",也不管这种"创新"有无价值,不去具体分析新意何在;有作家写了一个大部头的或多卷体的东西,就被称为"深刻""厚重",同样不去具体探测其深度,权衡其轻重;有作家创作费时较多,过程较长,则被称为"殚精竭虑""淡泊宁静"

“潜心创作”“数年磨一剑”，并不计较其效果如何、得失何在；或效法梁山英雄，给作家作品排出座次，也不知是天降石碣还是私意独断。总之是满足于一些空话、套话或表面热闹的形式，并不热衷批评的实务。结果不但败坏了文学批评的风气，而且也埋没了一些有价值的作家作品。就我个人的观察而言，在第八届茅盾文学奖 178 部参评作品中，有不少堪称“优秀”、“杰出”的作品，却没有受到当代批评应有的评价和重视，更不用说给予恰当的历史定位，时过境迁，结果就很可能被无情的时间和历史所埋没。

李遇春：说到这里，我有一个想法，您作为批评家的一大优势，是善于把文学理论和文学批评结合起来。20 世纪 90 年代初您又做当代文学史研究，这样您的文学批评又有了文学史的视野。那么，您能结合自己的学术经历谈谈文学史研究和文学批评的关系吗？

於可训：首先，我觉得文学史的知识是批评家必不可少的一种知识储备，一个批评家不管你懂得多少，如果你对古今中外文学史的常识缺乏了解，这样的批评家是无法从事文学批评的判断和评价的。原因就在于，任何判断和评价都需要有一个坐标或参照系统。按照韦勒克的说法，文学史是一种历史的秩序，任何一个新的文学作品、文学作家、文学现象和文学思潮要获得阐释和评价，都要进入这样的一个历史的秩序，都要放在这样的一个历史秩序里面，进行纵横比较、权衡掂量才有可能。没有比较，没有参照，是无法做出任何判断和评价的。有时候，这种比较和参照是下意识的、潜在的，不一定在字面上出现。比如说现在出现了一个诗人，他写的诗也很朦胧，你自然就会联想到当代的朦胧诗，在下意识里还有现代的“九叶派”的诗，甚至古代温李派的诗词，或西方象征派、意象派诗歌等等，你会自觉不自觉地以这些文学史知识作参照，对这个诗人的创作进行阐释和评价。如果没有这些文学史知识，或文学史知识不够的话，你就无法建立这样的参照系，无法在相互比较的基础上作出判断和评价。这是一个方面，即文学批评需要文学史知识的帮助，需要文学史的知识作铺垫。

另一方面,文学批评所积累的思想资料、所积累的感性经验,又是撰写文学史的前提和基础。文学史最终是把当代文学批评家所积累的感性经验和思想资料上升到一个历史的高度,把它系统化、条理化。文学史离开了当代文学批评积累的经验和判断,是无法做下去的。今天我们讲建安文学,“观其时文,雅好慷慨,良由世积乱离,风衰俗怨,并志深而笔长,故梗概而多气也”。“梗概多气”就是当年刘勰评论建安文学时下的判断。像钟嵘的《诗品》对很多诗人有一个排位,虽然后人有不同意见,如觉得把陶渊明放在中品不恰当,要把他放到那个时代一流作家的位置上,但毕竟也是以钟嵘的这个评价为前提的。曹丕的《典论·论文》对当时作家作品的评价,比如谁长于什么文体,谁的风格怎么样,后来的文学史写作都不能不参考这些意见,或基本上沿袭了这些判断和评价。又如我们今天的当代文学史,对新时期以来的文学,尤其是上个世纪 80 年代,诸如“伤痕文学”“反思文学”“改革文学”“寻根文学”“现代派实验文学”乃至“新写实文学”发展演变的历史逻辑的叙述和具体论析,都是以此前的文学批评所提供的经验材料或思想资料为前提和基础的,没有这些东西,这个文学史是没法写的。

李遇春:所以说,没有今天的文学批评,可能就没有将来的文学史。

於可训:韦勒克有一个很经典的说法,说文学史和文学批评都是对作品的研究,但是文学批评是对文学作品“做个别的研究”,而文学史则是对文学作品“做编年的系列研究”,也就是刚才说到的,文学史是把文学批评对文学作品“做个别的研究”所积累的判断和评价系统化、条理化,成为一个历史的序列或知识系统,这个历史系列或知识系统也就是文学史。当然,这其中也不能埋没文学史家的创造性劳动,但文学批评所提供的前提和基础无疑是至关重要的。

李遇春:您在上面说到,20 世纪 80 年代的文学批评,为撰写这期间的文学史提供了一个较为清晰的历史逻辑与许多具体切近的判断和评价,但 20 世纪 90 年代以来的文学史撰写似乎就没有这样的幸运,包括新世纪以来的文学历史,当代文学史教材的编写者们写起来就不那么清晰了,即使勉强写出来了也普遍认同度不高。

於可训:我觉得,这种情况与这期间文学批评的乏力是有关的。我个人感觉,我写的《中国当代文学概论》,在修订版加入20世纪90年代的内容时,就感到文学批评提供的经验材料或思想资料不够丰厚,只能依靠自己的阅读经验,尤其是长篇小说部分,许多都是我自己一本一本去写读书心得,然后加以提炼,写进文学史的。到了第三版加入2000年以来的文学,心里就更没底了,幸好此前做过一个文学创作现状调查的课题,有一点基础,才得以完成。在这个过程中,我深深感到,文学批评所提供的经验材料和思想资料,对文学史撰写来说,实在是太重要了。

李遇春:现在很多报刊,比如《文艺报》《文学报》等等,都在探讨文学批评问题,您作为老一代文学批评家,对青年文学批评家有什么建议、指点呢?

於可训:其实,这个问题我们在上面已经谈到了。我希望今天的青年批评家在从事文学批评时首先要有足够的知识准备,包括上面说到的文学史和文学理论的知识准备。因为文学批评是一个专业性很强的文学接受活动,它和一般读者的文学接受是有区别的,一般文学读者到感受为止,但是作为批评家就得在这个基础上进一步上升到理论,用自觉的方法论手段,形成一个系统的认识。其次,除了有足够的知识准备之外,还得有一个自觉的意识。批评家所从事的是一种专业性的文学接受工作,如果没有自觉意识,你就不知道自己的工作性质和目标,不知道哪些是要做的,哪些是不要做的,也就不会去寻求相关理论的支持,不会去思考方法论之类的问题,就会陷入盲目性。再一个,就是尽量避开商业化、功利主义和各种人际关系的影响。现在很多批评家跟很多作家有些功利的东西掰扯不清。我觉得批评家的独立性很重要,如果不能保持应有的独立性,依附一些作者、书商、传媒,他的批评一定做不好。最后一点是一个很特别的问题,就是现在许多青年批评家都是高校教师,现行的高等教育体制对这些批评家的影响很大。比如很多发表在很高档次的文学刊物上的评论文章，如《人民文学》《上海文学》等，在高校都不算科研成果，这会对文学评论的写作产生影响，我希望这些批评家能正确处理好这个关系。因为我们当年就是从这条路上走过来的，有这方面的经验和体会，说出来供大家参考。今天的青年批评家比我们那一代有更好的环境，也有更开阔的视野、更敏锐的眼光和更新锐的思想，他们应该而且必定会为当代文学批评做出更大的成绩和贡献。

李遇春：作为一位文学批评家，您一直都对文学批评实践活动保持着清醒的理论反思意识，能谈谈您对当今时代的文学批评的期待吗？

於可训：我觉得现在应该是一个重建文学批评的时代，文学批评在整体上要重建，如果不重建，是有害于文学创作发展的。具体来说，有几个方面的重建工作：一个是环境方面，现在过于功利化，过于商业化；另外一个是文学批评基本理论的建设，怎么样培养批评家的一种自觉意识、方法论思想、批评观念等，这都属于理论建设；还有一个就是如何调整批评与创作、批评家与作家之间的关系；此外还包括文艺批评的领导工作，怎么样去领导、指导文学批评。如果把文学批评仅仅当作一种工具，这是不对的。这是一个整体上的重建工程，涉及批评队伍、批评刊物、批评的理论与方法等诸多方面的问题。这些问题也是我们在上面分别谈到的问题，在这里就算作一个总结吧。

（原载《文艺报》2013 年 2 月 4 日）

后　记

这本书的基干部分，是我在上世纪90代初写的一部旧稿。后来，用这部旧稿作讲义，给研究生开过一门文学批评理论基础的选修课程。边讲边作修改，不断添加一些新的内容，对结构和章节名称也作过一些调整。讲过几轮之后，突然发现时代变了，文学批评的对象、内容、所关注的问题，都与以前不同了。我所说的以前，主要是指我本人曾置身其中的80年代的文学批评，也是初稿写作时主要面对的文学年代和文学批评的年代。再讲这些东西，似乎没有多少针对性，也有点"古旧"的气息。于是觉得惶恐，便把这门课放下了。过了几年之后，又突然发现，这些东西似乎仍有重提的价值。因为许多问题，其实当时并没有解决，所以现在还处理不好。我说的这些问题，主要是指文学批评的一些基础理论问题。继续研究和探讨这些问题，似乎仍有需要。想不到，这部旧稿后来真的有了面世的机缘。

原以为对旧稿作整理加工，不是一件难事，但在做这件事的过程中，才发现并不是那么容易。因为按照责编艾英女士的要求，要做到"比较口语化，不要做成太严肃的高头讲章，最好能深入浅出，讲得通透有趣"。"通透有趣"的条件太高，我做不到，但"比较口语化""深入浅出”，尚可勉力为之。问题是，这部旧稿原来的写法，偏偏就是“高头讲章”，讲课的时候结合实际、临场发挥的东西，又没留下录音资料，所以现在改起来，就不免吃力，所费时日也比预计的要多。整个过程，几乎就是一次重写。尽管重新组织了许多现当代文学批评的实例，把举证的重心放在新时期以来的文学批评，同时融进我个人从事文学批评工作的心得，努力将文章的逻辑改成说话的逻辑，包括加进某些非学术化的议论、比方以作调剂，但仍难保证达到了“比较口语化”和“深入浅出”的目标。不过比旧稿好读了许多，却是“冷暖自知”。

感谢艾英女士“唤醒”了这部在我心中、也在实际上“潜伏”已久的书稿。

於可训

2013 年 5 月 12 日记于珞珈山两不厌楼